生活因阅读而精彩

生活因阅读而精彩

幽默就是超能力！

启动幽默的开关，开口沟通好简单

别笑，

这才是最牛的

幽默

龙逸文◎编著

中国华侨出版社

图书在版编目(CIP)数据

别笑,这才是最牛的幽默 / 龙逸文编著.—北京:
中国华侨出版社,2012.9

ISBN 978-7-5113-2931-8

Ⅰ.①别⋯　Ⅱ.①龙⋯　Ⅲ.①笑话-作品集-世界
Ⅳ.①I17

中国版本图书馆 CIP 数据核字(2012)第220705 号

别笑,这才是最牛的幽默

编　　著 /	龙逸文
责任编辑 /	筱　雁
责任校对 /	高晓华
经　　销 /	新华书店
开　　本 /	787×1092毫米　1/16 开　印张/18　字数/300 千字
印　　刷 /	北京建泰印刷有限公司
版　　次 /	2012 年 12 月第 1 版　2012 年 12 月第 1 次印刷
书　　号 /	ISBN 978-7-5113-2931-8
定　　价 /	32.00 元

中国华侨出版社　北京市朝阳区静安里 26 号通成达大厦 3 层　邮编:100028
法律顾问:陈鹰律师事务所

编辑部:(010)64443056　　64443979
发行部:(010)64443051　　传真:(010)64439708
网址:www.oveaschin.com
E-mail:oveaschin@sina.com

前言

QIANYAN

生活需要快乐，幽默无需理由。

幽默是人们日常交际中最为特殊的情绪表达，是通过机智和敏捷指出别人的缺点或者优点，在微笑中对别人的行为加以否定或者肯定的行为。幽默并不是油腔滑调，更不是哗众取宠，相反只有那些从容、机智、平等待人的人才能够掌握幽默的真谛。

幽默对于人们的消极情绪有很好的淡化作用，它能够帮助人们消除沮丧和痛苦。在许多人看来是很头疼的事情，懂得幽默的人则可以很轻松地应对，他们的生活更有情趣。

其实，幽默除了能够让人心情愉悦之外，它还有其他的重要作用。

首先，幽默可以促进人际交流，能够提高人际影响力。在很多场合，严肃和直接的交流方式可能会导致冲突或者尴尬，而此时幽默就是一种很好的选择。幽默感在人际交往中所带来的促进作用，让现代人越来越重视它的作用，在人际交往中，它可以有效地化解分歧、加强人际沟通、缓解人际交往中的突发尴尬事件等等，它让我们的交际变得轻松而又简单。

其次，幽默可以促进认知和社会行为能力。有心理学家做过研究，幽默所引起的愉悦情绪能够提高人的认知能力和社会行为。幽默可以让人更加有效地整合记忆、更直接地做出思考和判断、提出更有创造性的问题解决办法，而且幽默还能够提高人的情商，促进人们高尚情操的形成。

最后，幽默还可以缓解人们工作和生活中的压力。现代社会的节奏越来越快，而工作中的竞争变得更加激烈，人们总会有身心疲惫的感觉，焦虑症、抑郁症频发，心理学家认为，幽默是一种很好的缓解压力的缓冲器，虽然它无法改变生活中的压力，但是它可以减少压力对人们健康的损害，而且这种作用已被人们普遍认同。

幽默还可以拉近人与人之间的距离，消除人们交往的隔膜。生活中的每个人都应该学一点幽默，多一点幽默感，生活才会变得有滋有味。

幽默感在我们的工作和生活的多方面有着重要意义，本书从如何培养幽默感，到生活和工作各个场合中如何应用幽默感均做了详尽的介绍，并且通过一个个幽默的故事，感悟出生活的真谛，让人们真正地领略幽默的魅力。

目录
MULU

技巧篇

第一章
故意曲解，只为了会心一笑

第二章
幽默的问答题——答非所问

第三章
响鼓不用重捶，幽默只需轻点

第四章
借题、离题，幽默才是主题

第五章
避实就虚,在虚处添点儿轻松

第六章
低调应对,幽默而不失谦虚

第七章
谐音巧借，博君一乐

实战篇

第八章
幽默 @ 职场,快乐工作的润滑油

第十五章
幽默 @ 囧境, 囧海无涯, 幽默作舟

观摩篇

第十六章
看别人的笑话, 让自己不被人笑

第十七章
笑完了擦擦泪，想想背后的处世智慧

第十八章
一个笑话解决一个难题

第十九章
一线之间,聪明或者愚蠢

技巧篇

电的好处，放在现代即便是孩子都可以答出它的好处，但是在那个年代是无法说得清楚的，面对这位贵妇人的提问，法拉第只能选择更为幽默的方式才能够达到对自己有利的效果。

第一章
故意曲解，只为了会心一笑

在一定的场合中，故意曲解对方的意思可以得到很好的幽默效果，大家会在会心一笑之间，领悟你的意思，而你通过幽默的方式传递个人看法的方式，会被其他人所效仿和学习。接下来我们通过一些事例，具体看一下该如何利用曲解对方意思的方式传递自己的看法。

技巧1 会装糊涂才是真聪明

著名的文学家伏尔泰在84岁的时候，已经卧床不起了，有一天，一个牧师来到他的病床边，为他祈祷。

但令人没有想到的是，伏尔泰对此行为不但不领情，反而有点生气，开始盘问牧师的身份，他说："请问这位年轻的牧师，谁让你来到这里的？"

牧师毕恭毕敬地说："伏尔泰先生，我是受上帝的指令来到这里的，为您祈祷忏悔。"

伏尔泰用已经有点微弱的口气说道："那能拿出你的证件让我看看吗？以防假冒者。"

中国智慧里有一种聪明叫做"大智若愚"，这种智慧的具体表现方式无非就是故意说错话，给别人一种痴痴傻傻的印象，但其实心里明非常明白，只不过是把自己高深的智慧隐藏在了表面的糊涂里，通过故意说错的话，让对方领略幽默的味道。

很明显，上帝只是牧师信念中的神，是无法出现在我们的生活中的，伏尔泰让牧师拿出证件，看起来很荒诞，但其实是伏尔泰这个无神论者对牧师开的一个玩笑。

技巧 2　宽广胸襟处理恶意玩笑

某年愚人节的时候，有人为了和马克·吐温开玩笑，于是就登报发布消息说：马克·吐温死了。

没有想到这则消息在马克·吐温的朋友之间流传开来，很多人都去吊唁他，可是他们却看到马克·吐温正趴在桌子上写东西，朋友们先是一惊，然后开始谴责那家报纸和写报道的人。

马克·吐温却很镇定地说："他们也没有说错啊，只不过是把时间提前了一些而已。"

开玩笑最忌讳的就是当真，即使对方的玩笑开得比较大，那也应该以自己宽阔的胸怀接纳，而不是大动干戈，让对方和自己都受到心理上的折磨。

在中国，现在也开始在愚人节的那天开别人一些善意的玩笑，这种传统在国外已经有很长的历史了，面对这样有点"恶毒"的玩笑，马克·吐温依旧可以从容面对，显得非常大度，同时也平定了朋友们的怒火。

技巧 3　笑着面对别人的错误

1895 年，伦琴为自己发现的特殊射线命名为伦琴射线，也就是我们平常所说的"X"射线，"X"射线的出现轰动了整个德国，不久之后，伦琴收到一封信，希望能邮购"X"射线。

伦琴看完信后，在写回信的时候写道："我手头现在没有 X 射线的存货，而且邮寄也会让它变得不够新鲜，这样吧，你把胸腔给我寄过来。"

"X"射线的作用是透视胸腔，并不是固体或者液体，只是一种射线，根本无法邮寄，面对对方这个可笑的要求，伦琴并没有直接予以拒绝，而是按照对方的思考方法，给对方以巧妙的答复。

面对别人出现的错误，我们可以直接反驳、也可以善意地解释给对方，其实还可以和他们开个玩笑，用幽默的方式指出别人的错误。

技巧4 故意曲解对方的意思

有一天,A去看医生,他对医生说:"我现在非常想减肥,可是现在我吃什么好像都在长肉,您能给我一些有效的减肥方法吗?"

这位医生也很幽默,他说:"减肥很容易,不需要什么特殊的方法,你只要吃两片面包就是了。"

A听后非常开心,然后离家了医院。

但是,不久他又回到了医院,然后问医生说:"不好意思,我想知道,您刚才说的只吃两片面包,是在饭前吃呢,还是在饭后吃?"

医生让A通过节食的方法减肥,只让他吃两片面包,这是个不现实的方法,A没有直接去驳斥医生的话,而是故意曲解他的意思,让医生自己悟出他的方法并不是很妥当。

技巧5 "理直气壮"面对责难

德维恩·切尔诺克斯是个值得人们尊重的人,但是他只做了一天的执政官就离开了人世。西塞罗对他的死非常遗憾,他因为这件事情想到了古罗马糟糕的行政管理,于是他经常就德维恩·切尔诺克斯先生的大作文章。

有一天,西塞罗对人们说:"我们曾经有一位非常优秀的执政官,他在他的任期内连觉都没有睡过。"

有人很不高兴地说:"德维恩·切尔诺克斯先生活着的时候,你从来没有拜访过他。"

西塞罗辩解道:"你怎么知道我没有去拜访过他,我去的路上他就死了,没想到死神比我走得快。"

在面对别人无中生有的责难时,你并非一定要避让,其实你可以做到"理直气壮"。

西塞罗遭受到别人的责难,说他没有去拜访过德维恩·切尔诺克斯,以雄辩出名的西塞罗并没有妥协,而是以开玩笑的口吻讲了上面那段话,使整个场面不至于很尴尬,他的幽默机智,显示了他一个优秀雄辩家的才能。

技巧6 巧妙利用语言的多样性

有一天,拿破仑去图书馆,希望找到自己想要的一本书,他在书架的最上面找到了那本书,但是他踮起了脚尖还是拿不到那本书。

随身侍卫马歇尔·蒙塞是高个子,他看到这些之后,走上前说:"让我帮助您拿下来吧。"

马歇尔·蒙塞拿下书后,非常高兴地说:"我比陛下高。"

拿破仑却非常有意思地说:"请注意,马歇尔·蒙塞先生,你只是比我长而已。"

相同的话有不同的说法,语言具有多样性,有时候,语言换一种表达的方式,或许会得到更好的效果。

拿破仑的"长"在这里只是指身高方面的问题,如果按照马歇尔·蒙塞的话来说,还可以引申为地位等方面,拿破仑用幽默的语言纠正了侍卫的错误。

技巧7 合理解释自己的荒唐之举

有一天,郁达夫和一位军界的朋友在饭馆吃饭,吃完的时候服务员来到他们面前结账,但没有想到的是,郁达夫居然从鞋垫底下拿出几张钞票给了服务员。

军界的这位朋友感到非常不可思议,于是问他原因。

郁达夫不慌不忙地说:"以前都是它压迫我,现在我也可以压迫它了。"

人们总会在不经意间做出令人感到奇怪的举动,但是有些人却可以合理地解释自己的行为,这不仅是口才的表现,还是一种对人生的感悟。

郁达夫一直以来的生活都不是很如意,也就是过着被钱压迫的生活,等到他现在日子有所改善的时候,就将钱放到了鞋底。郁达夫通过这种曲解法的口才运用，让朋友开怀大笑。

技巧8　讲个故事包含你的想法

迪斯雷利有一次接受一个人的询问，对方说："灾祸和不幸有什么区别呢？"

迪斯雷利想了想说："举个例子吧，如果有人掉进了河里，这就是灾祸；如果有人想把他拉上来，但是没有成功，这就是不幸了。"

很多事情说起来很复杂，这个时候就需要通过打比方的方法，把事情说清楚。"灾祸"和"不幸"要说清楚是个很麻烦的事情，于是迪斯雷利通过一个故事将这两个词语放进去解释，看似没有解释，实际上已经说得很明确了。

技巧9　学会平易近人

在丘吉尔八十岁大寿的时候，一位年轻的记者问他："首相先生，我很希望明年可以来给您过生日。"

没想到丘吉尔站起来，然后拍着对方的肩膀说："小伙子，你看起来这么年轻，身体也不错，应该没有什么问题。"

那些位高权重的人总是给人高高在上的感觉，如果他们能够更平易近人一些，就能制作出更为和谐的气氛来。

很明显，记者的意思是想要明年继续来给丘吉尔祝贺生日，而丘吉尔故意曲解了对方的意思，说对方的身体很好，可以活到明年。这其实是一个很有意思的故事，缓和了当时的气氛，同时也显现出了丘吉尔平易近人的风范。

技巧10　故意重复对方的话

密特朗为了能够连任总统，和法国的前总理希拉克展开了非常激烈的竞选大战，在电视的辩论中，密特朗不断在强调着："总理阁下。"

希拉克非常生气地说："密特朗先生，我们这是在竞选，不存在总统和总理的区别。"

密特朗笑着说:"好的,总理阁下。"

在有些特定的场合,故意重复对方不想听到的话,同样可以达到幽默的效果。

在法国,总统的职位是要高于总理的,密特朗为了能够在这次选举中压制希拉克,所以在和对方的辩论中不断提起"总理阁下",表面上看是对希拉克的尊重,实际上是在故意提醒选民对方是总理,我是总统,这种提醒也有着幽默的意味。

技巧 11 　找到合理的理由

斯特拉芬斯基是个非常出名的音乐人,他创作过大量被美国人熟知的乐曲,有一天,一个电影人给斯特拉芬斯基说:"我拿出 4000 元的薪酬,希望你能够给好莱坞的某部电影配乐。"

斯特拉芬斯基拒绝了对方,他说:"太少了。"

那位电影人继续说道:"但是有一位作曲家却愿意给这部影片谱曲。"

斯特拉芬斯基幽默地说:"他有才,而我没有,我干起来要吃力很多的。"

看起来没有道理的地方,在智慧的人眼中却能够找到合理的理由,有点"强词夺理",但是的确可以达到效果,并且感觉很幽默。

斯特拉芬斯基故意这样说,告诉对方如果要让他谱曲的话,那就要多付出一些劳动报酬,显示了斯特拉芬斯基的机智。

技巧 12 　侧面回答对方的问题

有一次一个外国的朋友对侯宝林说:"我们的演员都做了总统,您为什么没有呢?"

侯宝林听后笑着说:"因为他们都是些二流演员,而我是一流的啊。"

国家的政治体制不相同,从事的职业的未来发展也有着不同,对于演员可以做总统的这件事，侯宝林并没有正面回答，他通过职业能力方面来回答，打破了僵局，避开了对方的话题，也展示了自己的幽默。

技巧 13 不同场合用不同的语言

1972 年 5 月，基辛格在维也纳召开了一个记者见面会。

有位记者向基辛格问关于美苏和谈的程序问题："到时候，你是打算一下子倾盆大雨般宣布呢，还是点点滴滴地宣布呢？"

基辛格听后想了想说："我们决定点点滴滴地发表成批的说明。"

会场上一下子被他的话逗乐了。

不同的场合要求不同的说话方式，有时候需要说明白，有时候含糊一些，反而效果更好。往往那些含含糊糊的话不仅有幽默的效果，而且还会让人思考很久。

点点滴滴发表是一种温和的风格；而倾盆大雨则是比较激烈的表现，在美苏冷战的时期，一旦有任何话题都会被世界关注，基辛格面对这样的问题，很聪明的选择了含糊的方法，他的话也让人们捉摸不定。

技巧 14 装糊涂的妙用

普希金成名之前去参加在圣彼得堡举办的一个舞会，他邀请一位年轻而又漂亮的贵族小姐跳舞。

这位傲慢的贵族小姐并不怎么瞧得起普希金，她非常冷淡地说："我可不想和一个孩子跳舞。"

普希金并没有因为对方的话而生气，反而笑着说："对不起，女士，我不知道您现在还怀着孩子。"

装糊涂其实也是一种幽默的方式，这样做，可以让我们缓和所面对的尴尬。

这位贵族小姐的意思是奚落普希金像个孩子一样，但是普希金故意装糊涂,故意理解成对方怀着孩子,轻松化解了一场尴尬。

技巧 15   顺着对方把话说下去

华盛顿有一天晚上约了几个朋友在壁炉前聊天,当时壁炉的火非常旺,华盛顿感到后背有些热,于是转过身,脸对着壁炉坐着。

有一位客人看到华盛顿的这个举动,开玩笑的说:"将军,您应该顶得住战火啊,可不能畏惧它。"

华盛顿听后笑着说:"作为将军,我可要敢于面对战火,接受他的挑战,背对着,很像是一个逃兵啊。"

在人际交往中,顺着对方的话说下去,其实也是一种展现幽默的方式,这样做很容易让事情顺着自己的想法发展,而且还可以产生幽默效果。

华盛顿感觉到后背热,而对方故意说他是坚持不下去了,于是华盛顿顺着对方的话说下去,表明自己只是想正面对着炉火,看起来是个幽默,但包含着很深的道理。

技巧 16   学会用自己的优势

为了锻炼小兵的生活能力和自理能力,父亲经常让他做一些简单的家务活。

有一次,父亲让小兵削土豆皮,小兵突然说:"你要知道,你是在非法雇佣童工。"

父亲当即说:"那去法院告我吧,不过我也要告你虐待老人。"

小兵借助自己年幼的优势向对方发起语言挑战,而对方正好借助年老的优势予以回击,自然而然产生了幽默的效果。

技巧 17   不断暗示给对方

赫伯特·特里在一次排练中,感觉效果不是很好,于是对一个年轻的演员说:"往后退几步。"

那位年轻的演员后退了几步。

但是没有过几分钟,赫伯特·特里又让对方后退几步。

那位年轻演员又后退了几步。

过了一会,赫伯特·特里要求对方再往后退。

那位年轻的演员说:"再后退,就到后台了。"

赫伯特·特里非常高兴地说:"对的,这就对了。"

赫伯特·特里对那位年轻的演员不满意,认为他的演技还不够做一个合格的演员,但是又不好意思直接说,于是就用这个后退的办法告诉对方,这里用到的就是暗示的方法,这样不仅不会伤害到对方的面子,而且还有幽默的效果。

技巧 18 将物体拟人化

阿尔芒·法利埃去拜访大雕塑家罗丹,他们一同进入罗丹的工作室,阿尔芒·法利埃看到满地的头、手、脚和躯干,不由皱起了眉头。

罗丹非常惭愧地说:"对不起,如果知道你要来的话,我就会收拾收拾的。"

阿尔芒·法利埃笑着说:"这个不怪你,谁让他们走路不小心的。"

一般人面对这种场合总会说"没关系",这样说很正常,但是有点乏味,如果要想使场面变得有趣一些,就需要像阿尔芒·法利埃一样,把雕塑当做真人,然后将地上的手啊、脚啊之类归罪于雕塑们自己不小心掉下来的。

技巧 19 用第三方攻击增加自己语言的权威性

哈里·杜鲁门曾经在一个全国性的讲话中挑战肯尼迪说:"我们的民众需要一位成熟的人。"

肯尼迪却很聪明地说:"如果只是将年龄作为批判标准的话,那么美国将会放弃对44岁以下所有人的信任。这种做法可能阻止了杰斐逊起草《独立宣言》、也会阻止华盛顿领导的独立战争中的美国军队、还有麦迪逊起草宪法、还有哥伦布去发现新大陆……"

肯尼迪借助杰斐逊、华盛顿、麦迪逊、哥伦布这些优秀的人来证明年轻会更有创造力,从而让自己的发言更加有权威性和可信性,而且他的讲话也会变得幽默有趣。

技巧20 任何场合都需要坦荡

出名之后的卓别林,被很多人模仿。有一次,一家公司举办另一个模仿卓别林的大赛,还请了一些专门研究卓别林的人做评委,卓别林知道这个消息之后,也赶去参加比赛,但是最后的结果是他获了一个第二。

颁奖的那天,这家公司请来卓别林来讲话。

当时卓别林讲道:"毋庸置疑,世界上只有一个卓别林,那个人就是我,但是对于评论家的意见我还是尊重的,所以被评为第二名的我就不用讲话了,有请第一名上来讲话。"

按照常理,最像卓别林的人应该是他本人,但是在评委们的眼中对卓别林有另一个认识,所以比赛的结果并不是卓别林自己取得第一,卓别林接受了这个事实,而且非常坦荡的邀请那位第一名上来讲话。

技巧21 给双方都留台阶

有一次,正在做讲演的林肯收到了别人递上来的纸条,林肯打开看到了两个字:"笨蛋"。

这个时候的林肯感觉到了尴尬,同时也非常生气,但是他很快就恢复了平静,然后笑着说:"我以前收到过很多的匿名信,大多数都是有正文而没有署名,今天收到的却只有署名没有正文,真是奇怪。"

讲完这些话后,林肯继续自己的讲演。

在遇到别人恶意的攻击的时候,不一定要冲冠一怒,其实,有时候选择幽默的方式对待,反而会获得更好的效果,这样不仅可以给自己和对方都留有台阶,而且还可以让自己顺利地摆脱当时尴尬的场面。

面对匿名者的侮辱,林肯故意把对方谩骂的话语理解成了对方的署名,对方可以说是搬起石头砸了自己的脚。林肯这样的智慧让自己在面对别人的恶意攻击的时候,既维护了自己的尊严,又不失幽默和大度。

技巧22　借助暗示让对方后退

罗伯特·勃朗宁对于无聊的聊天和应酬非常反感,在一次社交的聚会上,有一位先生对罗伯特·勃朗宁提出了很多无聊的问题。

罗伯特·勃朗宁在对方的问题中没有找到任何有价值的东西,于是变得更加的不耐烦了,决定离开……

于是,罗伯特·勃朗宁对那位先生说:"对不起,先生,我独占了您这么长的时间。"

当我们不喜欢某种环境时,我们可以借助聪明的办法暗示给对方,从而让对方撤退,在人际交往中不要轻易拒绝别人。

罗伯特·勃朗宁对对方显示了尊重,但是他毕竟对对方的聊天方式很不感兴趣,所以为自己的离开找了一个看起来稍微冠冕一点的理由,从而也不让对方认为自己是个傲慢的人,从而维护了双方的关系。

技巧23　旧话重提的方法

有一次,老舍先生正在帮助清朝的最后一个皇帝溥仪修改他的自传《我的前半生》,这个时候他的老朋友楼适夷来看望他,于是就问老舍在干什么。

老舍笑着说:"我正在做奴才,给我们的主子改稿子呢。"

"旧话重提,旧词新用"的方法是一种很有效的幽默方式,将我们以前的事情做一个梳理,然后再找出一些曾经使用过的语言,从而达到幽默的效果。

满清的时候,给皇帝办事的人都被称为奴才或者自称为奴才,解放之后,溥仪虽然已经不再享有皇帝的权力,但他毕竟曾经是皇帝,所以老舍故意这样说,为的就是让老友楼适夷听后笑一笑。

技巧24 认真对待生活中的每一件事

陈景润是个做事很认真的人,他在晚年的时候终于有了儿子,所以自然把这个儿子当宝贝一样。

有一次,陈景润的一位同事看到白白胖胖的小孩子,然后给他说:"我可以抱一下他吗?"

陈景润想了一会儿说:"你先打个借条吧。"

陈景润并不是很希望别人抱他的儿子,但是对于朋友或者熟人直接拒绝的话,显得有点难堪,所以他自己想出了这样的一个办法,既缓和了气氛,也没有得罪朋友。

技巧25 考虑到第三方

艾萨克·巴什维斯·辛格是个素食主义者,但是他的很多学生对此非常不解,于是有一天他们就问艾萨克·巴什维斯·辛格道:"您之所以提倡素食,是不是因为健康方面的问题?"

艾萨克·巴什维斯·辛格却很幽默的说:"我之所以这样做,是为了鸡和牛的健康。"

艾萨克·巴什维斯·辛格并没有向学生想的那样回答有关于自己健康的问题,而是转到了鸡和牛的健康回答上,很显然,他的这句话达到了幽默的效果。

技巧26 用客观事实说话

有人要租房子,于是指着房子问房东说:"这房子是不是经常漏雨?"

房东很有趣,他说:"不是,这所房子只有在下雨的时候才漏雨。"

房客问的是房子的质量问题,但是房东转移了话题,回答中富含着幽默的成分。

技巧27　故意装无知

有一天,雨果到边境旅游,遇到了检查登记的宪兵,对方问他的姓名。

雨果只好如实回答自己叫雨果。

宪兵又问道:"做什么的?"

雨果回答道:"写东西的。"

宪兵又问道:"用什么维持生计?"

雨果回答说:"笔杆子。"

于是,那个宪兵在登记的本子上写道:"雨果,以贩卖笔杆为生。"

幽默的产生并不一定都是故意为之,有些时候,一个经典的幽默很有可能是因为误解所导致的,如果想要制造幽默的效果,那就用自己的"无知"来达到效果。

在这里无知的宪兵曲解了雨果的意思,笔杆子一般都是文人自己的代称,是一种自嘲的说法,但是宪兵错误的理解了它,于是,著名的作家雨果也做了一回小商贩。

技巧28　正话反说

有一天,有个人问泰勒斯说:"您见过的最为奇特的事情是什么?"

泰勒斯随口回答道:"长寿的暴君。"

当然谁都知道,暴君一般是不会长寿的,因为他要么被推翻,要么就会因为自己的残暴和荒淫无度影响到健康,从而折了寿命。而泰勒斯故意这样回答,自然显出了一种幽默。

技巧29　用到时间的概念

某新闻类节目主持人接受了一群大学生的访问,其中一个大学生问道:"我是历史系的学生,那我以后可以做新闻主持人吗?"

主持人笑了笑说:"今天的新闻不就是明天的历史吗?"

14

主持人的幽默得到了所有人的掌声。

新闻和历史的区别在于时间上，这位主持人并没有正面回答这个学生的问题，而是借助时间的概念，然后通过其他方面回答这个问题，充满了幽默感。

技巧 30 曲解对方的意思

卓别林的朋友来拜访他，对方问卓别林说："您认为世界上最伟大的语言大师是谁呢?"

"那应该是上帝了，因为你看，世界上的人用不同的语言向他祈祷，他都可以听懂。"卓别林说。

对于对方提出的，自己无法回答或者难以回答的问题，故意曲解对方的意思，其实是个很好的办法，不要认为所有的问题都需要正面回答。

"谁是最伟大的人?"诸如这样的问题其实是很难回答的，即便是你费上半天口舌也不一定能够说清楚，所以卓别林干脆说是上帝。卓别林用的就是故意曲解对方意思的方法，让一个平淡的，甚至有点无聊的问题，变得具有幽默感。

技巧 31 从容面对自己的弱点

1979 年，约翰·梅杰参选下院议员。

竞选过程中，一个农场主有点故意地说："您居然欠缺农业方面的知识，这实在让我太意外了。"

约翰·梅杰随即说："先生，让您失望了，我不懂奶牛也不懂水牛，但是我可以保证如果你投了我的票，我就可以在一天之内成为养牛专家。"

世界上不存在对什么都懂的人，每个人都有自己的弱点，如果能够在自己的弱项面前做到从容应对，那么你就是一个了不起的人物。

约翰·梅杰并没有否认自己的弱点，他一边给自己拉着选票，一方面表明自己愿意去学养牛方面的知识，这句话还包含着约翰·梅杰的自信和决心。

技巧32 回避自己无法回答的问题

清朝乾隆年间,乾隆问手下的刘墉说:"我朝一年大概死多少人,生多少人?"

刘墉很机智的说:"一年中生的只有一个,死的有十二个。"

乾隆对此很惊奇,问他为什么。

刘墉于是解释道:"今年是马年,所以无论生多少人,他们都是属马的,所以说只能出生一个,而死去的,无论怎样什么属相的都会有,所以我说死十二个。"

对于不能回答的问题,请记住,可以用其他的手段加以回避。如果要正面回答乾隆的问题,就需要到户部去参阅人口记录方面的数字,但是刘墉知道乾隆也只是随口一问,所以就自己想了这么一个办法,逗皇帝开心。

技巧33 模糊概念回答问题

乾隆有一次又刁难刘墉道:"京师总共有九个门,那请问每天进出的各有多少人?"

刘墉考虑都不考虑的说道:"只有两人,万岁。"

乾隆询问为什么,刘墉解释说:"就算每天出进的人有千千万万,都总归是两种性别,男人和女人。"

对于乾隆这样刁钻的问题,估计谁都回答不出来,刘墉只能将话题模糊一些,然后故意曲解对方的意思,这样就会让一个非常复杂的问题,变得简单化了。

技巧34 学会对方的思考方式

曾经有人给海明威写了一封讽刺信,信的内容是这样的:"听说您的身价是一字一美金,那我现在寄来一美金,请寄个样品让我看看。"

海明威收到信后,给对方回了一封信,上面只有一个字——"谢"。

如果对方误解了你的意思,你可以给对方认真解释,也可以故意按照对方的思路思考下去,从而得到预想不到的效果。

那个人给海明威寄去一美金,目的是为了嘲笑海明威,没有想到海明威收下了他的钱,还给他寄来了一个字,而这个字正好用在当时的情景中。海明威故意曲解对方的意思,达到了非常好的效果。

技巧35   反面解释

齐景公特别喜欢鸟,专门派烛邹给他养鸟,有一天,烛邹不小心让鸟飞走了,齐景公非常生气,扬言要杀死烛邹。

晏子听说这件事情后, 来见齐景公, 然后给他说:"烛邹总共有三项大罪,我给您数一下,以让他死得明白。"

然后,齐景公把烛邹叫来,晏子说:"烛邹,你的罪过太大了。第一条罪状是为我们的大王管鸟而放走了鸟儿;第二条是因为鸟的原因让我们的大王杀了人;第三条是让全天下的人都知道我们的大王会因为一个鸟儿的缘故而杀人,损坏我王的名声,难道不该死吗?"

说完这些之后,晏子请求齐景公赶紧杀死他。

齐景公这个时候才明白晏子是在劝他, 只不过是用了婉转一些的方式而已,于是下令放了烛邹。

晏子故意数落烛邹的罪状,其实都是在为烛邹开脱,如果硬要去劝说大王,说不定还影响到自己,晏子想到的这个办法,很好的达到了自己想要的效果。

技巧36   借助历史人物

乾隆皇帝有一次问他的大臣纪晓岚说:"纪昀,你是怎么理解'忠孝'的?"

纪晓岚回答说:"君要臣死,臣不得不死,这个就是忠;父要子亡,子不得不亡,这个就是孝了。"

乾隆皇帝突然说:"那我现在就让你去尽忠,你愿意吗?"

纪晓岚知道这个又是皇帝给他设置的局,于是他说:"臣领旨。"

皇上笑嘻嘻地说:"那你准备以怎样的方式来尽忠?"

纪晓岚灵机一动说:"跳河。"

于是乾隆就让他去尽忠了,乾隆知道纪晓岚是不会死的,于是静等着纪晓岚的消息。

过了一会儿,纪晓岚果然回来了,乾隆说:"纪卿为什么没有去死呢?"

纪晓岚这个时候说:"我走到河边,刚要跳下去,这个时候屈原从水里边出来了,他问我:'纪昀,你这样做是错的,当年我跳河是楚王昏庸,最后亡国才死的;而你现在正遇到千古明君,你怎么可以死呢?'所以臣就回来了。"

中国封建社会皇帝的话是金口御言,一旦说出来就要照着去做,即便是开玩笑,有时候也会成真,乾隆逼着纪晓岚去跳河,如果遇到一个脑筋死板一些的,真的有可能跳河了,只有纪晓岚这样的才子能够想到屈原,借助屈原的话,保全了自己的性命。

技巧37 将概念偷换

阿凡提有一次陪着国王在河边散步,国王指着河问道:"阿凡提,你算算这条河的水大概可以装多少桶?"

阿凡提看着流动着的河水说:"如果桶有河这么大的话,那就能装一桶水;如果有河的一半的话,那就只能装两桶了。"

这里,国王所说的桶是一般意义上的桶,而阿凡提所讲的桶是虚拟出来的桶,这样的回答巧妙地解决了国王的问题,也不会让国王生气。

技巧38 任何事情都可以分为两个部分

有一次,有人问柏拉图:"贫穷的国家为什么还会有有钱人?"

柏拉图回答说:"你的理解有问题,其实任何国家都分为两部分,一部分是穷人的国家;而另一部分则是富人的国家。"

柏拉图的观点是任何城市、任何国家都会有穷人和富人,所以国家也不是一个纯粹的国家。由此可见,柏拉图的幽默功底是多么了得。

第二章
幽默的问答题——答非所问

　　　　　　幽默在我们的日常生活和工作中出现的频率越来越高了,我们可以通过幽默的方法拉近和其他人的关系,而答非所问就是一种非常好的办法,这种办法可以帮助我们更容易地应对尴尬和难堪,让事情变得更容易处理。

技巧 1　让时间来解答

　　一个满脸惆怅的病人问安提丰说:"人活着到底是为了什么?"

　　安提丰回答得很简单:"他说,我到现在还没有弄清楚,所以我要活着,然后把它弄清楚。"

　　面对病人的问题,安提丰并没有用最简单的回答来回答问题,而是换了一种思维方式,这样鼓励了对方的心态,让对方建立了良好的信心。

技巧 2　夸赞对方以解自己的围

　　在一次聚会上,夏尔·莫里斯·德塔列朗·佩里戈尔引坐在斯塔尔夫人和大美人雷卡米埃夫人的中间,他被雷卡米埃夫人的美貌所迷住,两人也聊得非常投机。

　　受到冷落的斯塔尔夫人这个时候说道:"夏尔·莫里斯·德塔列朗·佩里戈尔引先生,如果我们三个人坐在船上不小心失事了,你会先救谁呢?"

　　夏尔·莫里斯·德塔列朗·佩里戈尔引听到对方这样问他,站起来鞠了一躬后说:"夫人,我知道您无所不能,所以您肯定会游泳。"

夏尔·莫里斯·德塔列朗·佩里戈尔引本来是处于一个两难的境地,于是他选择了恭维对方无所不能,然后适时为自己解了围,他的这种答非所问的方法既达到了幽默的效果,同时又没有得罪两位夫人中的任何一位。

技巧3　答非所问的方法

休谟曾经有一次参见一个晚宴。

晚宴上,有人在抱怨着这个世界,他认为这个世界太过于黑暗,人和人有着太多的对立。

休谟说:"不是你认为的这样的,我以前写过很多有关于道德的、政治的、经济的、宗教的题目,这些都会引起斗争和敌意,但是我的敌人除了辉格党人、托利党人及基督教徒以外,好像没有其他人了。"

休谟是一个出名的无神论者,在政治方面他有自己的见解,但他并不是悲观主义者,他不想认为世界是一团糟糕,他的回答表面上答非所问,实际上很好的驳斥了对方的观点,而且还带着幽默的味道。

技巧4　答案并不唯一

康德在一次偶然的机会看到一位熟人正在向一位妇女告别, 他非常好奇,于是他问道:"那位是你的未婚妻吗?"

熟人回答道:"是的,难道你对我的选择感到很惊奇吗?"

康德笑了笑说:"不,我惊奇的是她的选择。"

康德的回答很让人意外,他避开了朋友的话题,而是通过答非所问的方式开了这个朋友一个善意的玩笑。

技巧5　给出自己的观点

苏格拉底和学生谈论有关于结婚好与坏的话题。

苏格拉底对他的学生说:"对此争论不休的人,无论得到了哪一种答案,最后都会后悔的。"

婚姻需要建立在双方的感情基础上,如果将其认为是一种功利的行为,那么最终肯定会后悔,因此面对这种谈论,他一方面不好意思直接拒绝,一方面又要表达自己的意思,所以他选择了这种方式,在会心一笑中,展现了他的睿智。

技巧6 包含智慧回答问题

爱因斯坦曾经收到过别人的一封信,上面写着:"请您务必要告诉我,世界末日到底在哪一天。"

爱因斯坦看完信后写了一封回信,他写道:"地球存在已经有10亿年了,对于你的问题,世界末日是哪一天,我可以给你一个建议:等着瞧吧。"

爱因斯坦在面对对方对世界末日的提问时,没有直接回答对方的问题,因为这个是很难做出回答的,所以他干脆让对方自己"等着瞧",爱因斯坦的这种回答,看似荒诞,其实饱含着他的智慧。

技巧7 善加联想

据说,林肯的腿非常长,因为这个原因,曾经有人嘲笑他说:"林肯先生,一个人的腿不知道要长到多长啊?"

林肯笑着回答说:"能够碰到地面就可以了。"

此人本来想就林肯的腿长来开一个玩笑,但没有想到被林肯很机智地化解了,而且对方的答案让人感到非常有趣。

技巧8 故意说出自己的尴尬

柯立芝总统在一个傍晚和几个朋友在白宫里散步。

有位朋友指着白宫说:"不知道是谁住在这么奇怪的房子里?"

柯立芝总统听后说:"没有人住在里边,里边的人一直是进进出出的。"

白宫是美国总统的官邸,谁是总统谁就可以住在里边,柯立芝总统作为总统自然可以住在里边,但是他离任了之后,就需要从里边搬出来。他虽然没有正面回答朋友的问题,但是却揭示了一个道理,美国的总统都是历史的过客。

技巧9　换个角度回答问题

彼斯塔洛齐有一次遭遇了一个非常难回答的问题:"从襁褓中可不可以看出孩子长大后会成为一个怎样的人?"

彼斯塔洛齐听后,却很干脆地回答:"这个很简单,如果襁褓中的是一个女孩,那以后肯定是一个妇女,而是男孩的话,那么长大之后肯定会成为一个男人。"

问题本来问的是孩子以后的成就和发展,这个问题肯定是无法回答的,但是彼斯塔洛齐故意从孩子的性别出发去回答,得到了幽默的效果。

技巧10　故意错误理解对方的意思

美国著名的作家埃内斯特·海明威在一次宴会上陷入了对自己小说情节的思考中,坐在他旁边的富翁却不断打断他的思维,希望可以和他一起来聊天。

富翁问海明威说:"最好的写作方式到底是什么呢?"

海明威做出一副无奈的样子说:"自然是从左到右的写作方式了。"

富翁其实问的是写作的方式,而海明威故意从写作的格式上来给对方做出解释。

技巧11　用侧面回答的方法

有人问丘吉尔说:"做一个成功的政治家需要哪些条件?"

丘吉尔回答说:"政治家要能够预料明天、下个月以及未来很久要发生的一些事情。"

那个人非常焦急的说:"假如预言的事情没有实现的话,那该怎么办呢?"

丘吉尔回答说:"那就需要编造一个理由出来。"

丘吉尔一直都没有正面回答对方的问题,但这种回答恰恰揭示了政治家们的骗术。

技巧12　用外行的方法对付门外汉

法拉第对知识非常渴望,为了能够得到科学研究的成果,他会百折不挠,这往往使得那些急功近利的人想不明白。

税务官格拉道斯有一次看到法拉第准备做一个在他眼里意义并不是很大的实验时说:"花这么大的力气就为了这样一个实验,有什么意义呢?"

法拉第回答道:"当然有用了,不久之后你就可以来收税了。"

税务官格拉道斯认为法拉第做的实验没有科学意义,但是对于对方这位门外汉,法拉第很难解释清楚,于是他就选择了这个方式来回答对方,显得妙趣横生。

技巧13　举几个事例作比较

丘吉尔有一次遭到别人的提问:"餐后演讲已经是很困难的事情了,那么,请问还有比这个更困难的事情吗?"

丘吉尔回答道:"还有两件,一个是去爬倒向你这边的墙、一个是吻倒向另一边的女孩。"

人在吃完饭后都昏昏欲睡,如果不是演讲内容非常有意思的话,是不会引起别人的注意的,当丘吉尔遭到这个提问的时候,丘吉尔举出两个在生活中很难发生的事情来回答对方,充分显示了丘吉尔的智慧。

技巧14　纵向比较

有一次,有人问杜鲁门:"听说你的父亲是一个失败者?"

杜鲁门听完之后笑笑说:"我父亲虽然是一个失败者,但是他毕竟是美国总统的父亲。"

杜鲁门否定了对方的说法,但是他没有去列举别人不知道的他的父亲成功的例子,而是把自己的父亲和自己联系了起来,表明自己取得的成功,很大程度上归功于自己的父亲。

技巧15 纠缠于字面意思

记者在采访埃梅的时候说:"我认为现代社会对人类的自由发展有阻碍作用,您怎么看?"

埃梅说:"哦?我不怎么认同你的观点,最起码我是完全自由的。"

记者又说:"但是,您没有注意到您的自由是受着一定的限制吗?"

埃梅笑着说:"你说的也对,我现在发现我很大程度上受制于词典。"

记者其实在讲着人身自由方面的理论,而埃梅却把话题转到了词句使用方面,这既对记者的观点进行了驳斥,同时也突出了自己的文字工作者的身份,还获得了意想不到的幽默效果。

技巧16 学会用拟人手法

艾森豪威尔担任第二次世界大战欧洲战场盟军总司令时,有一次他去视察一支在亚琛附近陷入困境的军队,当他到来的时候得到了士兵们热烈的欢迎,但是没有想到的是,他在演讲完走下台的时候摔进了泥浆里。引来了大家的哄笑。

艾森豪威尔对此并没有生气,只是和他们一起笑了起来,然后告诉他们说:"刚才泥浆告诉我,我对你们的慰问是非常成功的。"

艾森豪威尔虽然摔到了泥浆里,但是他急中生智,把泥浆拟人化,借助泥浆的话,然后摆脱自己所处的尴尬境地。

技巧17 简单理解对方的问题

亨利·克莱是个很优秀的演讲师,他的演讲总是充满着感染力,这也使得他赢得了议院中很多人的赞同,同时也使得同时代很多演说家起了仇恨之心。

曾经就有一位先生总是贬低亨利·克莱的演讲才能,并且说:"你的演讲缺乏生命力,虽然眼前看起来很有感染力,但实际上对后世子孙没有任何影响力。"

亨利·克莱笑了笑说:"那么,您是要等到下一代成为听众的时候,才开始演讲吗?"

对方嘴里的生命力其实是在指影响力,但是亨利·克莱故意理解成纯粹意义上的时间,然后质疑对方是不是"要等到下一代成为听众的时候再演讲"。这不仅反驳了对方,而且充满了幽默的效果。

技巧 18 时刻保持清醒的大脑

林肯参加了竞选总统的辩论会,对方很有激情地说:"我们做事情需要诚实还需要勤奋,只有这样做,以后才会有好的结果,才会去天堂,有人要去天堂吗?要去的人请举手。"

全场的所有的听众都举起了手来,只有林肯一个人没有反应。

对手这个时候很得意,他说:"林肯先生,您不想去天堂,那您要去什么地方啊?"

林肯却很平静地说:"我要去国会。"

对手使用的只不过是文字游戏,而林肯并不为之所动,保持自己清醒的头脑,林肯的机智和幽默,告诉了选民他的目的就是要去国会,同时使整个气氛变得非常活跃。

技巧 19 身高避尴尬

有一次,林肯总统在白宫会见其他国家的元首,对方个子非常高,林肯也是一个个子很高的人,两个人站在一起就像两根炮管一样,这个场景让林肯感觉到非常好笑。

于是林肯说:"想不到您的个子也这么高,我想知道你做总统感觉怎么样?"

"您说呢?"对方一时没有领会到林肯的意思。

林肯很幽默的说:"我感觉每天像吃了火药一样,总想着放炮。"

对方的意思是在问林肯感觉做总统怎么样,而林肯却把话题转到了两个人的个子很高就像炮筒一样,所以他总想着放炮。林肯的回答真的是让人回味无穷。

技巧20 避开细节问题

悉尼·韦布在当代的重大问题上,总会和自己的夫人意见保持一致,有一次有位记者就这件事情向他询问原因。

悉尼·韦布是这样回答的,他说:"我们在结婚的时候一定商量好了,在重大问题上要保持一致。"

比阿特里,也就是悉尼·韦布的夫人在一旁补充说:"悉尼·韦布决定我们的投票,我则负责确认什么是重大问题。"

悉尼·韦布在回答对方的询问的时候,没有纠结到问题的本身,而是转换到了如何做到一致,并且避开了具体的事情,只是说他和太太在婚前就已商量好,这样既避免了记者的纠缠,同时也通过生活的趣味换来了气氛的活跃。

技巧21 中断对方的问题

在内战的前几天,西沃曾参加了一个民众的集会,人们都在猜测最近军队的秘密调动到底是怎么回事。西沃对此沉默不语。

此时有一位妇女注意到没有说话的西沃,于是她带有挑战的语气问道:"州长先生,您是怎么看这个问题的,您能猜测出军队开往的目的地吗?"

西沃说:"夫人,我假如不知道内情的话,我就会告诉你我的猜测。"

西沃作为州长肯定知道军队的调动,但是他需要保守秘密,他在这样的一个民众集会上,并没有顺着那位妇女的询问而聊下去,而是选择了一种聪明的方式,回避这个问题。

技巧22　反问对方

人们在没有见识到电灯、电话等发明的作用的时候，都在猜测着电的用处和好处。

法拉第有一次在做一个关于电的演讲，这个时候有一位贵妇模样的人问道："教授，您讲得很好，可是这些东西到底有什么实际用处呢？"

法拉第诙谐地说："您能够预测刚生下来的孩子以后有什么出息吗？"

电的好处，放在现代即便是孩子都可以答出它的好处，但是在那个年代是无法说得清楚的，面对这位贵妇人的提问，法拉第只能选择更为幽默的方式才能够达到对自己有利的效果。

技巧23　通过侧面解释自己的重要性

有人问柯立芝说："你在上大学的时候都会在运动会上参加什么项目？"

柯立芝却很自豪地说："我的项目是发奖。"

提问人很显然问的是运动项目，但是柯立芝却故意曲解成了活动项目，他的这种回答会让对方明白他的身份，同时也使得气氛变得活跃，如果正面回答他自己是官员的话，那也就显得太过于枯燥了。

技巧24　动物的作用

1863 年，伊凡·谢切诺夫发表了关于《蛙脑对脊髓神经的抑制》等论文，与此同时他又出版了《脑的反射》一书，为神经生物学的发展做出了巨大的贡献。

可是，沙俄政府在不久之后逮捕了伊凡·谢切诺夫，在审讯的时候，法官告诉伊凡·谢切诺夫说："你可以为自己找一个辩护律师。"

伊凡·谢切诺夫表现地非常平静，他说："那就让青蛙来为我辩护吧。"

法官的意思肯定是让伊凡·谢切诺夫找一个人来为他辩护，但是伊凡·谢切诺夫却说是找青蛙，因为他在研究一系列蛙脑方面的科学问题，科学是没有罪的,他们这样做在伊凡·谢切诺夫眼里本来就是荒诞的,所以他故意这样说,在幽默的同时发人深思。

技巧25　把自己的成功归功于别人

美国总统肯尼迪有一次接受一个朋友的询问:"'二战'中,你是如何成为英雄的?"

肯尼迪非常幽默地说:"这件事情由不得我,主要是日本人炸沉了我的船。"

对于朋友的提问,肯尼迪显然没有正面回答,但是熟悉"二战"历史的人都知道,美国在最初的时候并没有参战,只是因为后来的珍珠港事件才让美国卷了进来,同时之后也让肯尼迪成为了"二战"英雄,虽然肯尼迪没有明说,实际上是展现了自己是打了一场正义的战争。

技巧26　找到问题背后的问题

有两个年轻人有一次谈论到了总统的薪水问题。

其中一个说:"总统的薪水和歌星一样多。"

"真的吗?太不公平了,总统可是不会唱歌的。"另一个说。

这个时候,肯尼迪路过刚好听到他们的对话,然后他说:"总统的薪水高是因为骂出来的,一旦有了任何问题大家都会骂总统,所以总统的薪水就高了起来。"

三个人的对话显然不能够说明总统薪水的实际问题,但是肯尼迪在谈话中展现出总统的任务重、责任重,所以享受着较高一点儿的工资,让对方在幽默中领悟总统的工作意义重大。

技巧27　一语双关的作用

1972年,美国前总统尼克松访华,第二天的时候,毛泽东和尼克松一起去登长城,尼克松因为腿脚有病,走了一会儿就吃不消了,当时有记者问他说:"总统先生,您为什么不登上最高处呢?"

尼克松说:"昨天我和毛泽东的会见已经是最高处了,又何必再来一次最高呢?"

记者的问话是一语双关,而尼克松也在回答中体现了他的聪明才智,尼克松的确是一个口才很棒的总统。

技巧28 故意隐藏自己的优势

有一位资格很老的记者向美国前总统里根提出问题:"总统先生,您现在是历史上年龄最大的总统了,您的一些幕僚说,您在最近参加了竞选之后感觉到非常厌倦。我现在想知道,您现在有足够的精力来履行您的职责吗?"

里根听过这个刁难的问题后说:"我当时说我很厌倦,只是想让人们知道,我不希望用我的年龄作为一种资本,从而攻击那些对手的年轻和经验缺乏。"

里根没有直接反驳对方的观点,而是抓住了自己年老的对立面——年轻,因为年轻必然经验不足,在简单的问答中,里根很快将自己的缺点变成了优点,而把对方的优点变成了缺点。

技巧29 反唇相讥

阿凡提的坐骑是一头小毛驴,有一天他们路过一个小村庄,一个农夫对他说:"在我们这里休息一下,明天再走吧。"

阿凡提发现周围没有人,于是跟对方说:"谢谢了,不用了。"

农夫笑嘻嘻地说:"对不起,我是在和驴子说话,不是在和你说话。"

阿凡提装做很生气,他转过身给驴子一个巴掌后说:"在村口的时候我就问你,你在这个村庄有没有亲戚,你说没有,现在怎么会有人请你吃饭。"

说完之后,阿凡提又给了驴子一个巴掌,说:"看你这个畜生以后再敢戏弄人。"

农夫在戏谑阿凡提,阿凡提则故意将毛驴当成农夫的亲戚,然后借着毛驴骂农夫。这样既教训了农夫,又让农夫无法说话。假如阿凡提直接和农夫吵架的话,很有可能引发两人的"战争",他所采取的这种方法很好的避免了一场争斗。

技巧30 歪打正着的方法

有一天上课的时候,语文老师问学生说:"同学们在课堂上说得最多的三个字是哪三个字?"

老师看了看下面的学生,然后说:"张娟,你来回答。"

张娟站起来,想了一会说:"不知道。"

老师说:"完全正确。"

张娟的回答其实是歪打正着,其实她是真的不知道答案,但是没有想到答案就是"不知道",这种状况反而是带来了喜剧的效果。

第三章
响鼓不用重捶，幽默只需轻点

幽默的应用不是刻意为之的，其实有时候一些看似很简单的举动，却能让别人哈哈大笑，而且在笑声中，让别人明白你的意思，化解人们之间的尴尬，拉近双方的距离，这方面的事例举不胜举，很多名人都有这样的经典实例供我们学习和借鉴。

技巧1　暗示对方

萧伯纳将自己的一部作品送给了朋友，不久之后，他就在旧书摊上看到了这本书，上面还有自己的题字，他心里很不是滋味，但是他没有发作出来，而是买下了这本书，重新题字后，又一次送给了先前那位朋友。

朋友收到书后，看到扉页上写着："萧伯纳再赠。"

萧伯纳的这个"再赠"寓意深刻，他暗示了朋友的行为和不礼貌，但是也显示了自己的涵养和幽默。

技巧2　通过侧面告诉对方的问题

曾经有一位年轻人请教苏格拉底怎么演讲，为了能够表现自己，这个年轻人滔滔不绝，讲了很多话。

苏格拉底听完之后说："我可以考虑你做学生，但是你必须付两份学费。"

年轻人说："为什么要加倍呢？"

苏格拉底说："因为我需要给你上两门课，一个是如何演讲，一个是如何闭嘴。"

年轻人的滔滔不绝是善于辩论的表现,苏格拉底所说的闭嘴,其实也是一种辩论的方式,只有两者兼具才能够很好的辩论,当然苏格拉底并不会多收这个年轻人的学费,他只是在告诉对方闭嘴很重要。

技巧3 从两方面找问题的解决办法

有一天,一个妇女气冲冲地走进了一家食品商店,向营业员说:"我让我儿子在你们在这里称的果酱怎么少了?"

营业员先是一愣,在知道事情之后,就很礼貌地说:"请回家称一下您家的孩子,看他有没有变重。"

这位妇女才明白过来,脸上的怒气全然没有了,然后非常诚恳地说:"对不起,是我误会你们了。"

营业员知道自己的称没有错,那肯定就是妇女的孩子在回家的路上偷吃了,于是他巧妙回答了妇女,化解了一场纠纷,消除了顾客的努力,也维护了店面的尊严。

技巧4 将对方变成两个人

布鲁诺·瓦尔特在"二战"后来到了美国,他也是首次指挥纽约的交响乐团,在指挥的过程中,他发现大提琴手沃伦斯坦不管是彩排还是正式演出的时候都故意不听他的指挥。

于是布鲁诺·瓦尔特找到沃伦斯坦,给他说:"沃伦斯坦先生,看得出来您是一个有着远大志向的人,那么您的志向是什么呢?"

沃伦斯坦充满信心地回答道:"成为一名指挥家。"

布鲁诺·瓦尔特笑着说:"那么,当您成为一个乐团的指挥的时候,我希望您永远不要让沃伦斯坦在您面前演奏。"

布鲁诺·瓦尔特的这些话中,很明显把沃伦斯坦分成了两个人,一个是指挥家沃伦斯坦,一个是大提琴手沃伦斯坦,前者是一个非凡的指挥家,拥有良好的音乐才能;而后者则是一个拥有天赋和能力的不听指挥的大提琴手。

技巧5　让无法评价的人去评价

有一个人他画了很多糟糕的画，但是他还想流传千古，于是他在自己临死之时想把所有画送给了一个团体，为此，他请教自己的律师，"我应该把画留给那个团体？"

律师回答说："最好是送给盲人院。"

对于对方的问题，律师并没有去评论对方的画很糟糕，然后劝解对方，而是幽默的让对方把画捐给盲人院，这样，用更为有趣的方式告诉了对方，他的画该有多难看。

技巧6　用名人说话

丘吉尔的女婿是个杂技演员，对此，丘吉尔很不满意。有一天这位女婿问他说："在第二次世界大战中，您最佩服谁？"

丘吉尔回答说："墨索里尼。"

女婿对丈人这个问题很不解，于是又问道："为什么啊？"

丘吉尔说："他有勇气毙了自己的女婿，而我没有。"

丘吉尔借助法西斯头子杀女婿的行为，暗示自己并不喜欢自己的女婿，充满了幽默的效果。

技巧7　带有戏谑的认真回答

李谐出使梁国的时候，梁武帝陪同他到全国各地游览，来到了放生的地方。

梁武帝想要挖苦一下李谐，于是说："你们国家也要放生吗？"

李谐则认真地说："不抓，但是也不放。"

梁武帝信仰的是佛教，自然要借助放生来给自己积累功德，但是李谐说他们不抓也不放，既没有给对方把柄，同时也让当时的气氛不至于太过于尴尬。

33

技巧8 双重意思

1797 年夏天，一个平常的下午，法国革命家康斯坦丁·沃尔涅拜访了美国总统乔治·华盛顿。康斯坦丁·沃尔涅希望总统给他开一张介绍信，允许他到美国各地进行旅游。

华盛顿对此很为难，如果不开，则伤害了康斯坦丁·沃尔涅的尊严；如果开了，则有些滥用职权的嫌疑，于是他提笔写了："康斯坦丁·沃尔涅不需要乔·华盛顿的介绍信。"

华盛顿的这句话其实有两层意思，通过这两层意思，既解了当时的尴尬，同时又没有滥用职权，同时还恭维了对方，实在是不错的方法。

技巧9 自己的缺点其实是别人的成绩

沙叶新是一个大胖子，有些人经常因为这件事情来嘲笑他，有一次有人问他说："你是怎么长这么胖的？"

沙叶新叹了一口气说："一年 365 天，每一天我都要吃三顿饭，都是因为我妻子的精心喂养，我在结婚前的重量是 105 斤，如今重达 150 多斤，这些可都是我妻子喂养出来的啊。"

沙叶新面对别人的嘲笑，并没有悲观，而是将自己的体重推说是妻子的成绩，着实充满幽默的色彩。

技巧10 给对方委婉的暗示

林肯刚穿过作战大楼的走廊，就碰到了一个急匆匆的军官，由于惯性的作用，军官撞到了林肯的身上。

当军官看到自己撞的是总统的时候，他赶紧道歉说："一万个道歉。"

林肯说："一个就足够了。"

林肯又想到对方急慌慌的样子，于是说："但愿我军的行进速度能有这么快。"

林肯的两句话体现了平易近人的行为和作风，他在宽容了将军的行为之后，不免拿他开一句玩笑，当然林肯所指的迅速不是走路撞人这种无意义的小事情了。

技巧 11　将时间延伸到未来

贝利可以说是最伟大的足球明星之一，他的球技令千万人为之陶醉，就算是对手都会对他赞赏有加。

当贝利创造了进一千个球的记录时，有人采访他说："你认为你的哪一个进球踢得最好？"

贝利意味深长的说："下一个。"

贝利作为世界球王，对于自己的成绩永远不满足，他的目标就是下一个，通过这种方式他告诉大家自己不断努力，永不停止的志向。

技巧 12　用自己和对方进行比较

有一次，一个初出茅庐的青年作家带着自己的电影脚本来拜访卓别林，他给卓别林说："请您指教一下我的脚本吧。"

卓别林接过来后，仔细翻阅了电影脚本，摇摇头说："等你和我一样出名的时候，你才能够写这样的东西，现在，你必须写得更好才行。"

卓别林的言外之意就是对方的脚本虽然已经写得不错了，但还需要继续提高，要不然是没有人会启用他的脚本的。

技巧 13　用自己的身份开玩笑

海曼在没有出名的时候，和一个白人谈过恋爱，但是两人最终因为种族问题而分手。

海曼成名之后，对方找到她说："亲爱的，我们还可以回到过去吗？"

海曼看到对方可笑的样子，于是说："不知道你是在爱我的名声，还是我的本人。如果爱的是我的名气,那你还是买票去看球吧。"

海曼和前任男朋友分手的原因就是肤色和种族的问题,现在海曼的肤色和种族都没有发生变化,显然对方是冲着她的名声和金钱来的,于是海曼就直接将他们的关系确定在了球星和观众的关系上。

技巧14　说出不可能完成的事

冯骥才在美国佛拉斯达夫的一家饭店里面吃饭。

服务员是一个暑期打工的大学生,她微笑着给冯骥才说:"我们饭店无所不能,只要你能想到的,我们都可以做到。"

冯骥才想了想说:"那给我来一份冰雹烩钥匙吧,钥匙烧得嫩点。"

面对对方夸下的海口,冯骥才没有去理论对方话的真实性,而是通过特殊的菜肴来难住对方,一方面让双方都哑然失笑,一方面也是告诫对方不可浮夸。

技巧15　巧妙利用别人的不礼貌

亨利·克莱对于奴隶问题的观点上有了一些变化,于是在他的演讲中,几个奴隶主想要用嘘声吓唬他。

亨利·克莱对着听众大声说道:"朋友们,你们听到这些声音了吗?这就是真理的甘露洒在地狱火焰上的声音。"

亨利·克莱将奴隶主们的嘘声做了一个比喻,而借助这个比喻告诉人们,奴隶的身份必然得到改变。

技巧16　虚虚实实

莎士比亚在一次演出的时候扮演国王的角色,英国女王伊丽莎白来观看了这次演出,他为了试探一下可不可以分散莎士比亚的注意力,于是随手扔下了一块手帕。

手帕慢悠悠地飘到了国王的脚下,莎士比亚看到之后,不动声色地给身边的大臣说:"把我姐姐的手帕捡起来吧。"

莎士比亚的话立马赢来了全场的掌声。

莎士比亚巧妙地将现实生活中的人和剧中人进行结合,达到了幽默的效果。

技巧 17　特定场合的声音

阿凡提有一次做客到朋友家,主人是一位音乐爱好者,当阿凡提到那儿的时候,主人就拿出了很多乐器,一个一个演奏给阿凡提听。

中午早已过了,阿凡提已经很饿了,但是那位朋友还在没完没了地拨弄乐器,而且还在说:"阿凡提,你认为哪个乐器的声音最好听,独塔尔还是热瓦甫?"

阿凡提非常忧愁的说:"朋友啊,我认为这个世界上最好听的声音是饭勺刮锅的声音。"

朋友沉浸在乐器演奏的快乐中,居然忘记了吃饭,阿凡提就只能提醒朋友了,饭勺刮锅的声音当然和任何乐器发出的声音都不能相比,但是在这个时候也只有这种声音对于阿凡提来说最好听了。

技巧 18　地点转化法

比弗布鲁克男爵是英国著名的政治家,有一次他在报纸上攻击爱德华·希恩,但是没有几天,他们就在"伦敦俱乐部"的厕所里相遇。

比弗布鲁克有点不好意思,于是他主动和爱德华·希思说话:"哦,亲爱的年轻人,我想事情已经过去了,那些都是我的错误,我要向你道歉。"

爱德华·希思却说:"不过,我下一次希望你在厕所里攻击我,然后在报纸上向我道歉。"

对于比弗布鲁克的攻击,爱德华·希思展现了绅士般的宽容,面对对方的道歉,爱德华·希思提示对方下一次可以换一换攻击和道歉的地方,同时也是在暗示对方不要再做无聊的攻击了。

技巧 19　将事情的先后进行调换

　　一位年轻的画家准备和朋友合租一套房子,在找到房子后,他对朋友说:"我打算粉刷好房子之后,然后在上面画几幅画。"

　　朋友对这位画家的水平很清楚,于是他很善意地暗示道:"我看你还是先画,然后我们再粉刷吧。"

　　朋友对于画家的要求,并没有正面拒绝,而是给出了自己的建议,其实是在间接拒绝对方。

技巧 20　大胆联想后果

　　在一次游泳课的时候,老师给学生们说:"今天谁要是不下水,我就要从点名本上划去他的名字。"

　　一个学生非常忧愁地说:"只怕我下水后,我家的户口本上会把我的名字划去。"

　　学生针对下水后的后果回答,从而拒绝了老师的要求,虽然他的这种行为并不值得表扬,但是他的回答却让人忍俊不禁。

技巧 21　委婉的反问

　　在一家非常高档的餐馆里,一个客人坐在餐桌前,脖子上系着餐巾,服务员认为他的这种行为非常不得体,于是他过去说:"先生,您是要刮胡子,还是理发呢?"

　　那位顾客先是一愣,然后就明白了服务员的意思,于是取下了餐巾。

　　服务员用委婉的表达方式表达了自己的真实意图,让对方自己领悟问题的所在,从而不至于让场面尴尬。

技巧 22　次数上找到理由

伏尔泰曾经参加过一个令人不齿的团伙举办的狂欢,为了能够原谅自己,他要给自己找一个理由,第二天晚上,他们又邀请伏尔泰的时候,他拒绝了。

邀请他的人感到很惊讶,就问道:"昨天晚上你还去了呢,为什么今天晚上就不去了?"

伏尔泰说:"伙计,去一次,是哲学家的表现;而去两次以上,就要和你们同流合污了。"

伏尔泰拒绝了对方的宴请,拒绝的理由也是很幽默。

技巧 23　谐音的妙用

在一次纪念老舍先生的会上,人们建议侯宝林、谢添和杜澎三位一同表演传统相声《扒马褂》,并邀请马三立做导演。

杜澎听后,并不满意。

人们很惊讶,争相问他原因,他说:"我们三个人在一起演出肯定演不好。"

人们更是惊讶。

接着杜澎说:"侯宝林、谢添、杜澎三人在一起,岂不是猴泻肚(侯、谢、杜)了吗,这怎么可能演好呢?"

侯宝林、谢添、杜澎三个人的姓放在一起,的确是猴泻肚,这个地方杜澎借助谐音的方法,表示他们三个人在一起的尴尬境地,让整个场面变得非常轻松。

技巧 24　以牙还牙

肖邦受到一个交情一般的朋友的宴请,去参加一个晚餐。令肖邦非常生气的是,刚吃过晚饭,女主人就催促他给大家演奏。

肖邦对主人的态度非常不满,但是还是坐在了主人家钢琴的前边,当他演奏一首曲子到高潮部分的时候,突然停住了。

女主人非常惊讶,她问道:"你怎么停住了?就这样结束了吗?"

肖邦回答道:"夫人,我只演奏了晚餐的部分。"

对待这位斤斤计较的朋友,肖邦也小气了一回,只演奏了半首曲子,因为这足以偿付晚餐了。

技巧25   让对方做完全做不到的事情

剧作家乔治·考夫曼经常卧病在床,所以他只能借助收音机来解闷,有一天,电台的点播节目中只放了被点播曲目的一小节就停止了,于是他也拿起电话打给了点播台。

电话接通后,乔治·考夫曼先告诉对方自己是乔治·考夫曼,当对方听说是著名剧作家也在收听他们的节目的时候,非常开心,于是问道:"乔治·考夫曼先生,您想点播什么,我们会马上安排的。"

乔治·考夫曼说:"那我就点播五分钟的沉默吧。"

沉默肯定是不能点播的,乔治·考夫曼这样做肯定也会让对方莫名其妙,其实,他们只要想一下刚才突然中断的乐曲,自然就明白了,乔治·考夫曼暗示对方,在达到幽默效果的同时,避免了和对方争吵。

技巧26   多方比较说服对方

约瑟夫二世准备将皇家公园对公众开放,一些贵族听到这个消息后,都非常惊慌,他们跑来说:"如果普通百姓可以进入皇家公园的话,那么,我们这些贵族都要去什么地方散步呢?"

约瑟夫二世说:"按照你的这个思维方式,那我只能到托钵僧的地窟(专门埋葬帝王的地方)里去散步啦?"

约瑟夫二世表面上是同意了对方的话,而实际上通过自己的境遇来告诉对方,贵族和普通百姓之间不应该有等级区分,贵族完全可以和普通百姓一起散步,就像国王可以和贵族在一起散步一样。

技巧27 第三方的人做评价

华盛顿在邀请别人参加正式的宴请时,非常希望对方能够准时参加,有一次,一位议员因为各种原因迟到了。

当他到的时候,他发现所有的人都已经开始用餐了,于是他很不好意思地说:"大家都已经开始了?"

华盛顿惊愕地说:"居然有客人现在才来,一般,我的宴请大家都是准时来的,所以我的厨师只问时间到了吗,从来不会问人到齐了吗。"

华盛顿借助厨师的口,委婉批评了这位议员,让整个场面不至于太过于尴尬。

技巧28 通过打比方的方式揭示道理

罗德纳·诺克斯与科学家霍尔丹在讨论神学方面的问题。

霍尔丹感慨说:"宇宙之间有无数的小行星,难道就没有一颗上面有生命的星球吗?"

罗德纳·诺克斯听了之后,打了一比方,说:"如果伦敦的警察在你们家的大衣柜里发现了一具死尸,你会对他们说'世界上有这么多的大衣柜,难道就不能有一个里面有一具尸体吗?'我猜警察对你的话并不感兴趣,因为他们还要调查和研究一下尸体是怎么来的,以及是谁杀的。"

罗德纳·诺克斯针对对方的感慨没有给出正面的回答,而是借助小故事的力量表明自己的观点,在没有任何证据的情况下,只能去做,去调查,凭空想象和感慨是没有任何作用的。他将道理包含在了生活小事中,容易让人们听懂。

第四章
借题、离题，幽默才是主题

在我们的日常交际中，能够应用幽默的元素去处理事情，会让事情更容易得到解决，有关于这样的事例太多，而且也成为了人们的共识，已经无需证明了。很多场合下，我们可以利用借题发挥的方法，然后让自己的幽默达到极致，发挥更好的效果。

技巧1　故作镇定回答对方的问题

柯立芝向来不喜欢和陌生人进行交谈，但是在一次宴会上，有一位妇女坐在他的旁边，她很想和柯立芝聊天。

面对保持一副冷面孔的柯立芝，那位妇女说："柯立芝先生，我和别人打了赌，我可以从您的口中引出三个以上的字来。"

没想到柯立芝说话了，他说："你输了。"

如果柯立芝直接不和这位妇女说话，那显得有些不礼貌，于是柯立芝想了这个办法，故意这样说，充满着幽默的感觉。

技巧2　善于利用对方的语言

赫拉克利特在接受别人的访问的时候，对方问他："你认为身体健康有多么重要？"

赫拉克利特说："如果健康不够的话，那么智慧无法体现，文化也无法施展，力量也无从展现，知识更是没有办法利用了。"

赫拉克利特从对方的话题中展开话题,回答具有说服力和幽默感。

技巧3　和对方进行比较

欧里庇得斯曾经对一个诗人说:"我写三句诗需要花上三天的时间。"

那位诗人说:"既然要那么长时间,这些都够我写一百句诗了。"

欧里庇得斯接着说:"这一点我承认,但是它们可只会有三天的生命力。"

三天写一百句诗的诗人绝对是高产的诗人,欧里庇得斯以内行人的眼光来看,认为对方的一百句诗其实是粗制滥造之作,缺乏生命力和影响力。

技巧4　从缺点中找出优点来

苏格拉底的妻子做人有些小气,而且喜欢唠叨,脾气也很大,这些经常让苏格拉底陷入窘困中。

这让很多人不解,有一天一个年轻人问苏格拉底说:"您为什么要和这样的一位女人生活在一起?"

苏格拉底笑着说:"那些擅长马术的人都希望挑选一匹烈马,因为骑惯了烈马,其他的马也就没有问题了,而我也是一样,如果能够和她相处的话,那和世界上任何人相处都没有问题了。"

苏格拉底借助一个比喻解释了自己和妻子生活在一起的原因,当然这只是一个玩笑,他只是借此告诉人们他是一个非常好相处的人,他同时也是一个善于处理人与人之间关系的人。

技巧5　换个角度考虑问题

孔融小时候有一次在李大人家玩耍,这个时候陈大人来拜访李大人,李大人指着孔融给大家说:"这个孩子是个天才儿童啊。"

陈大人看了一眼孔融后,很不屑地说:"现在很聪明,长大了说不定就没有一点聪明了。"

孔融看到陈大人并不很赞同他是天才，于是他说："以您的观点，您小时候应该很聪明了。"

陈大人听到这句话后，再也不敢小瞧孔融了，他说："果然是不简单的孩子，长大以后希望你能够成为一个了不起的人物。"

假如孔融去驳斥对方的话，那样显得非常乏味，而且显然有些挑衅的嫌疑，而聪明的孔融换了一个角度来处理问题，其实在讽刺对方现在很笨，不仅达到了反驳的效果，而且还产生了幽默的效果。

技巧6　将高深的问题引到生活中

有一次，有人问克拉克说："你现在所接受的所有劝告中哪个是最为有益的？"

"我认为是那句，'和这个姑娘结婚吧'。"克拉克对对方说。

那个人又问道："是谁给您这样的劝告的呢？"

克拉克笑着说："就是姑娘自己。"

那个人的提问其实是针对为人处世以及工作方面的，但是克拉克故意将问题引到了个人生活方面，通过出乎意料的方法达到幽默感。

技巧7　面对傲慢要不卑不亢

美国总统西奥多·罗斯福在离任之后，曾经作为威廉·塔夫脱总统的特使，参加英国国王爱德华七世的葬礼，并且在这次葬礼之后还会见了德国皇帝。

德国皇帝对罗斯福很傲慢，他对罗斯福说："两点钟来我这里吧，我只能给你45分钟的时间。"

罗斯福说："会的，我会在两点钟的时候来的，但是我只能给您20分钟的时间。"

罗斯福面对对方的傲慢，显得不卑不亢，这样就打压了德国皇帝的气焰，同时让其他人感觉到了幽默的意味。

技巧8　用自己和对方比较

安妮·斯塔尔夫人参见了一个由政治家举办的宴会,当时她和漂亮的雷卡米埃夫人正好坐在一个纨绔子弟的两旁。

那位纨绔子弟当晚很兴奋,他说:"我现在正处于智慧和美貌之间。"

斯塔尔夫人说:"是的,但是你却没有。"

斯塔尔夫人的话既承接了纨绔子弟的话,同时也告诫了对方,智慧和美貌,他什么也没有。

技巧9　侧面展示自己的能力

罗斯福在白宫接受了一位朋友的拜访,当时他的小女儿艾丽斯也在场,而且在办公室里时常打断大人们的谈话。

朋友见到如此场景,给罗斯福说:"您可以管理一个美国,但却管不住艾丽斯。"

罗斯福叹气着说:"这两件事情我只能做好一件,要么做个好总统,要么管理好艾丽斯,显然我选择了前者。"

面对朋友的责难,罗斯福并没有直接回答对方,也没有去大声呵斥艾丽斯,而是通过侧面说明,不仅展现了自己是个好总统,而且还具有幽默效果。

技巧10　通过联想来解释梦

有人曾经问殷浩说:"为什么梦见棺材是要升官的征兆、梦见粪便是得到财宝的征兆?"

殷浩听对方说完后说:"官职爵位本来就是带有恶臭的,所以用棺材和死尸作为征兆;钱财本来就很肮脏,所以借粪便来暗指。"

殷浩并没有通过一般的方式去解释这个想象,而是借助物体所引发的联想来回答问题,同时还用到了几个妙喻,让整个回答妙趣横生。

技巧 11　借题发挥击退对方

一位百万富翁的右眼瞎掉了，家人花了很多钱给他装了一只假眼睛，看起来也很真，于是，这位富翁经常在外边对别人夸耀。

有一次被马克·吐温碰到，他对马克·吐温说："你能猜出哪只眼睛是假的吗？"

马克·吐温指着他的那个假眼说："我看这个眼睛是假的，因为这只眼睛里还多少有些慈悲。"

马克·吐温指出了富翁的假眼，而且还借题发挥指出对方是一个没有任何慈悲心的人。

技巧 12　比喻可以帮你解围

康拉德·阿登纳从自己的办公室里出来，到花园里休息，科隆博塔夫人来到了他的面前，要和他谈事情，而且喋喋不休，非要康拉德·阿登纳回办公室和她谈。

康拉德·阿登纳有点不耐烦，他说："如果你有什么要说的，那现在就说吧。"

就在这个时候一只苍蝇飞过来绕着夫人在飞。

夫人非常不满地说："总理阁下，这个地方怎么会有苍蝇？"

康拉德·阿登纳回答说："不知道为什么它老是在我的身旁，你中午来吧，它还会去食堂的。"

康拉德·阿登纳巧妙的把夫人比喻成了苍蝇，借助苍蝇的嗡嗡声来喻示夫人的喋喋不休。

技巧 13　适时借助天气

卡他视察了德克萨斯某镇，这个镇子常年遭受旱灾的侵害，但是当卡特当这个镇子的时候，突然天空下起了雨。

卡特走下飞机的时候，一边微笑一边说："你们要么得到慰问款，要么得到雨，我没有钱，所以只好给你们带来了雨。"

卡他是个幸运儿，他抓住这个机会立马表示他给灾民们带去了大雨，而用雨来借指他对当地人民的关爱，这一聪明之举，立刻得到了幽默的效果。

技巧14 反其道而行之

威尔逊往往会做出一些简短有力而又富有艺术性和鼓动性的演讲，有一次他的一个崇拜者问他说："威尔逊先生，您准备一次演讲需要多长的时间？"

威尔逊回答说："这个要看具体的情况，如果我要讲10分钟，那么需要准备一个星期；15分钟的演讲就需要三天；如果半个小时的话，大约需要两天；而如果要讲一个小时的话，那么我随时都可以开始讲了。"

一般情况下，演讲的时间越长，那么需要越长的准备时间，但是威尔逊却不一样。其实，通过威尔逊先生的话，可以看出他的每一次简短有力的演讲都是因为他在下面做了很多的准备工作，这既展示了威尔逊先生的睿智，同时也让整个场面变得轻松。

技巧15 有效借助对方的话

墨人钢在一些批评家的眼中什么都不是。

有一次，一个批评家对墨人钢说："你的诗歌写得很糟糕，一点没有水中捞月的感觉。"

墨人钢笑笑说："是的，先生，中国的诗歌在您的指导下现在的确有猴子捞月亮的感觉，捞来捞去，最后发现月亮还是在天上。"

这位批评家的意思是诗歌应该写得空灵一些，但是墨人钢将此观点进行发挥，偷换"空灵"的概念为"虚无"，而且还将中国诗歌现在虚无的矛头指向了批评家，希望批评家能够反思。

技巧 16　延续对方的语言

勃拉姆斯有一次应邀去一位银行家的家中去做客,对方拿出了一瓶很好的葡萄酒说:"尊敬的音乐家,这瓶可是好酒,可是酒中的勃拉姆斯。"

勃拉姆斯接过葡萄酒后尝了一口,感觉并不是最好的酒,于是就笑着说:"那还是请你把你的贝多芬拿上来吧。"

勃拉姆斯觉得酒并不是最好的,于是借此发挥,让对方拿出贝多芬,一方面表现了自己的谦逊,另一方面也让气氛变得欢快起来。

技巧 17　结果中包含着原因

大文豪萧伯纳长得非常瘦,有一次他遇到了一个有钱的资本家,这位资本家长得很胖,资本家看到瘦削的萧伯纳就想讽刺一下他,于是他说:"萧伯纳先生,看到您我就知道这个世界还在闹着饥荒。"

萧伯纳笑着回答说:"看到了您,我就知道闹饥荒的原因了。"

当对方嘲笑自己的时候,萧伯纳就从对方的结果中去找原因,将资本家的胖定为了世界上闹饥荒的原因,萧伯纳的话不仅幽默,还富含着深刻的社会问题。

技巧 18　借题发挥同样可以幽默

美国出版商罗伯特·吉罗克斯问诗人艾略特说:"艾略特先生,大多数编辑都是失败的作家,是吗?"

艾略特想了一会儿以后说:"是的,但是大多数作家也都是编辑。"

编辑和作家是相近但是不同的职业,作为一名编辑掌握娴熟的业务技巧就可以了,但是作家还需要有感悟生活的能力,还要有写作的技巧等等,艾略特的话其实是在借题发挥,指出两者之间的关系和区别。

技巧 19　找出对方话中的和对方的区别

拳王阿里参加了一个盛大的宴会,主人将一个钢琴家介绍给他认识。

钢琴家看到阿里后说:"我们是同行啊,都是以手来谋取生活。"

阿里笑着说:"你更出色,因为你的手上都没有伤疤。"

钢琴家和拳击运动员不属于一个行业,钢琴家为了拉近双方的距离,阿里的话中也是充满着智慧和幽默。

技巧 20　批评也可以幽默

巴甫洛夫正在上课的时候,有个学生故意捣乱,他在学公鸡叫,全班同学都笑了起来。

巴甫洛夫看了看墙上的挂钟说:"我的表坏了,没有想到现在都是早上了,但是同学们应该更相信我,因为公鸡叫是一种低等的本能。"

巴甫洛夫就这件事情批评学生,他只是借题发挥,说这种行为很低能,让批评显得生动而富有情趣。

技巧 21　荒谬的回击

一个吝啬的老板让自己的伙计去买酒,伙计向他要钱,他说:"拿着钱去买,谁都可以办到,你现在就要不用钱买回酒。"

过了一会儿,伙计提着空瓶子回来了。

老板很生气想要骂他。

伙计说:"有酒的瓶子里喝出酒来谁都会,有本事的人都会从没有酒的瓶子里喝出酒来。"

伙计反击老板的荒谬,用的也是他的荒谬的方法,让老板无法责备自己,而且也充满笑料。

技巧22　直接反击对方的挖苦

俄国学者罗蒙诺索夫生活很简朴，穿着方面也不是很讲究。

有一天，一些好吃懒做的德国人看到朴素的罗蒙诺索夫后挖苦道："在这些衣服的洞里，我们看到了你的才学。"

罗蒙诺索夫毫不客气地说："从这里我却看到你们的愚蠢。"

那些人把罗蒙诺索夫衣服的破洞比喻成了镜子，从而挖苦罗蒙诺索夫。而罗蒙诺索夫也是借此反击，借得非常自然，出现了幽默的效果。

技巧23　比喻有着非凡的幽默效果

沙叶新参加了一个大学生的演讲，在完毕之后，有一位大学生问他说："沙叶新先生，我想知道我们该如何对待谎言？"

沙叶新很认真地说："不撒谎、不表态，保持沉默，最重要的一点是让自己的脑袋长在自己的脖子上。"

沙叶新面对大学生的提问，给出了幽默的回答，其实他是在告诉对方应该有认识新事物的能力，不要一味听别人的。

技巧24　"归谬法"的应用

一次联合国大会上，英国工党的一位官员问莫洛托夫说："你是一位贵族，而我家祖辈都是矿工，请问我们谁更能代表工人阶级？"

莫洛托夫听后说："是的，我出身贵族，而你出身工人家庭，但毫无疑问我们都做了叛徒。"

这位官员想要诋毁莫洛托夫，但是莫洛托夫按照对方的话来回击对方，他在此中还用到了"归谬法"，达到了意想不到的效果。

技巧 25　不一定每个问题都要正面回答

爱因斯坦在一次演讲的时候，遭遇到了人们的提问："你能记得声音的速度吗?你是怎么记住的?"

爱因斯坦听后说："声音的速度是多少我需要查一下字典。因为我从来不去记忆在字典上可以找到的东西。"

听众眼中的科学家是不一般的人，自然他们的大脑也和我们的不一样，他们理应记得很多东西,但是面对这样的提问,爱因斯坦并没有正面回答,而告诉对方他的记忆是有选择的。这样的回答在活跃气氛的同时,让人们印象深刻。

技巧 26　善于比喻

晏子的个子非常矮,人们经常因为这个事情而取笑他。有一次有人对晏子说:"英雄豪杰都是身材伟岸,能够帮助国家的人。现在的你身高不足五尺,手无缚鸡之力,只是一个借助嘴巴的说客而已,你并没有什么真实本领,你不感觉到可耻吗?"

晏子听后并不生气,他说:"我听说秤砣很小,但是他可以压住万斤,船桨虽然很长,却总被水所淹没,这个是为什么呢?我承认我能力有限,有愧于相位,但是我绝对不是只借助嘴巴的说客,别人来问我,我不回答,岂不太不礼貌了。"

晏子在遭遇别人的攻击时,并没有像一般人一样进行驳斥,而是通过一系列的比喻来说明自己个子虽小,但绝不是无用之人。这种"借题发挥"的方法需要逻辑缜密,材料充足,在取得幽默效果的同时,有力地反击对方。

技巧 27　找到对方的兴趣点

阿凡提有一次去县官那里去告状,县官问他:"你叫什么名字?"

阿凡提回答说:"我叫贿赂。"

县官感觉到很好笑,问他:"怎么会起这么个名字?"

阿凡提说:"我听说您喜欢贿赂,所以就改了这个名字。"

阿凡提对县官是投其所好,抓住了县官贪财的这一特点,有效讽刺了县官。

技巧28　从对方身上找问题

冯玉祥曾任陆军检阅使,他驻北平南苑时宴请各国公使,陆军检阅官在署门上悬挂各国国旗,但没有悬挂日本国旗。

日本使者对此非常不开心,于是他问道:"你们为什么不悬挂日本国旗?"

冯玉祥说:"自从你们提出21条之后,敝国人民都在抵制贵国产品,现在无法购得贵国国旗,如果贵国能够取消21条……"

日本在提出21条之后,中国人民采取各种方式抵制日货,在市场上自然买不到日本国旗,冯玉祥针对对方的质问,阐述了自己的观点,让对方无言以对。在冯玉祥的话中,也暗示着中国人民的抗日之心。

技巧29　懂得"如法炮制"

美国的一家服饰公司为了招徕生意,做了很多广告,有一天,他们给海明威送去了一条领带,并且写上:"我们公司的领导很受人们欢迎,现在给您送上一条,请您笑纳,现在请您寄回成本费2元。"

海明威看后,给对方写了回信。过了几天对方收到了海明威的信,并且附带送了他们一本海明威的小说,信的内容是这样的:"我的小说受到广大读者的好评,现在奉上一册供你们阅读,该书价值是2元8角,现在,你们还欠着我8角。"

海明威在收到对方的信之后,按照对方的方法回寄了一本书,这样既显示了礼貌,同时也扩大了自己的影响。

技巧30　顺水推舟将问题推给别人

有一次伏尔泰在公开场合赞扬另一位作家。

"奇怪啊，您这样赞美他，但是对方却说您是文坛上的小混混。"下面有人这样说。

伏尔泰笑了笑说："如果是这样的话，那看起来是我们两个人都错了。"

伏尔泰在听到台下观众的揭露之后，并没有直接抨击那位作家，而是巧妙借助对方的话，让自己和那位作家错位，从而让事情的本质发生了变化，伏尔泰这种顺水推舟的方法，显得灵活而又幽默。

技巧31　适时、适当的自嘲

约翰·马克是美国著名的黑人律师，在1862年的一天他要参加一个演讲，在场的人大多数都是白人，他们基本上都对黑人存在偏见。知道这个消息后，约翰·马克立马修改了自己演讲词的开场白……

约翰·马克走上演讲台后说："女士们、先生们，我与其说是来演讲，不如说是为这个场合增加一些'色彩'……"

听到这个独特而略带自嘲的开场白后，原本很严肃的场面被他的语言缓和了不少，变得轻松起来。

开场白之后的讲演很激烈，但是听众都没有过激的反应，这次演讲取得了很大的成功，这就是历史上著名的篇章——《要解放黑人奴隶》。

19世纪，在美国存在着不平等的奴隶制度，这种不平等和歧视交织在一起，当时黑人律师约翰·马克要做《要解放黑人奴隶》的讲演，但是观众大多数是白人，很容易引起过激的反应，但是黑人律师约翰·马克却将这个敏感的话题抓住，并且采取带着宽容的自嘲口气换来了气氛的缓和，从而顺利地进行了演讲。

技巧 32　故意错误理解对方的话

希特勒去精神病院视察,他问一个病人说:"你认识我吗?"

病人摇了摇头。

于是,希特勒大声说道:"我是希特勒,我是你们伟大的领袖。我有非凡的力量,可以与上帝相比。"

病人们都没有什么大的反应,只是微微笑了笑。过了一会儿,一个病人对希特勒说:"我们刚开始病的时候,也和你现在的情况一样。"

发动第二次世界大战的希特勒是个战争狂人,他的脑子里装满着狂人的语言,即使正常人都会认为他是在发疯,而在疯人面前他也不知道收敛,而那位症状较轻的疯人的一句话,产生了风趣幽默的效果。

第五章
避实就虚，在虚处添点儿轻松

幽默用在生活中往往能够让我们的生活更加有趣，也能够拉近人们之间的距离，消除隔阂，所以懂得幽默是一个现代人必须掌握的技巧，那么，该如何幽默呢？有时候避开"实"的部分，通过"虚"的地方进行攻击，反而会得到更好的幽默效果。

技巧1　将答案藏起来

一个美国记者在采访爱因斯坦的时候说："您是怎么看待时间和永恒的，它们之间有什么区别？"

爱因斯坦说："亲爱的女士，如果我有时间给您解释它们的区别的话，那么等您明白过来的时候，永恒就已经消失了。"

爱因斯坦创立了相对论，面对女记者的提问，他并没有直接回答，而是让对方在他简单的回答中自己悟出答案，寓意深刻。

技巧2　无关痛痒话的妙用

一位美国记者慕名采访了王蒙，对方问道："您能告诉我，50年代的您和70年代的您有什么区别和相同的地方吗？"

王蒙说："两个时代我都叫王蒙，这个是相同点；五十年代的时候我二十岁，七十年代的时候我四十岁，这个是区别。"

说完，大家都笑了起来。

美国记者的提问其实是问王蒙对社会的看法，但是王蒙很聪明地避开了这个社会话题，而是转到了自身的方面进行回答，说些无关痛痒的话，不仅没有产生麻烦，反而得到了幽默的效果。

技巧3　反问句可以帮助你

马塞勒斯·克莱在美国内战期间，始终效忠于联邦，并且和反对联邦的肯塔基人进行决斗。尽管马塞勒斯·克莱是一个百步穿杨的神射手，但是有一次还是失误了。

事后，有人问马塞勒斯·克莱说："你平时在十步之外，五枪中可以有三枪命中悬挂着的绳子，这次是怎么了？"

马塞勒斯·克莱反问道："绳子会不会长出手来，并且也拿着一把枪？"

即便是再厉害的神射手也有失误的时候，面对对方的询问他没有给自己失误找理由，而是通过目标来解释原因，他的反问生动有趣，同时也解释了自己失手的原因。

技巧4　将话题转移到生活中

林语堂收到邀请函，到美国的哥伦比亚大学讲授中国文化方面的课程，有一天，一个美国女生想要让林语堂在课堂上难堪，于是她问道："你总是在说中国好，那么我们美国就没有一样东西可以和中国比吗？"

林语堂听后说："当然有，美国的马桶就比中国的好。"

在这样严肃的课堂上，林语堂并没有根据对方的问题而回答中美文化上面的差异，而是将话题转到了生活日用品上，轻松化解了难堪。

技巧5　用未来回答现在的问题

里根公布了自己"老年痴呆症，来日无多"，但是时隔不久他又出现在了共和党竞选的集会上。

有人对此非常不解,于是上前问道:"里根先生,您不是说您患了老年痴呆,已经无法参加竞选了吗?"

里根笑着说:"就目前的状况,我可能无法参加 1996 年的总统大选,但是我有参加 2000 年大选的可能性啊。"

众人听了之后,都为之鼓掌。

面对大家的疑问,里根没有回答现在的状况,而是把时间推移到之后的几年,用未来的状况来回答现在的问题,这实在是神来之笔。

技巧6　无声也可以胜有声

有人问赫拉克利特说:"你为什么总能够保持沉默?"

赫拉克利特回答说:"我保持沉默,好让你们唠叨啊。"

面对这样的问题,很多人都会回答是因为性格方面的原因,而赫拉克利特却这样回答,其实稍微聪明一点的人都能够想到,赫拉克利特是个善于利用"此时无声胜有声"境界的人。

技巧7　将问题顺理成章地推断下去

乔治·桑塔亚虽然已经是体弱多病的老人了,但是他周身还是散发着热爱生命、热爱生活的气息。

有一回,乔治·桑塔亚参加了一个很多名流出席的晚会,主持人看到乔治·桑塔亚拄着拐杖进来,就很关心地问道:"您还要经常去看医生吗?"

乔治·桑塔亚说:"经常去,因为只有病人经常去看医生,医生才能够生活下去。"

乔治·桑塔亚的话立刻引来了台下的一阵掌声,他们都为这位老人的机智和乐观精神所喝彩。

乔治·桑塔亚借助医生要收病人医药费的这个道理,来回答主持人的问题,在"顺理成章"间体现幽默的语言能力。

技巧8 避实就虚,效果会更明显

赫拉克利特在接受别人访问时,对方问了他这样一个问题:"你认为已经过去了的事情可以改变吗?"

赫拉克利特听了之后说道:"人是无法两次踏进同一条河流的。"

赫拉克利特并没有正面回答对方的问题,而是通过避实就虚的方法让对方自己领悟答案。

技巧9 可以展现知识的回答

一些喜欢新花样的年轻人去请教毕加索,他们问道:"按照立体派的原则画人的脚,该画成圆的还是方的?"

毕加索很认真地说:"自然界是没有脚的。"

毕加索是象征主义画派的开山鼻祖,他的画与现实临摹有很大的距离。面对年轻人的提问,他没有直面回答。在象征主义画派里,如果能够体现出画家的意图,画中的主人公可以没有脚,毕加索通过自己的语言启发了年轻人去思索,充满了幽默感。

技巧10 用诚信说话

威廉一世每天的中午都必须到柏林宫殿的窗口,然后接受被统治者的瞻仰。到了晚年的时候,威廉一世身体每况愈下,医生对他说:"陛下,您可能要停止接受瞻仰的这份日常活动了,要不然,您的身体会吃不消。"

威廉一世却很固执的说:"我每天的接见是写在旅游手册上的。"

面对医生的劝告,威廉一世并没有直接回答好还是不行,而是把自己的这项活动说成是在旅游手册上印刷好的,如果他不去,那么旅游手册就需要重新印刷,这显示了他的诚信,同时也增添了喜剧效果。

技巧 11　把两者分开描述

齐高帝萧道成与书法家王僧虔在练字的时候,高帝突然问王僧虔说:"你认为我们两个人谁的字更好一些?"

王僧虔看了看萧道成的字之后,说:"臣子中,我的字最好看,帝王中,您的字最好看。"

萧道成听后,非常高兴的说:"你是个很会维护自己的人啊。"

王僧虔无法直接说出答案,只能把君和臣分开,因为君和臣本来就是两条线,是无法重合和相交的,这样做既维护了自己,而且还取悦了君王。

技巧 12　善于编故事

曹尚书邀请解缙过府吟诗,当场要求他写一首鸡冠花诗,解缙听后随口说:"鸡冠本是胭脂染。"此句一出,曹尚书就从衣袖里拿出一朵白色的鸡冠花说:"不好意思,这朵是白色的。"

解缙却不紧张,继续说道:"今日为何浅淡妆?只因五更贪报晓,至今戴得满头霜。"

曹尚书听完之后,连连点头,连他也佩服了解缙的才华。

解缙的第一句诗,本来是实写,但是曹尚书故意用物证来反驳他,没想到解缙灵机一动,虚构了一个拟人化的故事,圆满地回答了曹尚书。

技巧 13　避实就虚的应用

钟毓与钟会二人长得都很帅气,而且才华出众,在当地非常有名,曹丕听说这两人之后,就召来相见。

召见时,钟毓因为紧张,额头冒出了很多汗,于是曹丕问道:"你怎么出汗了?"

钟毓不失机智地说:"天子威严,看得小民有些紧张,所以一时冒出汗来。"

此时的钟会镇定自若,连一点汗都没有,于是曹丕又问道:"你怎么一点汗都没有?"

钟会一听,随即回答:"天子威严,心中紧张,汗流不出来。"

两人的表现截然相反,但都能够自圆其说,满足曹丕的心理,他们将"避实就虚"用得恰如其分。

技巧14　对方话里找问题

海明威接到了一个自命不凡的人的表达:"海明威先生,我早就有心给您写一份传记,希望您死后,我有写这份传记的专利和光荣。"

海明威回信道:"先生,听说您要写我的传记,那我不得不努力活下去。"

这位老兄想要给海明威写传记,显然海明威不怎么同意,为了不打击对方的尊严,海明威通过自己要活下去的暗示,告诉对方不想让他写传记。

技巧15　拟人化的效果

昂扎曼恩在表演的时候总喜欢即兴发挥,这种情况有时候让他的搭档苦不堪言,因此导演并不允许他搞出这种名堂。

有一次,昂扎曼恩在柏林剧院演出,他的马居然在台上拉了一泡尿,这个场面引来了台下观众的大笑。

这个时候,昂扎曼恩厉声说:"你怎么又忘了?导演叮嘱了多少次了,说不要即兴表演。"

昂扎曼恩的马在台上撒尿,这个是很意外的一件事情,但是昂扎曼恩很聪明,他立马把马当做人,然后训导他要记得不能即兴表演,嘲讽了导演。

技巧16　躲避敏感话题

巴尔扎克遇到了一位多年不见的老朋友,对方看到巴尔扎克后就开始赞扬他:"你最近出版的书真的很不错啊。"

巴尔扎克于是说:"朋友,我是多么羡慕你。"

朋友很茫然的说:"怎么了?"

巴尔扎克说:"你不是这本书的作家,想怎么说就怎么说,我可不行,自夸吧,难为情;自责吧,书又不差;沉默不语吧,别人又说我傲慢。"

巴尔扎克避开了讨论自己的新书,而是将话题转移到了朋友身上,从而发出作为作家的苦衷,这种方法很好避开了敏感话题,让自己摆脱尴尬境地。

技巧 17　侧面来回答对方的问题

爱迪生接受一位记者的采访,对方问道:"爱迪生先生,您是不是应该给一座正在修建的大教堂装一个避雷针呢?"

爱迪生回答说:"当然,因为上帝往往粗心大意。"

记者又问道:"那你是怎么想象上帝的?"

爱迪生说:"先生,没有质量、没有重量、没有形状的东西是无法想象的!"

面对记者这样的问题,爱迪生自然不好乱说,但也不能照实说,于是爱迪生发挥自己的聪明才智,通过幽默的语句,侧面回答了记者,上帝是不存在的。

技巧 18　转移话题到对方身上

戏剧评论家詹姆斯·埃加特在街上行走的时候,遇到了布雷斯韦特,于是他开玩笑地说:"亲爱的布雷斯韦特,我必须坦诚交代一个我想了很多年的想法,在我的眼里,你是我们联合王国里第二漂亮的夫人。"

布雷斯韦特听后说:"谢谢您,我在二流的最佳评论家那里,也只希望听到这样的评价。"

布雷斯韦特没有对对方的评价做出任何的回答,而是避开评论,把话题转移到了对方的身上,从而维护了自己。

技巧 19　小事情里有大道理

麦克唐纳上任,与一位官员就持久和平的问题进行争论。

对方对麦克唐纳的理想主义思想加以冷嘲热讽:"和平的愿望可换不来和平。"

麦克唐纳回答说:"这一点很正确,要求吃的愿望无法让你变得饱起来,但他至少可以促使你走进餐厅。"

对于对方的话,麦克唐纳没有直接进行反驳,而是打了一个比方,通过生活中的小事情来说明这个道理。

技巧 20　借助国籍找区别

1954 年 4 月,周恩来总理去日内瓦出席关于印支战争问题的国际会议。有一天,他在休息的时间邀请卓别林夫妇到中国餐厅共进晚餐。

在吃饭的时候,桌上摆着一份地道的北京烤鸭,卓别林诙谐地说:"我这个人对鸭子有很特殊的感情,所以我不吃鸭子。"

周恩来总理正想问原因,卓别林自己就说道:"我演的流浪汉夏尔洛走路的姿势的喜剧效果就是通过鸭子走路得到启发的,为了感谢鸭子,我从那以后就没有吃过鸭子了。"

周恩来总理见菜不能对客人的口味,感觉到有点内疚,这个时候卓别林又说道:"不过这次没关系,因为它不是美国的鸭子。"

说完大吃起来。

卓别林在中国餐厅吃鸭子时,故意将鸭子分了国籍,这样既不让主人难堪,也保住了自己不吃鸭子的习惯,可谓两全其美。

技巧 21　有根据地夸大

林肯接受了记者关于兵力问题的提问:"林肯先生,现在南方军队有多少人呢?"

林肯回答说:"120万。"

众人对此感到非常惊愕,因为这个数据超过了大家的预想,很多人对此表示了怀疑。

林肯接着补充道:"是120万,没有错,你们知道,我们的将军总是告诉我说,敌人的军队是我们的三倍,我对他们的话都很相信,所以我军在战场上有40万,那对方就应该是120万了。"

林肯借着这个提问讽刺了一些将军的做法和说法,同时也让北方士兵们认识到了军中的严峻情况。

技巧22 虚构出来的物品

维多利亚女王访问剑桥,在河上的一座桥上驻足良久,她看到了被污染了的卡姆河说:"河里的废纸太多了。"

威廉·休厄尔回答说:"陛下,他们不单单是废纸,他们其实都是告示,告诫所有的来访者,这里不可以游泳。"

河里的废纸是环境污染的一种,威廉·休厄尔通过侧面表达他认同女王的话,人们看到漂满废纸的河又怎么可能游泳呢?这些废纸无疑起到了告示的作用。

技巧23 自然现象帮你摆脱困境

吴敬梓按照十二生肖来说是属蛇的,当时蛇被认为是很卑贱的动物。

有一次,一个富家子弟带着一只鹰,来到吴敬梓面前说:"我属羊,你呢?"

吴敬梓看到对方的鹰,就知道对方要取笑他,于是他说:"我属蟒。"

富家子弟吞吞吐吐地说:"你不是属蛇吗,怎么又属蟒了?"

吴敬梓说:"以前是属蛇,现在蛇已经长成蟒了,而且专门喜欢吃孬羊。"

面对富家子弟的挑衅,吴敬梓按照自然现象,解释自己属蟒的原因,让富家子弟哑口无言,而且充满幽默感。

技巧 24　故意忘记

爱迪生在 75 岁高龄的时候,仍然要去实验室工作,一天,一个记者问他说:"爱迪生先生,您打算什么时候退休呢?"

爱迪生装出一副忘记的样子说:"糟糕,我把这件事情忘记了。"

爱迪生没有说出自己的退休问题,而是用假装忘记的方式避开话题,让对方也从中悟出,爱迪生现在还没有打算退休。

技巧 25　洗兵牧马,借助繁体字

聂守信从小喜欢音乐,大家都说,只要从他的耳朵进去,他就会唱,因此大家都叫他"耳朵"。

聂守信在一次联欢晚会上表演节目,大家都在赞赏他的才能,总经理还送了他一份礼物,总经理说:"聂耳先生,你唱得实在是太好了。"

聂守信知道总经理在和他开玩笑,就笑着说:"你们硬要给我再送一个耳朵,那么我就变成四个耳朵的'聂耳'吧。"

聂守信面对总经理的玩笑,巧妙的借助繁体字稍稍自嘲了一下,却达到了很好的幽默效果。

技巧 26　自嘲的幽默

有一位上司在和县官谈完公事之后,然后很好奇地问县长:"听说你们这里有猴子,不知道有多大?"

县官听后随口说:"大的大概有大人这么大。"

上司听到这句话,脸色立马变了,县官赶紧补充道:"小的有奴才这么小。"

上司一听,就笑了起来。

县官在情急之下说错了话,后来赶紧通过自己的聪明才智予以补救,虽然贬低了自己,但多少没有惹恼上司,而且让整个场面变得很轻松。

第六章
低调应对,幽默而不失谦虚

很多人都在幽默的时候不顾及别人的想法,这种做法是不妥当的,幽默是促进人们之间交流的方法,如果成了嘲笑对方或者揶揄对方的方法,那么他本身就已经失去了意义,所以不管怎样的幽默方式都要谦虚、低调,只有这样,才能够得到让我们的幽默健康、有意义。

技巧 1 给糟糕的境地找个理由

1717 年,伏尔泰因为讥讽了摄政王奥尔良公爵,从而被关在巴士底监狱十一个月。

出狱之后的伏尔泰知道奥尔良公爵不能冒犯,于是就说:"奥尔良公爵,您的心胸像大海一样宽广,真的是太感谢您了。"

奥尔良公爵深知伏尔泰有着非同一般的影响,所以也想化解这次矛盾,于是说:"真的很抱歉,还希望您不计前嫌才是。"

伏尔泰说:"我是真的在感谢您,为我解决了这么长时间的食宿问题,都不让我自己操心。"

将关在监狱里说成是提供免费食宿,这就是伏尔泰的幽默和乐观,同时也极力讽刺了奥尔良公爵。

技巧 2 用好玩的言辞掩盖真实原因

柯立芝总统在任职快结束的时候,发表了郑重的声明:"我不打算继续干这一行了。"

记者听到这些之后，知道他心里有话，于是问道："那您能解释一下，为什么不想再做总统了呢？"

柯立芝总统告诉那位记者说："因为总统永远没有提升机会。"

工作有了突出的表现，升职是一种奖励方式，但是作为总统这种最高管理者，自然没有提升的机会，柯立芝总统没有正面解释原因，而是通过这种方式收到幽默效果。

技巧3　将批评说成笑话

1930 年 2 月 9 日，是蔡元培七十大寿的日子，上海的各界人士都纷纷来为他贺寿，蔡元培德高望重，自然受到大家的敬重。

在嘉宾发表完讲话之后，蔡元培很风趣地对大家说："诸位来给我贺寿，目的就是为了让我多做几年事情，但是我现在感觉前边 69 年做的事情都做错了，今天，你们来，那就是要让我多做几件错事了。"

蔡元培的一席话逗乐了大家，气氛变得轻松很多。

在自己的寿宴上，所有的人都希望寿星公健康长寿，而蔡元培故意批评大家让他多做几件错事，让人忍俊不禁。

技巧4　赞扬别人的无心之失

在"二战"的时候，德国占领了荷兰，荷兰的流亡政府在美国设定了总部，当时德克·吉尔总理几乎不会讲英语。

在第一次和温斯顿·丘吉尔会晤的时候，一见面，他就伸出手，对他的同盟者说了一句："再见。"

丘吉尔很开心地说："我真希望所有的政治会议能够如此简短扼要。"

德克·吉尔总理因为不会说英语在第一次和丘吉尔见面的时候，错说了一句"再见"，丘吉尔不但没有怪罪，反而利用这个机会称赞他说得简短扼要。

技巧 5 故意增多对象的人数

贝尔蒙多接受了记者的采访,对方问道:"您认为谁是最优秀的演员?"

贝尔蒙多很谦虚地说:"这个你也知道,我们好几个人都很优秀。"

贝尔蒙多也许在心里认为自己是最优秀的,但是他不好直接说,所以说成是我们,这样既显示了自己的低调,同时肯定了自己的成绩。

技巧 6 故意告诉对方

门捷列夫的一位邻居来到他们家串门,一进屋,这位邻居就喋喋不休地讲个不停。

过了一会儿,邻居问道:"我让您感到厌烦了吗?"

"不,没有,您刚才说到哪儿了?"门捷列夫回答说。

然后,门捷列夫又接着说:"请继续讲吧,您不会打扰到我的,我可以想我自己的事。"

邻居的行为显然让门捷列夫感到了不耐烦,但是门捷列夫很有礼貌,他没有直接拒绝对方的谈话,而是告诉对方他的思考是不会因为他的话而打断的。

技巧 7 和同行之间的比较

年轻诗人罗伯特·索锡向波尔森问道:"波尔森先生,对于我的作品,请问您有什么看法?"

理查德·波尔森很认真地说:"你的作品肯定会有人喜欢读,当然,前提是等到莎士比亚和弥尔顿都被人们忘记了。"

理查德·波尔森并没有直接说对方的诗写得不好,而是通过和莎士比亚、弥尔顿的比较告诉对方,他的诗歌质量还很欠缺。

技巧8　找到对方无法做到的事

在一个百货大楼里，一个女性顾客正在对一个售货员说："幸好我没有指望在你们这里得到优质服务，也没有打算在你的身上看到礼貌，因为你是一个很不合格的售货员。"

售货员很生气，她说："我也没有见过你这么挑剔的顾客，既然你不想买东西，那就不要再浪费我的时间了。"

旁边的一位老大爷见证了事情的全过程，于是他走到柜台说："请问这里有卖'吵架'的吗？"

售货员一听，就笑了，然后说："对不起，影响到您购物了。"

老大爷是个很聪明的人，他用特殊的方法进行劝架，这样双方在一笑之间就会淡化刚才的吵架，缓和了当时的气氛。

技巧9　故意装得很紧张

皮埃尔在餐厅吃饭的时候，将大衣放在旁边，等到吃晚饭的时候，才发现另一个人正在穿他的大衣。

于是，他很胆怯地碰了碰那个人，他说："对不起，请问您是不是皮埃尔先生？"

对方很肯定地说："对不起，我并不是皮埃尔。"

皮埃尔这才松了一口气说："那看起来不是我弄错了，我是皮埃尔，但您正准备穿他的衣服。"

当有人穿错了皮埃尔的大衣的时候，皮埃尔用一种非常规的行为告诉对方，这样保留了对方的面子，同时让场面显得轻松。

技巧10　拿自己和别人比较

里根在访问加拿大的时候，在一个城市里作演讲，此时很多群众明显带着反美的情绪，里根的演讲时不时会被打断，当时加拿大的总理皮埃尔·特鲁多对此感到非常尴尬。

里根则是面带笑容,他说:"这种事情在美国很正常,我想他们是特地从美国来加拿大的,好让我有一种宾至如归的感觉。"

听到这些话,皮埃尔·特鲁多也轻松了很多。

里根面对不欢迎自己的人民,并没有生气,而是借助一种轻松的口吻进行自嘲,并且将两个国家联系在了一起,来摆脱困窘,同时也让主人感到轻松。

技巧 11 道理包含在笑话中

马克·吐温的朋友在读了马克·吐温的一些短篇小说之后,就开始动笔写起来,但是很多都没有发表,等了很久,终于有一篇问世了。

朋友非常高兴,于是把这件事情告诉了马克·吐温,并且说:"小说并不是很难写。"

马克·吐温环顾了一下四周说:"那可能是你到达顶峰了。"

马克·吐温并没有直接指出朋友的小说只是侥幸发表,以后很有可能没有什么成就,而是说了一些让朋友开心的话,但其实其中包含着道理。

技巧 12 故意讲给所有人听

1922 年,萧楚女在四川担任《新蜀报》主笔,借助笔名"楚女"发表文章,因为他的文笔逻辑能力很强,所以不久之后,他就名声大噪,很多年轻人都在猜测对方应该是一个楚楚可人的女子,因此每天有很多求爱信。

萧楚女为了避免这种尴尬,于是在报上登了一则启事:本报有楚女者,并非楚楚动人之女子,而是身材高大、皮肤黝黑并略有麻子之大汉也。

因为名字的缘故而被别人误以为是女孩,还收到了不少男子的求爱信,这让萧楚女哭笑不得,于是他为了避免麻烦,索性光明正大登报说明。

技巧 13　以此类推证明相同点

1945 年,著名漫画家廖冰兄在重庆展出漫画《猫国春秋》,当时郭沫若、宋云彬和王琦等文化界的名人都去剪彩。

当时,郭沫若很不解地问廖冰兄说:"你的名字很奇怪,怎么可以自称为兄呢?"

王琦抢先说道:"他妹妹名冰,所以他名叫冰兄。"

郭沫若听后笑了笑说:"我明白了,那这样的话,郁达夫的妻子一定是叫郁达、邵力子的父亲一定叫邵力了。"

一句话让所有的嘉宾都笑了起来。

郭沫若用到了以此类推的方法,通过事实例子证明了对方的话,也收到了幽默的效果。

技巧 14　加上几个字立马不同

诸葛恪的父亲诸葛瑾面孔狭长,都有点像驴的脸了,有一天,孙权召集大臣,命令人牵上来一头驴,在驴的脸上,贴着一个长标签,上面写道:"诸葛子瑜(子瑜是诸葛瑾的字,古人称字,以示尊重)"。

诸葛恪赶紧跪下来说:"请给我一支笔,我要在上面添两个字。"

诸葛恪在"诸葛子瑜"几个字的后面,添上了"的驴"两个字,孙权也立马把这头驴赐给了诸葛恪。

用加字的方法,消除了诸葛瑾可能被嘲笑的局面,充分展现了诸葛恪的聪明智慧。

技巧 15　将数学用在幽默中

有一天,爱因斯坦的一位女性朋友给他打电话,挂电话之前她说:"你把我的电话号码记下来吧,方便以后通话。"

爱因斯坦答应了。

对方又接着说:"我的电话号码很长,很难记忆,你可要记清楚了。"

爱因斯坦说:"说吧,我听着呢。"

对方报了电话号码。

爱因斯坦说:"24361,这个挺好记的啊,两打和 19 的平方,我记住了。"

爱因斯坦不愧是精通数学的科学家,他的记忆方法也和一般人的不一样,他借助数字巧计的方法,不仅让他记住了很多东西,而且还收到了幽默的效果,给生活增添了情趣。

技巧 16　比喻接着比喻

郭沫若和茅盾有一天聚在一起聊天。

郭沫若说:"鲁迅先生甘愿做一头为人民服务的牛,那么我就愿意做这条牛的尾巴,一条为人民服务的尾巴。"

茅盾笑了笑说:"那我就做牛尾巴上的毛吧,帮助牛赶走苍蝇和蚊虫。"

两人因为鲁迅的比喻,自己也做了比喻,从而让对话中充满了幽默的效果。

技巧 17　双方身份进行互换

1962 年,肯尼迪与夫人杰奎琳一起访问法国。肯尼迪夫人杰奎琳的法语非常流利,于是得到了法国人民的欢迎。

有一位记者问道:"肯尼迪先生,您会因为这件事情而生气吗?"

肯尼迪笑着说:"我先给你们做一个介绍吧,我是陪同杰奎琳·肯尼迪夫人来法国的男士,对此,我感到非常荣幸。"

肯尼迪与夫人杰奎琳一起访问法国,本来主角是肯尼迪,现在他甘愿做配角,来化解自己当时的尴尬,这种身份互换的方法也是一种不错的化解窘境的方法。

技巧18 给足对方思考空间

霍华德先生有一次坐火车的时候,想抽烟,但是他发现身边的是一位女士,于是他很小心地:"我能在这里抽烟吗?"

那位女士很客气的说:"就像家里一样好了。"

霍华德将烟收起来,放进衣袋里说:"还是不能抽。"

那位女士没有直接去回答霍华德,而是给足了对方思考的空间,其实女士的意思是允许霍华德抽烟的,谁想霍华德在家里是不能抽烟的。

技巧19 把字拆开达到幽默效果

一位姓陈的先生拿着自己的名帖去拜访一位姓周的先生,但是周先生总是念别字,他在欢迎陈先生的时候,连连说:"东先生,请坐,请坐。"

陈先生不动声色,回答道:"吉先生不用客气,不用客气。"

周先生这下子不高兴了,他说:"我本姓周,怎么称呼我为吉先生呢?"

陈先生也说:"我本姓陈,为什么称呼我为东先生呢?你既然割了我的耳朵,那么我就剥了你的皮。"

周先生这次意识到自己有错在先,于是笑笑,赶紧给对方道歉,一场误会也就消除了。

陈先生借助拆字的方法教训了念别字的周先生,化解了两人的误会,同时,也具有幽默效果。

技巧20 反过来批评

有一天,一对父子路过一家五星级的酒店,看到了一辆超级跑车。

儿子指着跑车说:"拥有这种车的人,肯定是没有学问的人。"

父亲则很轻松地说:"说这种话的人,口袋里肯定是没有钱的人。"

拥有超级跑车的人未必就是缺少文化的人,儿子却用这种偏见来看待事物,父亲借此批评儿子的偏激看法,同时收到了幽默的效果。

技巧21　把结果说得严重一点

萧伯纳在街上走的时候，被一个冒失鬼给撞了，幸好两人都没有受伤，冒失鬼在扶起萧伯纳后赶紧道歉。

但是萧伯纳做出了一副惋惜的样子，他说："今天太可惜了，先生，如果你撞死了我，那么，之后您就可以名扬四海了。"

萧伯纳是一个非常有名的人，如果他逝世了，肯定会引起人们的关注，自然这位冒失鬼也要跟着出名了，萧伯纳通过这种方式原谅了对方的冒失，显示了自己的大度和宽容。

技巧22　看穿对方的心理

有一天，一个连队进驻了冯玉祥担任保长的区域，连长想要借民房、借桌椅，因此和百姓有些口角。

冯玉祥只好跟连长道歉说："长官实在不好意思，这里来了太多当官的，所以你就将就些吧。"

连长听后很生气说："你个小小保长居然敢和我这样说话？"

冯玉祥说："不敢，我之前也当过兵。"

连长说："你还做过什么？"

冯玉祥说："我做过排长、连长，还做过营长、团长。"

这个时候，这位连长变得很紧张，于是站起身来说："你还做过什么？"

冯玉祥仍然微笑着说："师长、军长，甚至司令也干过几天。"

连长这次仔细端详冯玉祥，发现对方的身份后说："您是冯副委员长，部下该死。"

冯玉祥向对方鞠了一躬后说："在军委我是副委员长，在这里我就是一个保长，理应伺候你。"

当冯玉祥的身份是保长的时候，连长借势欺人，而知道了冯玉祥的真实身份后,连长也吓懵了,冯玉祥借助的就是对方功利的心理,在收到幽默效果的同时,也教育了这位连长。

技巧23　通过看到的情景即兴发挥

非洲曾经爆发一种昏睡病,人们得了这种病后,就会变得昏昏欲睡,罗伯特·科赫为了研究这种病,于是也去非洲考察,回国后,高级官员接见了他。

罗伯特·科赫在等候接见的时候,看到开国家预算委员会会议的代表都快要睡着了,于是他就忍不住说:"我原来根本就没有必要去非洲,在这里就有昏昏欲睡的好材料啊。"

罗伯特·科赫看到了大厅里的一幕之后,一方面是自嘲,另一方面是对这些官员没有斗志,浑浑噩噩的状态感到痛心,于是借此来发挥。

技巧24　正话反说化尴尬

亨利·克莱在街上遇到了一位似曾相识的夫人。

这位夫人走到他的面前说:"您应该已经忘记了我的名字了吧?"

亨利·克莱鞠躬后说:"是的,夫人,我已经忘记了,但是我上一次见您的时候,就知道以您的美貌和教养肯定会更换姓名的,所以之前的名字也就没有必要记住了。"

这位夫人认为自己很美貌而且很有教养,所以别人一见她之后就不会忘记,但是亨利·克莱对这位夫人的自满很不以为然,于是,通过正话反说的方法,在满足对方虚荣心的同时,也免除了自己的尴尬。

第七章
谐音巧借，博君一乐

中国的文化博大精深，汉字和它的读音也是这样，同音的字有着不同的意思，我们可以根据这些同音不同义的字做文章，让我们的幽默笑话达到一个很好的效果，这一点并不是做不到的，只要我们肯去研究，终究会掌握这种幽默的技巧的。

技巧1　谐音里面有智慧

从前，有一个很厉害的木匠收了一个徒弟，三年之后，徒弟学成，自以为了不起，连师父也不放在眼里了。

有一天，徒弟不在的时候，师父做了一个会行走的木马，徒弟回来后看到师父做的木马居然可以拉碾子，于是偷拿了木马的所有部件，准备照样自己也做一个。

但是他做出来的木马却不会走路，他只好去请教师父。

师父问他："你量了吗？"

徒弟回答说："量过了。"

师父说："我估计你没有量（良）心吧？"

徒弟说："我好像真的没有量（良）心。"

自己回答了之后，才反应过来师父的意思，从此以后再也不骄傲自大了，而且对师父更好了。

师父在这里很聪明的将"量"和"良"的音混淆了，结果让徒弟明白了自己的缺点，从而加以改正。

技巧 2　懂得利用谐音

有一天，著名建筑学家梁思成在做着一个关于古代建筑维修的学术报告。

演讲刚开始，他就对大家说："我是个'无齿之徒'。"

下面的听众都被他吓了一跳，以为他说的是"无耻之徒"。

过了一会，梁思成却又慢慢说："我的牙齿早年就没有了，后来在美国装了一副假牙，因为用得时间长了，所以看起来有点黄，反而看起来不是假牙了，这个就是'整旧如旧'，其实，对于古代的建筑的修理也是这样的，不能让他们变得焕然如新。"

如果把古代的建筑全部修整得焕然一新，人们一看就知道是后人修建的，如果要保持他们的原貌，就要像梁思成的假牙一样，不能大修，梁思成的玩笑让一个严肃的话题，在一个轻松的氛围里得到解决。

技巧 3　打破常规用谐音

有一个小伙子想要去周家庄，正好碰到一个老人，于是他问道："喂，周家庄怎么走，还有多远？"

老人对小伙子的傲慢和无礼很生气，于是随口回答道："走大路大概一万丈，小路的话有七八千丈。"

小伙子很郁闷，于是说："这个地方怎么还用丈，而不是用里的？"

老人笑着说："小伙子你也知道讲里(礼)的呀？"

小伙子这才知道自己刚才失礼了，于是赶紧给老人道歉。

老人打破常规没有用到传统的论路程的单位"里"而是用到了丈，从而引出了很对方后来的对话，妙趣横生。

技巧 4　职业的巧妙利用

著名国画大师张大千在抗日战争胜利后，想要去趟四川老家，在走之前他的学生们设宴送行,并且邀请了梅兰芳等社会名流。

宴会刚一开始,张大千就给梅兰芳敬酒说:"梅先生,你是个君子,而我却是小人,我要敬你。"

梅兰芬不明白对方的意思,连忙询问。

张大千笑着说:"'君子动口不动手'啊。"

张大千巧妙地利用了自己的画家身份,和对方表演艺术家的身份谈论问题,取得了幽默的效果。

技巧5　以其人之道,还治其人之身

在 1982 年的秋天,美国洛杉矶召开了中美作家会议,期间,美国诗人艾伦·金斯伯格让中国作家蒋子龙解一个谜题:"将一只重达 5 斤的母鸡放进一个只能装 1 斤水的瓶子里,该如何拿出来?"

蒋子龙笑着说:"你是怎么放进去的,我就怎么拿出来。您凭借嘴一说就做到了这件事情,那我也就只好借助语言了。"

艾伦·金斯伯格笑着说:"您是第一个猜出这个谜语的人。"

看起来很难的问题,其实这种可能根本就不存在,既然艾伦·金斯伯格可以借助语言把母鸡放进去,那么蒋子龙自然可以借助语言把它拿出来。

技巧6　巧妙利用一词多义

一位销售员去北京出差,到南京的时候想要乘坐飞机去北京,但是担心公司不给他报销,于是就给部门负责人打电报说:"有机可乘,可否?"

经理看到电报之后,以为是有成交的商机,于是就回电说:"可以。"

销售员回来报销费用的时候,部门负责人以级别不够,拒绝报销飞机票,销售员就拿出了负责人的回电。

负责人只能给对方报销了机票。

销售员在这里巧妙利用了"机"的另一个意思——"机会",让部门负责人产生了误解，从而最终让自己获利。

技巧7　成语的字面意思

沙叶新接受邀请拜访美国，有一位记者问他说："您认为美国好，还是中国好呢？"

沙叶新很淡定地说："美国的技术很先进，但是有它的不足；中国的技术同样不错，但也有它的不足，这个呢，就叫做'美中不足'。"

沙叶新的话一说完，就赢得了会场的一片掌声。

沙叶新很客观地分析了中国和美国在技术上面的不足，同时巧妙地将这些总结成中国的一个成语，从而一语双关，达到了好笑的效果，也维护了中国的尊严。

技巧8　错误理解熟语

有一个学生去吃早饭，老板给了他一碗很稀的粥。

学生笑着说："这个都要两块钱，是不是有些太贵了？"

老板笑笑说："物以稀为贵嘛。"

老板面对学生的质问，将物质的稀少的"稀"和稀饭的"稀"混为一谈，从而借助这个熟语回答了学生，从而也揭示出了他的奸诈刻薄，这种方法虽然是不错的方法，但是这种经商之道要不得。

技巧9　善于用某个字的其他意思

有一个青年拜访了拜伦，他说："为什么诗人要称为'人'，而作家、小说家都称为'家'？"

拜伦回答说："诗人很浪漫，他们要都出去找灵感，所以不能用'家'来拖累；而且诗歌买不了多少钱，所以无法成'家'啊。"

青年指的是"专家"的意思，而拜伦故意理解为家庭，相同的字，有着不同的意思,当然拜伦的说法虽然很戏谑,但是也展示了诗人生存的艰辛。

技巧 10　让时间回到过去

亚西比德与比他大 40 岁的佩里克莱斯探讨如何才能治理好雅典的问题。

佩里克莱斯对于这个问题不是很感兴趣,于是他非常冷淡地给亚西比德说:"想当年,我在你这个年纪的时候,我也是这样说话的。"

亚西比德听后说:"那个时候我要是认识您那该多好啊。"

亚西比德臆想出来的这个情况肯定是不会发生的,但是他借助自己想象出来的这个场面反驳了佩里克莱斯的观点,在幽默中改变了对方的观点。

技巧 11　从对方问题入手

张敞和夫人的关系很好,甚至有时候会帮助夫人画眉毛,知道的人都认为张敞这样做丢尽了男人的脸面,就将这件事情报告了汉宣帝,说张敞违法乱纪。

汉宣帝听后很生气,责备张敞说:"你居然做出违法乱纪的事情?"

张敞则不慌不忙地说:"我听说在闺房内,还有比夫妇之间画眉毛还要丢人的。"

张敞在回答汉宣帝的问题时,没有直接说夫妇之间的闺房之事,而是将此说成比画眉毛还要严重,从而消除了汉宣帝的怒气,从而也揭露了告状者的假道学面孔。

技巧 12　借助诗歌中的字词

一个富翁宴请客人,酒席还挺不错,但是席间的一盘发臭的甲鱼和几个又酸又涩的梨,让客人大倒胃口。

这个时候,客人中的一位秀才说道:"世上万般愁苦事,无过死别(鳖)与生离(梨)!"

秀才的一席话,引来了大家哄堂大笑。

秀才巧妙借助两个字的谐音,从而达到了讽刺富人的吝啬,说出客人的愁苦,收到了双重效果。

技巧13　将谐音包含在诗歌里

苏东坡因为各种原因被贬到了黄州,有一天和好友佛印和尚在长江上游玩,正开心的时候,佛印将手中的有苏东坡题字的扇子掉进了水里,于是他笑道:"水流东坡尸(东坡诗)。"

苏东坡看着远方,这个时候正好有一只黄狗在水中叼着一根骨头,于是苏东坡说:"狗啃河上(和尚)骨。"

苏东坡和佛印和尚都是借助谐音的方法写诗和对方开玩笑,虽然诗句中有谩骂的语言,但是因为二人是很好的朋友,双方就都没有在意,在我们的生活中这种语言不提倡。

技巧14　延伸词语的力量

有一次,一个年轻人对海明威说:"我听说文人的胃口很好,在他们的笔下什么都会吃:吃苦、吃力、吃醋、饮泣、饮恨、食言、吃官司、喝西北风、啃书本、咬文、嚼字……请问文人还有什么不能吃?"

海明威听后很笃定地说:"文人不吃软、不吃硬、不吃眼前亏。"

海明威很好地从"吃"字延伸开来,讲出了文人的"硬汉"精神,不仅达到了幽默的效果,同时体现了文人正直和向上的品质。

技巧15　让对方想你的语言

一个自认为学问了得的儒生写了一篇文章,然后去请教一位大儒,那位大儒看过他的文章之后,并没有做任何改动,只是在后面写上"高山打鼓,闻声百里"几个字。

那位儒生看到都是些表扬之词,于是很开心。就把这个批语传给其他的儒生看,其他儒生都很奇怪,他的文章写得一般,为什么能够得到如此高的赞誉。

于是他们一起去问大儒,这是什么意思。

大儒笑着说:"你们想想,打鼓发出的是什么声音?"

有人说是:"'扑通'的声音。"

这个时候大家才明白大儒的意思。

大儒就是借助这个"扑通"的声音从而告诫那位儒生应该好好读书,现在他的文章还很一般,而且达到了幽默的效果。

技巧16　相同字的不同意义

晋武帝刚刚登基的时候,就派人去占卜,想知道晋朝到底能走多远,能传几代。但是令人没有想到的是,占卜的结果居然是"一"。晋武帝见此非常不高兴,认为很不吉利,大臣们对此也不知道该怎么办。

就在大家惊慌失措的时候,侍中裴楷却说:"我只听说,天得到'一'就清,地得到'一'就宁,诸侯、帝王得到'一',天下就安定。"

晋武帝听到这句话,自然是龙颜大悦。

按照晋武帝的占卜结果,那就是晋朝只能传一代,但是裴楷故意将话题引申到全国统一和天下安定上,排解了晋武帝的郁闷,两个"一"的解释虽然是一个字,但是有着不同的意义。

技巧17　将对方的谐音继续用下去

虞寄是个小神童,而且口才也很好。

有一天,有人和他开玩笑说:"既然你姓虞,那你肯定不聪明。"

虞寄笑着说:"你连'虞'和'愚'都分不清楚,那是你愚呢,还是我愚呢?"

面对对方的恶意玩笑,虞寄也将错就错,反而嘲笑了对方,虞寄借助这种谐音的方法,反驳了对方,从而保全了自己的尊严。

技巧18　曲解对方的意思

1913年,孙中山讨伐袁世凯的二次革命失败了,当时很多同志对革命前途很迷茫,当时有些人甚至想推算孙中山的八字,从而推算出他什么时候再否极泰来,于是就委托马世伯想办法得到孙中山的生辰年月。

马世伯一碰到孙中山就说:"先生,那告诉我您的'八字'吗?"

孙中山一听对方的话,就知道了对方的意图,于是非常严肃地说:"你们年轻人怎么还相信迷信的这套把戏?既然这样,那就会去告诉所有人,我的八字是'打倒军阀,继续革命'。"

孙中山这里故意曲解对方八字的意思,将对方的生辰八字解释成"打倒军阀,继续革命"这八个字,从而既回答了对方的问题,同时也表明了自己个革命到底的态度。

技巧19　对方语言中的谐音

从前,有个秀才总是吹嘘自己可以认识九万九千九百个字,这些话传到了一个不识字的渔夫耳朵里,于是就请秀才帮他读信。

秀才看渔夫的一副寒酸相,猜想对方不会给他什么报酬了,于是很冷淡的说:"我的才学一字值千金,不知道你今天来带来了多少?"

渔夫被气走了。

后来村子里发了大水,秀才家被淹了,当时秀才看见渔夫驾船经过家门,于是呼救说:"救救我。"

渔夫笑着说:"不是我不想救你,只是你说过,你的才学一字重千斤(金),我的小船可载不了这么重。"

在这里渔夫巧妙利用了"金"和"斤"的谐音,为自己和所有穷人争了一口气,也让秀才自食其果。

实战篇

在我们现实生活中，人们都是可以接受一定的玩笑，但同时也会拒绝一些玩笑。这种情形或许和个体内在的压抑或者内心的创伤有关系。如果某个玩笑正好触及到了对方内心的创伤上，从而激起对方记忆上的痛苦，即便对方是随和的人，也很容易引起别人的反感。

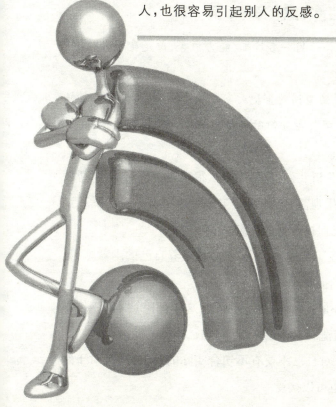

第八章

幽默 @ 职场，快乐工作的润滑油

办公室里那些能够给大家带来欢乐的人都被同事们称为开心果。他们是办公室里最为活跃的分子，他们到处都能得到人们的喜欢，自然他们在工作起来也是事半功倍。办公室的幽默是工作的润滑剂可以让工作更好地发展，当然它也有它的禁忌，需要我们注意。

 实用1　让自己成为办公室的开心果

蒋小琴是一家公司里很普通的一名员工，能力中等，但是她个性活泼，乐观开朗，也喜欢讲笑话。

每当午休的时候，蒋小琴的笑话就会把大家逗得哈哈大笑。大家都赞扬她，蒋小琴自然也是"不负众望"，在任何时候都能够给大家带去欢乐，在工作中大家也都愿意帮助她。

上面的故事其实就是在告诉我们，职场中幽默很重要，它很有可能帮助我们取得成功，而幽默的人乐观豁达，他们在工作中也很少出现焦躁和紧张，他们能够想方设法让自己保持良好的心态。

既然这样，我们就需要在工作的过程中，想办法培养自己的幽默感，只有这样，我们的工作才能得到提升。

首先，你需要在工作中不断扩大自己的交际面，这样有利于缓解工作压力，同时也可以在大家相互熟悉之后，更好地释放自己幽默的能力。

其次，要懂得释放压力，对自己不要有不切合实际的要求，同时对于别人的看法或者别人的玩笑，也可以接受。

再次，要掌握一些幽默的窍门：一、提高自己的语言表达能力，并且发挥想象力，可以将不同的事物联系在一起，从而产生意想不到的效果；二、平时，也可以开自己的玩笑，从而打开僵局；三、注重形体和语言的结合和搭配。

在工作的过程中，如果能够巧妙利用幽默，那么就可以在办公室中不断积累自己的人气，慢慢的同事对你的评价就会越来越高，所以，努力在办公室中成为一个众人喜欢的幽默者吧。

实用2 用幽默的方法解决工作中的矛盾

同事在一起难免会发生小摩擦，这些小摩擦如果不能处理好，就很容易引起工作的不顺利，甚至生活的不如意。其实，当遇到这种情况的时候，只需要幽默一下，相互之间的矛盾就会烟消云散。

李雪娟来到公司不久就发现公司里有一位自私自利、同时又多管闲事的女同事，而且这位女同事和他住在同一个宿舍里，晚上看电视，遥控器永远都是在对方手里，因为这件事情两人没有少吵架。

后来这位同事荣升为办公室主任，她总是和李雪娟过不去，李雪娟决定改善两人的关系。

有一天，李雪娟很早就到了公司，她把上班之前该做的一些事情全部处理好之后，就听到了咚咚咚的皮靴声，李雪娟知道是那个同事来了。

"今天你亲自上班啊?"没等到李雪娟说话，对方先说，因为前两天李雪娟曾让同事代她上了一天班，本来今天李雪娟是休息的，她今天专门是带帮他上班的那位同事上班的。

"是啊，今天亲自来上班了。"李雪娟说着，接着顺着对方的话说："听到皮靴的声音，我还在想是谁呢，风度翩翩地来了呢，抬头一眼原来是您啊。"

"少来了啦。"

两人就在你一言我一语中慢慢放下了曾经的矛盾，从此以后，两人经常相互调侃，不知不觉间两人的关系融洽了很多，办公室里时常能听到他们两人的笑声。

通过这个故事可以看到,幽默的方法可以缓解双方之间的矛盾,这种方法是理想化的,是易于双方接受的,这里给大家介绍一些同事之间相处的方法:

首先,保持一定的距离,但要善待同事。

和同事之间保持一定的距离,不要把任何事情都告诉同事,但是这并不代表着远离同事,对待同事还要充满善意,如果遇到对方在开你的玩笑,只要不超过你的原则,那么就可以接受;同样也可以和对方开玩笑,当然也不要触及到对方的原则。在和同事相处中,要以宽广的胸襟接受对方,只有这样,自己的人际关系才会越来越好,办公室里也就越来越融洽了。

其次,工作不能带着情绪,也不要谈及别人的是非。

不要将个人的情绪带到工作中,自然前一天工作中的不愉快也不要带到下一天的工作中,更不要把自己工作中的不愉快发泄到同事的身上。在和同事相处的过程中,时刻想着是不是自己有错,而不要挑别人的错,这样做了,相信时间久了,和同事之间的关系会越来越融洽。在工作的过程中,自然不能随便谈论别人,这个是工作中的大忌,休息的时候可以借助上文所介绍的方法和同事开开玩笑,但不要和同事对另外的同事评头论足。

实用 3　玩笑不是人身攻击

幽默可以促进工作的效率,在繁忙的工作中会让整个气氛变得轻松,但是在工作中的玩笑一定要注意尺度,如果发展成了人身攻击,那么就会让同事之间的关系变得尴尬,甚至感情会破裂。

小雪很聪明,但就是说话的时候不注意,经常因为一句玩笑话引起同事间的不愉快。

有一次,同事们在一起聊天,一个很丰满的女孩说:"杂志上说,我们身体需要的营养比我们摄入的要少很多,发胖很大程度是因为自己没有管住嘴。"

小雪接上就说:"是啊,文章的标题我猜叫做'活该你胖'吧。"

有同事说:"女人就是有买衣服的权利,你可以买着不穿,甚至送人,但就是要买。"

小雪就说:"照你这样说,胖子都有流哈喇子的权利。"

有人说:"年轻的时候把保险上齐了,老了就有保障。"

小雪就说:"什么啊,难道那些没有保险的都是自己走到火葬场去烧的?"

小雪的每句话自己认为说得很顺,也很好笑,但是却让听的人感觉到很不舒服。

所以,同事之间一定要注意说话的艺术,在幽默的时候也一样,要注意说话的艺术。

有一位颇有名望的作家去一家书店闲逛,书店的老板自然是很开心,连忙把书架上的书全部都撤了下来,全部都换成了这位作家的书。作家到书店后一看,心里很开心,就说:"贵店只售本人的书吗?"

老板随口说:"当然不是,其他的都卖掉了。"

作家听后很生气。

说者无意,听者有心,书店老板最终都不知道自己到底什么地方得罪了作家。

本来书店的老板想要奉承对方,结果却侮辱了对方,故事里面我们能读出来,好像作家的书没有人买似的。

王晓静是个聪明的女孩,她语言犀利,脑子里都是些幽默的语言,在公司里她就是一颗开心果,但是王晓静始终得不到老板的青睐。

王晓静经常为了工作,一大早就赶到客户那里谈生意,疲惫不堪地回到公司,老板对此并不领情,反而因为她早上没有来,而算她旷工,王晓静很委屈,就向朋友们诉苦,朋友们就提醒她:"你有没有在语言上对老板不敬过?"

王晓静这才想起来。原来,王晓静平常喜欢和同事们开玩笑,后来发现他们的老板是个很斯文的人,于是就开起了老板的玩笑。

有一天,老板穿一身笔挺西装进了办公室大门,王晓静很夸张地说:"老板,今天穿新衣服了?"老板咧嘴笑着,还沉浸在喜悦中的时候,王晓静就又说着:"看着像个大灰狼。"老板听到这里脸立马变了颜色,转身就走了。

办公室中的玩笑的确可以拉近同事之间的距离,但是如果转化成了人身攻击，那么就会让场面尴尬，它的破坏力同样巨大，故事中的王晓静就是因为这个原因，始终没有得到重用。

在工作中生活中，喜欢开玩笑的人往往都是喜欢挑毛病的人，如果不能够注意尺寸，就很容易被别人视为"刻薄"，也很容易引起别人的反感。所以在工作中一定要注意到这一点。

玩笑在很大程度上是一种智力的游戏，就像那些开玩笑的高手，一旦开腔就很容易引起所有的大笑，而不会引起别人的反感。

在我们现实生活中，人们都是可以接受一定的玩笑，但同时也会拒绝一些玩笑。这种情形或许和个体内在的压抑或者内心的创伤有关。如果某个玩笑正好触及到了对方内心的创伤上，从而激起对方记忆上的痛苦，即便对方是随和的人，也很容易引起别人的反感。

某一日，有人在郊外发现了一具尸体，警方也迅速赶来，经过勘察，警方确定死者是被人用锐器刺死，场面令人残不忍睹。经过一系列的排查工作，确定死者是一位姓张的老头，根据附近邻居的反映，他家中有一个青年帮工，案发后就不知去向了。

警方立即将这个帮工作为重点怀疑对象，并派出警力四处查找，最后这个帮工终于被抓获，并且在他的家中找到了刚刚洗过的尚还带着血迹的衣服和鞋子，经过审问，帮工交代了杀害张老头的事实，令人震惊的是，这件杀人案件竟然源自于一句笑话。

帮工说，他自幼丧父，与母亲一直生活在一起，后来母亲改嫁，而继父不久之后也暴病身亡。帮工出来自己打工，就在张老头的鱼塘里工作，他整天和这个老头子在一起，有一次老头子开玩笑说，他想和帮工的寡母睡觉，第二天，老头子又说了些难听的话，这让帮工感觉到非常气愤，于是，他怒火中烧杀害了这个乱说话的老头子。

或许张老头只是和帮工在开玩笑，但是他的玩笑触及到了对方的身世，也触及到了对方的母亲，这种人身攻击帮工自然受不了了，最后还招致了杀身之祸。

喜欢开玩笑没有错，但是在开玩笑的时候一定要注意自己的语言，不要让这些语言成为对对方的人身攻击,这样不仅对对方不好,甚至还会带来自己的杀身之祸。

实用4　注意开玩笑的尺度

如果你到一家公司工作,无论你是想平步青云,还是默默无闻,都要在办公室中注意开玩笑的尺寸问题,即便是最为轻松的玩笑,也要加以注意。

办公室中开玩笑尤其是要讲究说话艺术,如果尺度把握不好,就会引火上身。当然,这里并不是让人们在办公室中三缄其口,只是让大家注意别人的禁忌。下面给出一些禁忌,以供大家参考:

不能板着脸开玩笑

幽默大师可以自己板着脸,但是能让观众哈哈大笑,但是我们的生活没有幽默大师,所以我们在开玩笑的时候不要板着脸,因为你板着面孔所开的玩笑很容易让人误解。

不能开上司的玩笑

上司永远是上司,所以不要期望可以和上司成为朋友,即便对方是你曾经的同学甚至下属,也不要自恃以往的关系来拉近现在的交情,特别是在有其他人在场的情况下。

不能拿同事的缺点和不足开玩笑

金无足赤,人无完人,不要用别人的缺点来开玩笑,可能是你随意的玩笑,但是在别人的耳中,这些语言就成为了讽刺,倘若对方是个比较敏感的人,那么你的话很有可能激怒对方,要知道,有些话一旦说出了,怎么解释都没有用,后悔自然也来不及了。

不要和异性开过分的玩笑

办公室中的玩笑可以调节气氛,但是异性之间的玩笑还是要注意,千万不能过分,尤其是那些听起来有些色情的笑话,因为这些都可能降低你的人格,会让对方认为你思想不够健康。

捉弄人并不是开玩笑

捉弄别人是对别人不尊重的表现，捉弄别人和开玩笑完全是两码事，这样做，轻的会触及同事之间的感情，重则甚至会引发血案，危及自己的生命，一定要管好自己的嘴，千万不要让祸从口出，要不然，后悔都来不及。

开玩笑的时候要注意分寸，不要任何场合都在大大咧咧地开玩笑，这样时间长了，同事就会认为你不够庄重，自然也就不会再去尊重你了。

实用5　和领导开玩笑的技巧

在工作中对上级领导需要尊重，尽量不要和领导去开玩笑，如果对方是个心胸开阔的领导，笑笑也就罢了，如果遇到心胸狭窄的领导，可能会遭到他日后的报复。

面对领导不是说所有的玩笑都不可以开，有时候积极的，能够展现出自己对工作、对公司的积极性的玩笑当然是可以开的。

有个人曾经去一家公司求职，负责人说："不好意思，名额已经满了，要到我们公司的人太多了，我都登记不完了。"这个人听后很开心地说："太好了，既然您都忙不过来，那就让我来给您做个登记员吧！"

这样的一句玩笑话，不但不会伤及负责人，而且还会赢来对方的好感，之后相信这位求职者能够在这家公司谋得一个职位。

历史上有很多大臣对于上级或者皇帝是忠心耿耿，但是到最后却落得个被处罚的下场，他们这些人有些就是因为不知道如何去处理和领导之间的关系，他们总是有什么说什么，试想，他们把事情如果以玩笑的方式说出来，这样既提醒了领导，还保全了领导的面子，自然就不会给自己带来杀身之祸。

因此，在和领导相处时，想和领导开玩笑，就请注意以下几点：

一、领导心情好的时候

在领导心情不错的时候，可以和领导开开玩笑，但是依旧要注意一个尺度的问题，要做到点到为止，如果对方并不喜欢自己的玩笑，那么就赶紧通过转换话题的方式将整个场面引到另一个话题上。

二、领导和你开玩笑的时候

如果领导和你开玩笑，那么你也可以放松一下，没有必要紧绷着自己的神经，其实，这种领导都是比较开放、比较民主的领导，所以和他们交往时可以轻松一些，但是并不是说和他们在一起可以为所欲为。

三、领导取得成功的时候

如果领导在某个领域中取得了成功，这个时候就可以和领导开开玩笑，这其实也是在告诉领导，对于他的成功，你是由衷的开心，领导自然也会将你作为他的心腹。

在工作中，和领导相处也是一种艺术，我们一定要把握和领导开玩笑的尺寸，如果把握不好，最后受伤害的只能是自己。

实用 6　用幽默的方式来表功

很多员工在工作的过程中很努力，也干了很多工作，但是最终却不被老板所赏识，只能是在最底层的职位上盘桓。

相信没有人愿意一辈子做一个普通员工，拿不到自己应该有的报酬，既然这样那就不要沉默了，懂得和上司沟通，将自己的成绩"表白"出来，这样不仅容易让上司看到你的工作和成绩，同时也利于上司提拔你。

于小前在公司里工作已经有三年了，能力也不差，人缘也很好，但是眼看着公司比自己来得晚的人一个个得到了提拔，而自己还是在原地踏步，心有不甘。

后来自己才想明白，自己虽然工作上有成绩，但是自己不懂得给上司表功，所以自己这些年一直没有得到提拔。

有时候，于小前也很郁闷，上司为什么不能自己去发现人才呢，需要自己夸自己，这难道不是自己给自己"歌功颂德"吗？

要想在人才济济的职场中脱颖而出，就需要不断努力，同时懂得为自己邀功请赏，让领导看到你的成绩，这样可以让自己得到更好的发展。

当然要给领导表功，最好用到幽默的方式，而不是直接上来就说自己有很大的功劳。

实用7　尴尬的气氛中用到的幽默

幽默充满着神奇的力量,不管是工作还是生活,我们都需要幽默。如果你的上司是一个特别喜欢批评人的人,那么你就特别需要懂得利用幽默来消除批评时的尴尬。

一般的工作中,这种事情是无法避免的,受到领导的指责和批评的时候,如果不是因为自己有太大的问题,尽可以找一些无关痛痒的笑话来消除尴尬的气氛,不仅给自己找来了台阶,而且还缓解领导的火气。

有两个同龄的年轻人同时受雇于一家公司,薪水也是一样的,但是一段时间之后一个姓张的小伙子平步青云,而一个姓刘的小伙子还是原地踏步。小刘很不满意领导对他的态度,认为自己遭受了不公正的待遇,终于有一天在老板那儿发牢骚了,老板一边耐心听完了他的牢骚,一边想着如何解释清楚他和小张之间的区别。

"小刘啊,"老板终于开口了,"这样吧,你现在和小张一起到集市上看看今天都在卖什么?"

小刘回来的时候,向老板报告说:"早上集市上有一个农民拉了很多黄瓜在卖。"

"有多少黄瓜?"老板问。

小刘于是又赶紧跑了一趟集市,回来后,告诉老板有50袋黄瓜。

"那么价格是怎样的?"

小刘第三次跑向了集市。

等他回来,老板给他说:"这样吧,你等等看别人是怎么干活的。"

过了一会,小张从集市上回来了,向老板汇报说:"今天有一个农民在卖黄瓜,总共有50袋,价格是xxxx元,而且他们家的黄瓜卖得比其他家都要好。"说完,小张又拿出几个黄瓜:"这个是样品,既然他们生意那么好,一定是有原因的,我拿回来一些研究一下,您让我去看市场上有什么,那说明您有用,所以那个农民也在楼下了,您要回话给人家吗?"

此时老板转过头给小刘说:"现在你知道人家比你工资高的原因了吧?"

"是的,我已经知道了。"小刘对老板说。

"那是什么原因呢?"

"因为我没有把卖黄瓜的老头带回来。"小刘装做很懊恼地说。

本打算好好教训小刘的老板听到这里也扑哧笑了起来。

故事中的小刘就是一个善于用幽默的方式来消除因批评而引来尴尬气氛的人,我们需要学习他的这种本领。

当然也学好这种本领:

首先需要学会如何不做作地讲笑话。讲笑话一定要符合前因后果,否则会让对方有听不懂,或者感觉到没有意思。

其次,不要重复那些滑稽的动作,如果一个平常不苟言笑的人,突然在人们面前表演翻跟头,而且在自己的脑袋上摔出了一个包的时候,大家肯定会笑出声来。但是如果这个人不断表演这个动作,而且一直摔出一个个的大包来,那么笑声就会停止,人们甚至会生出怜悯之心,认为这个人有毛病。再比如,一个本不是幽默的人,但是却要硬装做幽默的方式去讲演,那么这场讲演肯定会失败,甚至会招来别人的反感。

第三,不要有事先提醒的行为出现,比如你还没有开始讲笑话,就事先告诉人们说这是一个非常好笑的笑话,那么笑话即便再好笑,也会大打折扣的。

第四,说笑话不要勉强,不要把没有关联的话扯到一起,这样做无疑是在浪费时间,毫无意义。因此即便你有一个很好笑的笑话,如果和当时的主题关系不大的话,那就不要说出来,笑话和玩笑的目的是在刺激话题,如果和主题无关就不要再浪费时间了。

第五,通过你的笑话展现出人性的光辉来,让人们展露出理性的笑容,最好的幽默是能够拥有温暖感觉的,而不是刻意装出来的。

第六,笑话中不要带有明显的讽刺话语,这样做很令人反感,至于那些带有攻击性的笑话,就更不要说了。

第七,一个好的笑话,往往是具有独创性的,众所周知的笑话,通过改变一个小细节,通过给故事增添一些时效性,同样可以收到很好的效果,这种旧瓶子装新酒的方式可以让更多的人哈哈大笑,在老年朋友和青年朋友中都能够取得不错的效果。

另外,幽默可以用在一些气氛比较尴尬的事后,比如,同事的工作出现了失误,千万不要去挖苦对方,更不要嘲笑对方,这样做双方都不会得到欢乐,换来的只能是对方对你的仇视,与其这样,还不如换一个笑话,这样一笑之后,尴尬消除了,同事之间的关系更好了。

通过上面的一些方法,我们可以学到一些处理尴尬气氛时的幽默本领,当然,这些都需要我们不断练习,用到炉火纯青的时候,我们就可以在幽默中受益了。

第九章
幽默 @ 人脉，打开黄金人脉的万能钥匙

幽默在我们生活的方方面面都会出现，我们必须承认，一个善于利用幽默的人是个魅力十足的人，一位心理学家曾经讲过："如果你能够让一个人对你有好感，那么你就可以让身边的所有人，甚至全世界的人都会对你有好感。只要你不是利用到处和人握手的方式，你的友善、风趣和机智就可以让你们之间的关系一直保持下去。"

幽默最大的特点就是让别人发笑，换来别人的欢乐和轻松，如果能够很好的将幽默的方式用到社会交际中，那么，我们就会收到意想不到的效果。

实用 1 幽默可以让你拥有一个良好的社交

不管我们做什么工作，不管我们的社会地位是怎样的，我们都需要和别人交往，幽默始终都能够帮助我们良好的和他人沟通，并且能够帮助我们解决一些问题，从而顺利渡过难关。

幽默可以帮助我们在社会交往中与其他人建立良好的关系，我们都希望能够成为别人眼中克服困难、具有客观态度以及值得别人尊重的人，幽默则可以帮助我们。

在社交场合中，如果一眼看穿了他人的想法，不妨轻松自若地使用幽默的方法。著名喜剧女演员卡洛柏妮曾经有一次到一家餐厅里用午餐，这时正好有一位老妇人走向她的餐桌，举手摸了一下卡洛的脸庞，然后她的手指滑过她的五官，之后她说："看不出有什么好。"

"那省下您的祝福吧，"卡洛柏妮说："我看起来也没有那么好看。"两人对话立马打破了双方的尴尬。

假如我们想在社交中留给别人一个良好的印象，就需要运用幽默的方式。不管是做客还是招待客人，我们都需要这样去对待，当我们和别人刚一接触的时候，就要把幽默的力量传递给对方，想想谁都想看到一个面带微笑、积极健康而不是一脸萎靡不振的样子的人。纽约一位著名的商人约翰克尔斯就曾经说过："客人发出的最美妙的声音，就是笑声了。"

幽默在任何时候、任何地方都可以带给人们之间很好的沟通，并且使人们的话语变得有人情味。比如你要去一个朋友新搬的家中赴宴，主人如果有些紧张的话，这个时候你就可以用幽默的方法打破尴尬的场面，让气氛变得松缓，你可以给其他客人说："X小姐在邀请我的时候说'到门口你用手肘按一下门铃就可以了。'我于是问她，我说为什么要用手肘呢，她说：'天啊，你的手中该不会是空的吧。'"

因为社交、政治兴趣以及业务爱好等方面的原因使得我们的生活中存在着很多的社会团体，而这些团体的聚会其实就是一个小社会，在这些小社会中不管你担任是的怎样的角色，你都需要应用幽默的力量，让自己获得不错的利益。我们只有合理地应用幽默，用自己幽默的行为举止去影响别人，慢慢的我们就在这个小团体中变得重要而受人欢迎，在社会这个大集体中同样也是。

实用2　幽默可以帮助你打开交际局面

幽默最大的特点就是让人发笑，让别人感觉到快乐，得到精神上的愉悦，将这些用在社会交际中，会起到很大的作用。

在社会交际中，那些语言幽默的人往往能够得到众人的喜欢，而说话平淡的人则会成为社会交际中的失败者。在交际中，请尝试着用幽默来打开局面吧。

在社交中运用的幽默，有时候可以拿自己开刀，适当自嘲一下，或许会得到更不错的效果。

哥伦比亚大学校长在一次登台演讲的时候，将著名律师迪特介绍给听众："他算得上是我国第一位公民！"迪特对于这样的一个评价想加以利用，于是他开玩笑说："那，现在第一公民要开始演讲了。"如果他按部就班真的把自己当成第一公民开始讲话，那就没有意思了。

那他该怎么办呢？他是这样说的，他说："刚才校长先生介绍到了一个名词，我刚开始听不懂，第一公民指的是什么呢？我现在才明白，那应该是莎士比亚戏剧中所经常提到的公民吧。看起来校长先生是个对莎士比亚戏剧很有研究的人，大家看过莎士比亚的戏剧应该都知道，那些第一公民往往都是只有几句台词，而且是毫无口才可言的。但是他们一般都是好人，就算是把第一和第二换一下，也没有多大关系。"

迪特的这番话立马引起了大家的掌声。

在生活中多用些幽默的语句，这样可以使我们的身心得到缓解，对于别人也有好处，让他们从我们的语言中得到非同一般的喜悦和新鲜感。

我们再来看一个幽默的故事。

有一次，美国的前总统里根在白宫讲话，他的夫人南希女士不小心从椅子上掉了下来。正在讲话的里根看到夫人并没有受伤，于是说："亲爱的，我告诉过你的，只有我没得到掌声的时候，你才可以这样表演。"总统的一句话立刻得到了大家的热烈掌声。

本来是一件很尴尬的事情，不管是埋怨还是置之不理都会让听众感觉到尴尬，这些在社交中都是危险的信号，但是里根总统却是用幽默的方式化险为夷，用出奇制胜的方法得到了极佳的效果，不仅显示了他的机智和豁达，而且还拉近了和听众的距离。

幽默是社会交际中必不可少的一部分，也是能够让社交气氛活跃的最好的调料，它能增进人们的关系，能够带给别人欢乐，让人忘记自己遇到的不快之事，而且能够帮助人们摆脱困境。

在一次宴会上，萧伯纳遇到了一个肥胖的资本家，资本家看到瘦削的萧伯纳就像讽刺一下他，于是他说："萧伯纳先生，看到您我就知道这个世界还在闹着饥荒。"

萧伯纳笑着回答说:"看到了您,我就知道闹饥荒的原因了。"

在现代的一些调查中表明,幽默能够让参与者之间产生一种强烈的认同感,即便是相互是敌对的双方,也能够在幽默中增加感情。幽默本身就能够拉近人们之间的感情,他们在笑的过程中,相互认可了对方。

相互仇视的人,也会在幽默中化敌为友,这种事情真的很多,真正聪明的人都会利用幽默让自己的社交之路变得更加平坦,更富有人情化。

如果你希望自己有所成就,希望自己可以引人注目,并且建立良好的社会交际,那么就需要在生活中多加锻炼自己幽默的能力,这样你就会处于不败之地。

美国前总统林肯深受美国人民的爱戴,但是他本人的相貌长得是非常难看,按道理这不应该讨别人喜欢的,林肯也认识到了这一点,但是他并没有回避这个问题,而是借助这个问题来拉近他和别人之间的距离。

有一次,林肯的一个政敌说他是两面派,林肯没有生气而是很平和地说:"现在,让所有的听众评评理,如果我还有另一面的话,那我还会顶着这付难看的面孔出来见人吗?"

适当的幽默、适时的幽默不仅显露了林肯幽默、豁达的品质,而且还赢得了听众的支持和理解,更加表露了自己的人性化的一面。

当然,幽默无法代替一些实际的解决方法去解决问题,它不能让你变得更瘦,不能让你变得更帅,也不能帮助你在考试中取得高分,但是它可以帮助你调节人际关系,可以帮助你建立良好的人脉,在之后的生活和工作中,即便遇到问题,也会有更宽广的路子去面对。让我们学会幽默的方法,用这种方法解决工作和生活中面对的问题和困难。

实用3 借助幽默的润滑作用

在如今这个繁杂的社会中,幽默无疑是一种最好的调节人际关系的润滑剂,可以增强人与人之间的沟通。借助幽默的微微一笑代替抱怨和争吵,幽默所产生的笑容可以缩短表达者和接受者的心理距离，可以消除人们之间的敌对关系，可以让人们之间的关系更加和谐。

美国当代的心理治疗专家彼得曾经说过："和同事之间进行聊天，如果能够说些工作之外的幽默，这样可以更好的促进沟通，即便双方之间的政治观点、宗教信仰甚至嗜好有所不同，但是在相同的幽默面前，大家会形成共同的话题，比那些和职业有关系的笑话更能够改善同事之间的关系，促进双方的感情交流。"

美国自然科学家肯兰德·洛伦茨也有过几乎相同的观点，他说："笑能够在参与者之中产生强烈的认同感，在放声大笑中能够产生非同一般的紧密默契，就像人们因为观念相同而产生的感情一样，在同一事物中的可笑性，不仅是一种友谊的表现，甚至是形成友谊的重要一部分。"

就像卓别林这些喜剧人物一出现，立马就迎来了别人的笑声，不管是他的动作、他的语言还是他的表情，他们的任何举动都能够让人们愉悦，同时也会得到人们的认同，这就是幽默的力量。

世界上的任何人都喜欢幽默风趣的语言。比如中国传统的文艺晚会中，总是会有相声和小品的节目，而这些节目都会不同程度上受到观众们的认可。这就是因为相声和小品的表现形式离不开幽默，它们幽默的语言可以感染观众，幽默的语言能够抓住观众，让观众平心静气中享受幽默的趣味，同时也可以让观众有更大的心理收获。

在美国南北战争的时期，一位将军从前方给林肯发来电报，林肯认为电报上的记载太过于简单，于是回电说，让对方尽量详细记载。

这位将军是个性格比较急的人，看到电报后就有点不开心了，于是又给林肯补拍了一个电报，上面写道："缴获了六头母牛，请指示。"

林肯看到电报后，知道这位将军的脾气，于是给回电报说："请速挤牛奶。"

将军看到之后哈哈大笑，两人之间的矛盾也就此解开了。

通过这则幽默的电报我们可以看到一个领导人的幽默和大度，面对怒气冲冲的将军的电报的时候，林肯并没有对对方的荒唐而大发脾气，只是很巧妙地借助语言的力量消除了双方的矛盾。

在我们的日常生活中,同样会遇到很多尴尬的境地,如果稍微处理不当,就会导致不良的后果,如果人人都能够像林肯那样,那么,我们乏味而又紧张的生活会好很多。

实用4　幽默能让你受到更大的欢迎

幽默是人际交往中的吸铁石,他可以迅速将身边的人聚集起来,同时它又是转换器,它可以转换人们的痛苦为欢乐,同时也可以转换人们的沉闷为欢畅。生活中的人们都喜欢和幽默的人成为朋友,而不愿意和一个闷闷不乐、做事呆板木讷的人相交往。

在一些场合中,幽默的口才可以让人们之间更加亲近,同时也可以消除陌生人之间相处的尴尬和不安,让人们紧张的情绪松懈下来,从而受到更多人的欢迎。

在一个非常狭窄的小巷子里,两辆车相遇了,车停下来后,两个司机都不愿意给对方让路,他们对峙了很长一段时间,其中有一个司机居然拿出一本书津津有味的看了起来,而另一个司机看到这一幕后说:"老兄,快点看,看完借我也看看。"

这句话逗乐了看书的司机,他主动把自己的车倒了出去,然后两人冰释前嫌,还交换了名片,成为了关系很不错的朋友。

突如其来的幽默让两个不肯退一步的司机成为了好朋友,我们不得不佩服让路司机的幽默和大度。生活中像这样的小摩擦在所难免,这个时候如果激化矛盾,那么必定两败俱伤,更不可能交到朋友。但是,若能利用幽默的话语将矛盾的热度降到零点,那么敌意也能转变成友谊。

幽默可以让已经产生了的矛盾变得缓和,从而避免一些更加尴尬的场面发生。美国作家特鲁曾经说过:"当我们需要让对方肯定我们的时候,幽默的说服效果要比任何的方式都有效。"同时他还讲道:"幽默可以帮助你解决人际关系中的问题,如果你希望找到一个值得信任的,同时又可以帮助你的人的时候,就不要忽视幽默神秘的力量。"

　　如果想让自己更加受到别人的欢迎，那么就请学会幽默吧，要懂得用幽默的方式面对严肃的场面。

　　某大学的植物系有一位植物学老教授，虽然他所开设的学科是一门冷门课程，但是他的课永远都是爆满的，甚至有人愿意站在走廊里去听他的课。一方面是因为这位老教授丰富的学识，另一方面也是因为他的幽默的性格风靡全校，所以学生们都喜欢听他的课。

　　有一次，一位老教授带着自己的学生到深山里做校外的实习，在路上看到了很多不知名的植物，学生们都很好奇，都在询问教授这些植物都是什么。其中一位女同学停下脚步，对着教授赞叹道："老师您的学问真是渊博，这些植物您居然都知道得清清楚楚。""这就是我走到你们前面的原因，如果看到我不认识的植物我就用脚踩死他，免得在你们的面前露怯。"教授扮着鬼脸说。

　　教授的一席话引来了同学们的开怀大笑，这一次的校外实习也是相当愉快。

　　有些人在和他人合作的过程中听不得半点的逆耳之言，只要别人对他稍加不恭敬，他就会发脾气，其实，他的这种做法都显得相当不理智，他这样做不但不会得到别人的尊重，而且还会让别人觉得不易相处。所以在与人相处的过程中需要保持一个愉快的心情，保持一种谦虚、幽默的心情，这样坚持下去，就会合作更加愉快了。

　　乔哈尔和他的几个朋友去树林里砍树，但是乔哈尔的体力远不比几个朋友强壮，在晚上休息的时候，他们在讨论他们的砍树成绩，其中一个说道："李斯砍伐了 60 棵树，我砍伐了 47 棵树，而乔哈尔这个傻瓜居然只砍伐了 12 棵树。"

　　虽然朋友们之间只是一个笑话，但是对于乔哈尔来说这也是一种很难接受的语言，就在他即将发怒的时候，他才想到自己所砍伐的树的确很少，就像是老鼠咬掉的树木一样，于是他也笑着说："我可不是砍伐的，我是用牙齿咬断了 12 棵树。"

　　在这个故事中，乔哈尔就是一个善于控制自己情绪的人，他用幽默的方式避免了和同伴之间的冲突，从而也体现了自己胸襟豁达的品质。

幽默不仅能够解决冲突，而且还能够和对方达到心灵的沟通。人们借助幽默的力量，可以让自己不再封闭，开始主动和别人交往，这样，他们的关系也会更进一步和谐。

在一些严肃的交谈中，人们在谈话的过程中其实都是带着一副假面具，人们只是希望让别人了解自己的外表，不希望让别人窥探自己的内心，这样的交流是很难进行下去的，他们没有办法合理地沟通，这个时候如果有人运用幽默的语言，那么他们就会找到共同的话题，心灵的沟通也就达成了。

美国前总统里根有一次回到自己的母校，他在学生们的毕业典礼上致辞，他嘲笑自己在学校的成绩，他说道："我这次回到母校主要的目的是为了清理我在学校体育馆里的柜子……能够获得和大家一起开毕业典礼的殊荣，我感到非常激动，因为我以前总是认为只有考试的第一名才是最大的光荣。"

在人际交往中，一副冷面孔让人们敬而远之，而带着微笑的面容总是可以让对方亲近，放下自己脸上的冷漠面孔，这样会变得更加受人欢迎，拥有阳光般的笑容才会让别人认为和你交往是意见愉悦的事情。

实用5 幽默的方法让朋友越来越多

人们都知道朋友多了好办事的道理，如果能够交到一个心胸开阔、信息灵通的朋友，那么就可以在我们的工作中给予很大的帮助。但是要找到这样的朋友并不是一件简单的事情，而借助幽默的方式进行交朋友，相信是一个不错的选择，陌生人之间见面，如果能够适当幽默一下，那么气氛就会活跃很多。

日本有一位擅长说话艺术的高手福田建，他曾经讲过一句话："你的笑容可以换来别人的笑容。"也就是说，如果你是以一种微笑的、幽默的方式去对待别人，那么别人也就会用幽默的方式对待你，同时他还指出："笑容其实是一种可爱的传染病，它的传染能力非常强大，而且传染的过程中会让人感觉到浑身舒服,快乐无比。"与人交往,的确需要用幽默的方式,只有这样,我们的朋友才会越来越多。

很多人都希望可以交到很多朋友,但是总是没有交朋友的好办法,其实我们可以运用一些幽默的方式,借助自己语言和表情上的幽默行为,从而告诉别人你是一个真诚、善良的人,那么你们之间的友谊关系就能够很快建立,总有一天,你会变成一个相识满天下,知己过百人的人了。

如果已经是朋友了,那么通过幽默的方式可以让朋友之间的关系更加稳固,并且可以更上一层楼,这就是幽默的力量。

法国作家小仲马有一个编剧朋友,有一次这位朋友的一个剧本要上演了,当天朋友邀请小仲马一起去观看,小仲马得到朋友的照顾坐在最前排,但是他总是回过头去数数:"一个、两个、三个、四个……"

朋友感觉很奇怪,于是就问他:"你在数什么啊?"

小仲马很风趣地说:"我在帮你数一下有多少人在打瞌睡。"

后来,小仲马著名的作品《茶花女》公演了,这位朋友也受到了小仲马的邀请,这次,朋友为了报复小仲马,于是也在剧场里找打瞌睡的人,终于是找到了一个,于是他说:"今晚居然也有打瞌睡的人啊?"

小仲马看了一眼那个人,然后说:"难道你不认识他吗?他就是你那场戏睡着的人,到现在还没有醒过来呢。"

小仲马和这位朋友之间的幽默就是建立在一个真诚的友谊关系上,并没有人们认为的客套,这样的幽默反而可以增进双方之间的感情,友谊会变得更加稳固,但是任何形式的幽默都有一个前提,那就是真诚,只有这样才能够赢得别人的认同,才能够起到重要的作用。

掌握一些幽默的交友方法,如果这样,以后你就不再苦于自己没有知心的朋友了,陌生人同样可以成为你的好朋友,新朋友可以成为老朋友,而老朋友之间的关系会更加稳固。

实用 6　能够拉近彼此距离的幽默寒暄

寒暄是日常交流中很重要的、同时也是很常见的一种行为,我们见到熟悉的人总是要跟他们打个招呼,但是我们又无法停下自己的事情和他们大聊特聊,但是不打招呼又显得没有礼貌和不近人情,甚至会让对方产生不舒服的感觉,所以,我们需要和对方进行简单的寒暄。

但是对于一般的寒暄感觉非常乏味,为了能够增添生活中的乐趣,维护良好的人际关系,我们就可以尝试着用特殊的方法来打破常规,我们来看一个比较典型的寒暄事例。

某地接连下了好几天的雨,公司的几位同事在一起聊天,一个说:"怎么老是没完没了地下雨呀?"

一个比较老实的同事说:"是啊,都下了有 8 天了。"

另一个喜欢开玩笑的同事说:"是啊,龙王爷也想多捞点儿钱,没日没夜的加班。"

而另一个关心时政的同事说:"估计是房产所忘记了修房子,所以天天下雨。"

一个喜欢文学的同事说:"大家声音小点,千万不要打扰到玉皇大帝,他正读长篇的悲剧呢。"

相同的回答,加入了不同的幽默成分,让一个简单的对话变得非常幽默风趣,一下子同事之间的感情也被拉近了。

一些有幽默感的老年人也喜欢年轻人和他们开一些善意的玩笑,所以,当你出门的时候遇到年老一些的邻居的时候,就可以幽默地和对方寒暄,这样可以拉近双方之间的距离。

最近一段时间都很热,小钱赶早趁着天气还比较凉爽的时候去公司上班,刚出门的时候,正好碰到邻居张大妈正在树荫下锻炼身体,她走过去很神秘地对张大妈说:"这么早锻炼,小心着凉啊。"一句话逗得张大妈哈哈大笑,然后说:"你这个小鬼丫头,赶紧去上班,要不然都要迟到了,都九点钟了。"小钱看了一眼,发现才是八点。看到张大妈笑自己上当了。之后张大妈和小钱见面都会主动打招呼,逢人就说小钱是个不错的年轻人。

很多时候,我们周边刚刚发生过的大事件都可以成为我们寒暄的话题,因为这些事情大家都在关注,人们可以从共同语言中找到寒暄的理由,避免话不投机的尴尬。

我们再来看一个这样的故事。

那年,厄尔尼诺现象的影响下气候非常反常,到了夏天的时候,有些地方的人还需要穿很厚的衣服,很多熟人见面之后就问:"气候太反常了,都到这个月份了,还这么冷。"大家都在回应着他的话,可是有一个幽默的司机没有和大家一样说,他见到同事的时候说:"哇,张师傅,现在都快立秋了,毛衣又要穿上了。"见到邻居张大爷的时候,他会说:"张大爷,您老是不是没有经历过这么长的一个冬天,到这个时候还这么冷。"恰好张大爷本人也是一个很幽默的人,他笑着说:"大概老天爷也心情不好,所以老是板着一副冷面孔。"

现在人们的生活水平在不断提高,所以人们在寒暄的过程中总会去夸奖别人富有,那种逗乐似的寒暄都可以得到良好的幽默效果。

张大娘在午饭后遇到了同村的大强,大强说:"张大娘,您吃过午饭了吧?"张大娘见对方称自己大娘,也很开心别人尊重他,她说:"还没有呢,你看你,中午都吃了什么啊,嘴边儿都是油,也不知道请大娘一起去吃。"

张大娘用幽默的方式夸赞大强家的生活水平得到了提高,她的这种假责怪听起来却是非常亲热和让人愉快,自然也就拉近了和大强的关系,成功地塑造了一个平易近人、和蔼可亲的长辈的形象。

千万不要小看寒暄中的幽默,它能够在不知不觉间拉近人们之间的关系,而且能够在欢声笑语中让寒暄变得更加有意义。

实用 7　从幽默中得到别人的谅解

每个人都是社会中的一员,因此,在工作、生活的过程中必然会和别人发生一定的摩擦和碰撞,也很有可能出现一些尴尬的场面。这个时候就需要通过幽默的方式来解决问题,或者缓和气氛。

比如说,有人借去了你的东西,你想要回,这实在是一件麻烦的事情,如果太直接的话,很容易伤害到对方的感情,但是打油诗高手小王就是利用打油诗的方法要回了同事借去的雨伞。

小王有一个关系不错的朋友叫丁伟,小王有一次把自己唯一的伞借给了丁伟,但是很长时间了丁伟都不提伞的事情,于是聪明的小王做了一首打油诗,从而要回了自己的雨伞。

他是这样写的:"我在湿淋淋的日子里借给你伞,含有无比的热诚。请在未破损之前,赐还予我吧。"当然丁伟也是一个很幽默的人,他说:"由于我现在无话可说,那只好闭嘴,然后还给你了。"他立即将雨伞还给了小王。

有时候故意将自己的弱点夸大,这样反而能够消除自己的自卑,并且可以通过幽默的方式得到别人的理解和同情。

在英国,有一个很是肥胖的作家,面对朋友对他体重的担忧,他说:"我比任何的男士都多好几倍的仁慈,因为我在公交车上如果让位的话,那么将会有三位以上的女士受惠。"

借助幽默的方式和别人坦诚相待,就能够得到对方的认可和尊重。因为我们如果坦诚地和人相处,会获得一定的安全感,通过这种幽默的力量,我们就可以说服自己认可这种安全感,消除我们的疑虑,然后很好地和别人相处。

我们来看一个伊利诺伊州参议员德克森的故事。

德克森首次问鼎国会的时候,他听到对手在会上对家世大作文章,这位对手的祖父是一位值得人们尊重的将军,叔父则是国会中的一位高官。

这个时候轮到德克森发言了,他上来就说:"各位女士、先生们,我的家世是从已婚者中一脉相承流传下来的。"

诗人麦琨有一次自己开玩笑讲到自己是从婚姻之外的关系而出生的事实,他是这样说的:"我生来就是一个私生子,而很多人花了一辈子时间去做私生子。"

可能你会认为自己生错了时代,也可能认为自己生错了家庭,或者你可能因为家庭的经济窘困而郁闷，但是我们可以通过幽默的方式来缓和心境。

"我生来不贫穷，也从来没有挨过饿，只是将吃饭的时间稍稍延后了一些而已。"

"我从小生在一个贫穷的家庭，在我很小的时候，别人都可以去做飞机的模型，而我只能去做汉堡和面包的模型。"

幽默可以帮助我们在心情上坦诚开放，我们可以从中获得愉悦的感觉，每个人都有自己的难言之隐，但是这些人如果想要成功，那就用幽默的方式来解决吧。

第十章

幽默 @ 管理，何以消愁，
唯有幽默，笑着做管理

幽默作为一种激励艺术，在工作中有着举足轻重的作用，尤其是那些领导级别的人，他们可以借助这个方式为他们聚集一批员工，这种领导可要比那些端着架子的人更得到大家的喜欢。所以作为一个领导需要掌握一些幽默管理的方法，这样会让自己的威望更高。

实用1 让自己的官样子多些幽默

作为一个领导，很希望自己有一定的官样子，借此来威慑员工。也正是因为这个缘故，很多领导都喜欢用粗暴的方式来对待员工，而他们这种行为，最终是让员工产生了逆反心理，不仅没有达到目的，而且还让领导和下属站在了对立面上。聪明的领导则不会采用这样的方式，他们更懂得应用幽默的方式来解决问题，用幽默的方式给工作增添一些笑料。

亚伯拉罕·林肯在美国历史上是一个神一样的人物，他出身很低贱，从小自学成才，但是最终却成为了美国最受欢迎的总统；他从小便拥有政治抱负，在充满坎坷的路上努力，终于实现了抱负；他长相丑陋，而且不修边幅，但最终却赢得了所有美国人的欢心，他到底是怎么做到的呢?这就是幽默的效果。

林肯在悲惨的命运面前学会了用幽默的方式排解不幸，他最初也是一个不苟言笑的人，但是最终生活让他改变了性格，他慢慢喜欢开始对别人讲笑话了，因为他发现笑话可以为自己、为别人带来积极的生活态度。

林肯的一生,挫折是主旋律,抑郁则是他最大的敌人,但是他学会了用幽默的方式来解决,他不仅改变了自己,还改变了美国的历史,还影响了美国总统的领导风格,他的幽默也是在美国历史造就了一种文化、一种时尚。

幽默不仅在林肯的身上有作用,在其他的领导身上同样是会起到作用,当幽默能够维护他们的"官架子"的同时,还能够增加他们的领导魅力。

在长期的幽默中,领导的战斗力也会增加,那些不懂得幽默的领导往往在遇到重大的冲突或者矛盾的时候,就会丧失冷静,然后大发雷霆,甚至和别人大打出手,最终只能是让事情以悲剧收场;但是一个聪明的、懂得幽默的领导就不会这样做,他们可以冷静的处理任何事情,在谈笑风生中解决一些事情。

幽默还可以造就一个人的亲和力,一些领导受到书本的影响,认为领导就应该板着一副面孔,不苟言笑,做事思考问题要深沉,和下属之间保持一定的距离。其实他们错了,往往是那些说话轻松幽默、做事自然洒脱的领导者更能够引起下属的爱戴。

那么又怎么做到既能拥有官的样子,而又能够不失幽默呢?

首先,把你的知识面拓宽。

当你是一个博览群书,积累了很多知识的领导的话,和各种人之间打交道都可以做到胸有成竹,那自然就可以从容应对了。

其次,不断提高自己的观察能力和想象力。

领导要能够善于应用联想,让自己的想象力丰富,作为一个企业的领导,要特别注意锻炼自己的反应能力和观察能力。

第三,要不断增强自己的社交能力。

参加的社会交往多了,接触的人多了,自然就能够在这些过程中锻炼自己的幽默能力了。

最后,打造高尚的情趣和乐观向上的信念。

一个心胸狭窄的人是不会有幽默感的,而一个思想消极的人的幽默也是不会引起别人共鸣的,所以要让自己变得积极一点。

实用2　在工作中提高幽默诙谐的能力

领导在工作的过程中,需要经常处理一些意外的事情,如果领导缺乏幽默应变的能力,就有可能因处理不当而给自己工作甚至集体的利益受到损害。

某家公司的总裁在视察工厂的时候, 发现有个人居然在上班时间悠闲地坐着喝茶,于是他很生气说:"你一天能挣到多少钱?"

那个人回答说:"大概是每天60美元吧。"

总裁扔给他100美元然后吼道:"滚出去,你现在被开除了,不要让我再看到你。"

过了几分钟,工头过来问道:"刚才那个送信的人到什么地方去了?"

总裁这才知道,刚才被他骂的那位根本就不是他的员工。

这个故事虽然很有喜剧效果,但是由此可见这位总裁处理事情的草率。

有一次,一位市长到自己管辖的地区去检查工作,其中一个姓管的某县级市的副市长向他汇报工作,主要是申请一笔款子。这位市长很幽默地说:"我看到你就怕,我是市长,而你是管市长,专门管我的,那我还不把钱批给你们。"管市长也很正经地说:"我这样做也是为了大地的丰收,母亲的微笑。"

两位市长明显都是处理能力很强而且又充满幽默感的人,在谈笑间就解决了一件大事。

人们都知道幽默和应变能力是一个人聪明才智的体现,幽默可以带给我们喜悦,可以帮助我们摆脱困境,可以增进人与人之间的了解,能够改善人们之间的关系。

一个年轻的演讲者负责在一个企业管理学的讲座上担任主讲嘉宾,面对众多资历深厚的管理者, 这位演讲者是这样开场的:"在座的各位都是有十足经验的管理者,年龄也都在我之上,相信你们在企业管理上有自己的一套成型经验,我本人根本没有什么很好的管理理论讲给大家,我只是要将世界上较为先进的和最优秀的理论家们的思想传递给大家,所以现在大家就不要认为我是我了,就当我是世界级的企业管理大师给大家在布道。"

大家听了他的开场白之后,也都会心一笑,开始认真听讲座了。

在这段开场白中，这位年轻的管理者告诉了大家在实战经验上自己的不足，然后又很含蓄地说明了在企业管理上自己还是有一定的理论基础和造诣的。就这样这位年轻的讲演者得到了大家的认可，他的随机应变、幽默介绍也赢得了大家的喜欢。

尤其是管理层一定要懂得应用幽默的力量，至于幽默是什么，它的含义到底是什么，很少有人能够说清楚，即便很多伟大的思想家都曾尝试寻找它的答案，但是最终没有一个让人们满意的答案出现。

在一些学者眼中，幽默是一种有趣、含蓄，同时又意味深长的事物，它凭借正派的作风和高尚的品德作为自己的语言支持。也有的学者认为，幽默是事物的一种性质，它能够带给别人快乐。

不管怎样，两派学者的观点都显示出幽默拥有着巨大的能力，我们来具体看一下，幽默到在工作的什么时候产生作用。

首先，幽默可以在尴尬的时候帮我们摆脱困境。

幽默可以帮助我们摆脱困境，它可以帮助我们解决工作中和人际关系中的难题。

英国曾经有位女议员阿斯特向丘吉尔挑衅说："如果我是你的妻子的话，我会在你的咖啡里下毒。"丘吉尔于是说："如果我是你的丈夫的话，我会喝下去的。"简单的一句幽默话，既反驳了对方，同时也让自己摆脱了困境。

其次，幽默还有缓冲的作用。

在我们的工作中，不是所有的时候都支持对方的观点的，如果遇到要反驳对方的情形的时候，处理不当，很容易成为一件失礼的事情，用幽默的方式否定对方的观点，可以起到很好的弥补作用。

有一天，一个人邀请自己的同事去打高尔夫球，但是这位同事比较害怕太太，于是对邀请者说："很抱歉，我的太太不喜欢我去打高尔夫球。"邀请者说："看起来你很害怕她。看起来你是一只老鼠，而不是一个男子汉。"这下子气氛有些紧张了，可是这位同事却说："我是男子汉，不过我的太太害怕老鼠。"他用一句戏谑的话回敬了同事，让整个场面活跃了不少。

最后，幽默可以改变一个人悲观的态度。

当我们在工作中遇到苦恼和失意的时候，如果能够用幽默的方式去看待人生，就会发现事实并不是糟糕到无法接受，这样自己也会改变观点，从而用阳光的心态去面对每一天。

能够应用幽默的方法来处理工作，是一个职场中人或者一个领导应该具备的品质，在工作中遇到问题的时候，能够用幽默的方式和语言来解决，这样可以缓和气氛，同时也可以让自己的心态更加积极。

实用3 幽默的管理方式取得非凡效果

从管理学的角度来看，幽默应该是一个领导的掌中宝，在当今社会中，竞争不断加剧，经济也变得不够稳定，企业的员工往往面对着巨大的压力，对于一个优秀的领导者来说，要懂得用自己的幽默保持员工的士气，不断激励员工，这一点非常重要。

幽默的管理方法可以化解员工之间的矛盾，可以缓和工作的压力，尤其是在面对经济衰退中的裁员问题的时候，幽默可以化解很多的矛盾。

美国欧文斯纤维公司在2000年的时候解雇了几乎一半的员工，考虑到解雇之后带来的一系列问题，公司的高层专门请来了幽默顾问，利用两个月的时间为剩下的员工进行幽默计划，公司内也开展了很多幽默活动。结果，居然没有发生任何聚众闹事、蓄意破坏的事件。

借助幽默的方式来管理企业，管理者往往能够取得更好的效果。美国对一千多名管理者进行了调查，显示有将近80%的管理者会在员工会议上通过幽默和笑话的方式来打破僵局、有54%的管理者认为幽默对公司的业务发展有着很大的作用、有60%的管理者认为公司内应该请一名幽默顾问来帮助公司员工放松。

美国加利福尼亚州太阳微软件系统公司的工作人员每年都要策划一场特殊的"愚人节"闹剧，有一次，公司的总裁斯格特·卡尼拉到办公室的时候，发现那里已经变成了一个小型的高尔夫球场，到处都是砂子做成的小陷阱，当然这起闹剧的肇事者并没有得到惩罚，他们的行为反而得到了嘉奖，他们的管理者认为幽默和闹剧可以放松员工的压力,还可以促进员工之间的合作。

管理中的幽默可以缓解压力,尤其是在压力很大的时候,能够用一句幽默转变大家的心情,鼓舞团队的士气,这一点很重要。如果上司只知道用立军令状的方式来分派工作,那么就会给员工很大压力,员工不见得能够很好地完成任务。

林肯对手下的两员大将格兰特和希尔曼说:"你们知道我喜欢你们的原因吗?"两人对总统的话感到很不解,于是林肯继续说:"因为你们两个人从来都不给我找麻烦。"他的这些话肯定了两个人工作不讲条件的优点,同时也用这种幽默的语句鼓励了他们,希望他们再接再厉。

员工更愿意和那些幽默的上司一起共事,因为上司的幽默可以帮助他们摆脱困境,帮助他们排解压力,而且能够保住他们的面子,自然他们也会因为此而更加努力工作。

幽默的领导借助自己幽默的语言就可以让下属开开心心的为他拼命工作。一个幽默的领导懂得如何和下属打成一片,这样他们就会有"大家是一家人"的感觉,只要公司有需要的时候,他们就会义无反顾地投入到工作中去。

比如,一个女员工下班后要和男朋友去约会,但是这个时候领导需要她加班,如果领导说:"要知道,如果你不加班就很有可能炒鱿鱼,这样男朋友就不会把你当回事了。"就取得了一定的好效果,如果这位领导这样说:"你们年轻人的大脑就像奔腾Ⅳ一样,肯定一会就完成了。"那么效果就会更好了。

幽默的领导比古板的领导更容易和下属打成一片,这样的话,他们手下的员工就会和自己齐心合力地工作,通过人性化的管理和幽默感更能够俘获员工的心。

幽默感是一种平等的表现,幽默能够使人更富有创意和同情心,拥有幽默感的人可以更好地解决烦恼中的快乐和冲突中的问题,幽默也能够让一个领导用新的视角去看待事物,用一种积极的心态去解决问题和战胜困难,领导的幽默是一种语言优势,用这种方式去管理下属,就可以轻松调节矛盾,收到奇效。

很多管理者都会将大部分的时间花在处理日常事务上,他们力求让客户满意……他们的工作经常让他们眉头不展。想要改变这种状况，就需要通过幽默的方式了。研究幽默的咨询专家发现，在实施幽默的管理方式的公司，经济效益相比之前有了飞速的增长。

现在，越来越多的公司管理者意识到了笑声的神奇作用，他们在公司中也越来越重视幽默的应用。在当今的企业中经常能看到企业员工都富有活力，就是因为他们的管理者应用幽默的方式管理企业。这些企业中的员工也是团结一心，做任何事情都能够拧成一股绳，工作效率反而提高了很多。

实用4　用幽默留住你的员工

一个懂得幽默的领导可以给公司带来良好的工作氛围，而且能够让公司员工拥有强大的凝聚力。

赵明阳以前有一个老领导，他对下属实施的完全是家长式的管理，所有的职工好像都是他的孩子，如果做错了一件事情，他就会当着众人的面极为严厉地批评这位员工，就像父亲一样；但是当碰到一些事情需要上司帮忙的话，他也会不遗余力地帮助这位员工，就像给自己的孩子解决问题一样。在他做领导的时候，公司的事情都做得很好，而且他也为赵明阳等同事争得了很多福利，下属们也都很尊敬他，但是这种尊敬里包含着畏惧，赵明阳他们每天都是战战兢兢地上班，生怕自己有什么错误。

后来赵明阳跳槽了，领导是一个中年人，这位领导最喜欢的就是开会，以前公司开会的时候赵明阳都会睡着，但是这位领导会议他从来都不睡觉，因为他每次开会都会逗得大家哈哈大笑，而同时又把工作的思路和要求传递了大家，就算是面对下属的错误，他也能够用很愉快的方式去解决，赵明阳越来越喜欢这位领导了，后来一直呆在这家公司，再也没有跳槽。

管理者管理的目的就是让自己的下属能够更加准确、高效地工作，而一个轻松的工作环境和气氛，可以更好地达到这样的效果。如果领导是一个比较严肃，说话也是一种批评或者命令的口吻的话，任何人都不愿意服从于他的管辖了，最后的跳槽也是在所难免。

通过上面的故事我们可以看到，想要留住一个员工，领导就要学会幽默，工作快乐的员工自然是不会跳槽的。

心理学家爱丽斯·伊森在接受《魅力》杂志采访时说："心情愉快的时候，人的创造力也是超强的，因此务必给你的员工一个轻松、欢快的工作气氛。"

山姆是沃尔玛的董事长，他就是一个特别善于从工作中找到快乐的老板，著名的"沃尔玛式欢呼"就是他的从聪明才智的表现。山姆在1977年去日本和韩国参观旅游的时候，对韩国一家不大的企业很感兴趣，因为这家企业的员工们每天都要欢呼，回到沃尔玛后，他就开始尝试这个行为，结果取得了一定的成功，这就是著名的"沃尔玛式欢呼"了。

每天早上七点半的时候，山姆就会带着几百位高级管理者和店长们一起喊口号，后来还带领大家一起做健美操。在一些新店开幕式、股东大会等活动中，他同样会带着同事们一起喊口号。他的这种方法立马在全世界的沃尔玛开始流行，并且取得了很大的成功，同事们之间的关系越来越融洽，他们的工作积极性也越来越高，这其实也是一种工作中的幽默，根据一项调查表明，沃尔玛的跳槽率低于企业平均水平。

只有轻松愉快的工作环境才能够缓和工作中的压力，同时也可以增加员工的工作兴趣，提高工作的效率，这些都是沃尔玛的哲学，都是我们应该学习和借鉴的经营哲学，即便面对那些比较严肃的会议，沃尔玛都会采取轻松的方式来度过。

沃尔玛公司在星期六的早上同样要开例会，但内容不会是严肃的问题，有时候还会邀请一些公司外的人员做嘉宾，当然，他们的客人都是大名鼎鼎的人物，不管是商界巨子、体育明星还是演员歌手都会成为他们的邀请对象，在这一天早上，正经的事情反而会被放在一边，大家一起吵吵闹闹，唱歌说话，反而是取得了很好的效果。

田纳西州大学心理学教授诃沃德·约利欧对于幽默能够提高生产效率的观点非常赞同，他通过研究得出结论，幽默能够减轻一定的疲劳，而且能够振奋精神，让那些从事重复性劳动的人保持轻松的气氛和愉快的心情，以保证他们更好的完成任务。所以他强调一个优秀的上司要懂得如何利用幽默的方式来拴住员工的心。

由此可见，幽默是一个管理者的优秀品质，懂得恰如其分的鼓励和幽默，就可以和员工们在欢快的气氛中接触，有了这样的领导，下属们自然是不愿意跳槽了。

实用5 幽默的批评赢得民心

有些心理学家做过这样一项研究：当员工犯了错误，比起严厉的批评、苛责的惩罚，那些带有幽默色彩的语言，更能够在下属的心中起到作用，他们也更容易改正。如果一个领导总是用批评的语气去处理员工的错误和缺点，那么终究有一天他会变成"孤家寡人"。

批评的语言不会得到别人的欢迎，一个领导又不得不去批评下属，所以就需要借助幽默的方式，用这种语气指出下属所犯的错误，这样不仅有激励的作用，还不会让下属心生怨恨。

我们来看一位经理是如何批评自己的员工不注重仪表的。

有这样一个年轻人总是邋里邋遢的，有一天上班的时候也很邋里邋遢地来到了办公室，经理对他说："我对你的婚姻状况不够了解，但是可以给你一个建议，如果你还是单身汉，就赶紧去结婚；如果结婚了，那就请离婚吧。"

而这位经理对于旷工的员工是这样批评的：

经理对他的女秘书说："你能相信一个人去世之后又可以复活吗？"

"这个当然不能相信了。"

经理又说："这个就奇怪了，前两天你还去参加你外祖母的葬礼了，而今天中午她却来看望她的孙女来了。"

对于想要加薪的员工他是这样说的：

"我想要跟您说，"年轻人很腼腆的给经理说："能不能研究一下给我加工资的事情，因为不久我就要结婚了……"

"我感到十分抱歉，孩子，"经理说，"我们公司是不能承担业余时间所发生的不幸事件的。"

这位经理就是用这些幽默的方式去处理和下属之间的事情的,慢慢的他赢得了所有同事的尊敬和爱戴。

犯了错误的下属第一反应就是领导狰狞的面孔,虽然板着面孔的领导可以让下属害怕,也能够起到对下属的震慑作用,但是这不能从根本上杜绝员工犯错误。既然这样我们就有必要提倡快乐的领导策略,用善意的玩笑提醒和指点你的下属,这样对下属的帮教力度很更大。

某公司的几个年轻人经常聚在一起搓麻将到天亮,有一天半夜,当他们玩得正开心的时候,领导突然推开宿舍的门进来了,他们都以为领导这次要大发雷霆了,但是谁知道领导笑呵呵地说:"你们也不看看都几点了,还在这里修筑长城,既然这样热爱长城的话,那么,我们公司下半年组织去长城旅游吧?"

几句话乍一听起来还以为领导是在关心他们,实际上是对他们的批评,相信在以后的日子中,他们都不会通宵打麻将了,公司的宿舍里再也没有了搓麻将的声音了。

苏霍姆林斯基说过:"生硬的话语、粗暴的行为、强制的办法,这一切都会蹂躏人的心灵,使人对周围的世界和自己都采取漠然的态度。"所以面对犯了错误的下属的时候,领导应该控制好自己的情绪,不要随意动怒,用幽默的方式,用善意的玩笑提醒他们不应该这样做,他们自然会在内心深处感激上司,从而开始改正自己的毛病。

实用6 幽默可以激励你的下属

幽默是一种带有激励性质的艺术,在我们的日常交往中有很重要的作用,而那些懂得幽默艺术的领导和上司的身边总会聚集一批愿意为公司效忠的员工。

美国的前总统约翰·卡尔文·柯立芝身边有一位年轻漂亮的女秘书,她人长得非常漂亮,但就是做事情有些马虎,所以在工作中经常会有失误,对于秘书的这种行为,约翰·卡尔文·柯立芝总会借助适当的时机提醒对方。

有一天早上,这位女秘书打扮得非常漂亮来到了办公室,柯立芝称赞道:"你今天的打扮真的很有魅力,而且看起来越来越漂亮了。"

女秘书没有想到总统会夸奖她,于是赶紧说:"谢谢总统。"

"但是你并不能因此而骄傲,"约翰·卡尔文·柯立芝说着,"我相信你处理公文的能力肯定会和你人一样有魅力。"

总统的这种带着风趣的鼓励让女秘书工作起来更加努力了,她也逐渐开始克服之前的粗心大意的毛病,工作做得很细致。

本来是一种批评,但是柯立芝却将此说得很幽默,从而激发了女秘书认真工作的动力,不仅能够解决问题,而且让自己在下属的眼中更加有魅力了。

在工作场合中,人们都很容易看到这样的场景:团队成员都将业绩看得非常重要。如果生意上出了问题,大部分公司都会开始裁减员工,更改之前的营销策略,这样变动的次数太多了,人们之间就会形成一种猜疑。

面对这种场景,我们该需要用怎样的方式来消除员工之间的猜疑、消极的情绪呢?不要自暴自弃,这个时候你只需要用到幽默的方式,让每个人都保持一份应该的精神状态,从而用自己的行为和想法来感染身边的人,尤其是管理者,更应该站出来借助自己的幽默,改变大家的情绪。

当看到下属们都心情不佳的时候,就让他们停下工作,然后带着野炊的工具,去野外野炊;或者找朋友去聊天;或者大家一起去喝点酒,这样释放他们的压力,他们之后的工作肯定会越干越好的。

在一场球赛中,皮赛罗指导的球队在上半场的时候落后对方两个球,在中场休息的时候,他在休息室和队员们一直在开玩笑,直到快要上场的时候,他才叫住队员说:"姑娘们,是不是要努力了?"

没有给她们责备,也没有一堆没有用的战术,而是消除了她们心理上的障碍,结果这些姑娘们在下半场的时候创造了奇迹,她们连踢带顶总共进了四个球,最后反败为胜,战胜了对手。

幽默是一种无与伦比的号召力,幽默的领导只要张开自己的嘴巴,那么员工就愿意为公司效劳,一个懂得幽默的上司,能够让自己的员工在哈哈大笑中保持热情,最终克服消极情绪,从而激励整个团队。

第十一章
幽默@友情,娱人乐已的开心果

> 如果你整天板着脸,即便你讲的是事实,摆的是道理,
> 但是你所收获的效果并不一定好,你这样做未必能够让对
> 方心服口服,其实,这个时候你就可以采用幽默的方式,只
> 有这样你才能够在和对方的辩论或者和对方讲理的过程
> 中,让对方哑口无言、心服口服。

实用 1　幽默的人更能受到朋友的欢迎

在人际交往中,某人的幽默绝对可以为他换来更多的朋友;在和朋友聊天的过程中,不时讲一些有趣的笑话,或者用自己富有幽默感的肢体动作,可以引来朋友们的笑声,这样就可以让朋友之间的关系更加坚固。

曾经有一位伟大的思想家说过:"幽默是智能、教养和道德感的表现。"幽默是一种品质、是一种修养,同时也是一门值得我们学习的艺术,幽默的艺术和诚实、道德、良知、真理一脉相通;而和虚伪、无情、不义、谬误截然相反,所以如果想做一个幽默的人,如果想与别人更好地沟通以及得到别人更多的理解,你就需要将幽默的艺术和诚实、道德、良知、真理结合起来,这样它就会为你的人生增添上一抹亮色。

如果想在日常的人际交往中,给别人留下不错的第一印象,那么就需要用幽默的手段,不管是在别人家做客,还是在自己家招待客人,都需要用幽默的方式让气氛变得更融洽,一旦你走到大家中间的时候,就要将你的幽默展现出来,任何人都不喜欢面带怒容的人,他们更愿意和一个谈笑风生的人接触。

有一天,张晓云去参加朋友李克莉举办的家庭宴会,由于张晓云是第一次去李克莉家,于是在路上她买了一些礼物,但还是感觉到很紧张。

当张晓云敲开门的时候,李克莉迎了上来,看着张晓云的双手后,说:

"你果然是用手肘摁门铃的,我就知道你不会空着手来的。"

这句话把张晓云以及其他的客人都逗乐了,大家之后的气氛就松缓了很多,他们过了一个愉快的家庭宴会。

那些招人喜欢的人之所以能够赢得更多的朋友,能够让别人愿意和他们接触,不仅仅是因为他们本身的才华,更主要的一个原因是他们能够用幽默的方式去解决问题,用幽默的方式让气氛更加活跃,这样他们的幽默可以帮助大家留下美好的回忆,自然他的朋友也就会因为这些原因而越来越多。

实用2　幽默之中包含着友善的态度

真正的幽默并不是低级趣味,在人们的相互交往中,通过幽默的方式让对方感受到你的得体和目的,运用得当的话,会在友善的幽默中建立双方交际的宽松氛围。

金庸的小说不仅风靡于华人界,他的谈吐中流露出来的幽默气质也是让人忍俊不禁。金庸特别喜欢车,尤其是跑车,有一次有人问他:"你驾驶跑车的过程中会不会去超车?"金庸回答说:"当然要超车的,逢电车,必定要超车。"旁边的人都哈哈大笑起来。

金庸曾经号称自己从来喝醉过,很多人都以为金庸的酒量非常好,而实际情况是因为他很少喝酒,或者喝得很少,自然不会喝醉了,他曾经对一个女孩子说:"你的美丽增长率很高。"女孩听后很开心,思索了一会儿后才知道金庸其实在嘲笑她以前长得很丑。

在人际交往的过程中,我们只要和对方能够轻松地开个玩笑,就可以缓和气氛,让大家的心情松弛下来,从而营造出一个良好的谈话氛围,所以那些能够幽默的人往往能够得到大家的青睐,最终成为大家的好朋友,得到大家的喜爱。只不过玩笑也有一定的度,如果过头了,就会得到相反的效果,因此掌握玩笑的尺度也很重要。

那么,我们该如何做呢?

首先,幽默的前提是你拥有一个友善的态度。

友善的幽默是双方的感情进行相互传递的过程,如果想要借助幽默来对对方进行冷嘲热讽或者发泄自己的内心不满的话，那么这种玩笑就已经不是幽默了，即便你伶牙俐齿，能够在表面上占得了上风，但是别人不会认为你是一个有品位的人，他们会认为你不懂得尊重他人，那么自然就不愿意和你继续交往下去了。

其次，慎重选择你的幽默对象。

我们身边的每个人因为身份、性格等等不同，所以接受幽默的能力也有着差异性，同样的一个玩笑，可以对甲说，但就是不能对乙说，也许你说了，乙反而会认为你是在嘲笑他，最终适得其反。一般情况下，晚辈是不能和小辈开过分的玩笑的，异性之间不能开过分的玩笑、在同辈和同性之间开玩笑也要注意对方的心情和性格。假如你的朋友性格比较内向，特别喜欢琢磨你的话的其他意思，那么就和他们少开玩笑；假如你的朋友性格外向，能够宽容地接受一些笑话，一些幽默玩笑就可以和他们尽情分享。当然另有说明的是，即便对方是一个性格外向的人，如果正好家中有了不愉快的或者伤心的事情发生，那也不要和对方开玩笑；相反，如果对方是一个性格内向的人，而碰巧遇到了好事，那么和他们开玩笑也无妨。把握好你开玩笑的对象，这样你可以成为一个受大家喜欢的人。

最后，选择一些高雅的幽默方式和玩笑。

友善的幽默和幽默者的思乡情趣、文化修养不无关系，如果那些内容粗俗或者不雅的玩笑出现，即便当时可以博得大家的笑声，但是过后会让人感觉到非常乏味。只有那些真正意义上幽默的，内容健康的、格调高雅的玩笑，才能够带给大家精神上的享受，同时塑造幽默者的美好形象。

精炼的、友善的幽默是最成功的幽默，不要用太多琐碎的语言，要做到点到即止，以免影响你的幽默的影响程度和效果。因为真正的幽默是诙谐而又不失气度的，是滑稽而不庸俗的，只有这样的幽默才能够让大家记忆深刻，也只有这样的幽默才能够雅俗共赏，调节讲话的氛围。

实用3 幽默的语言让对方哑口无言

在我国古代的南朝齐梁时期，有一个人叫范缜，他就是一个特别善于利用幽默的语言和别人进行辩论的人，可以说是这个方面的佼佼者。

有一次，竟陵王萧子良为了打击范缜，于是请来了很多的高僧和名人摆阵准备挑战范缜。在这次挑战中，竟陵王萧子良首先用自己已经准备好了的问题发问："范先生对因果报应一直是嗤之以鼻，那么您能解释一下世界上为什么会有贫富的差距呢？"按照竟陵王萧子良的想法，以及在这么多的权贵面前，范缜是无法反驳对方的，也无法否定命运的。同时萧子良也知道，只要打开一个缺口，就可以很好地瓦解范缜的《神灭论》的思想理论体系，但是令人没有想到的是，范缜对对方的问题进行了正面的回答，他的回答可以说是针锋相对。他当时是这样说的："人就好比我们头顶上这棵树所开的花儿，一阵风出来的时候，有些会飘落在锦毯上，有些呢则有可能掉进泥坑里，王爷就如同掉在毯子上的花瓣，而我呢就好比是掉进泥潭的花瓣。"

范缜借助落花来比喻人的差异，充满了幽默的意味，因为他所借助的事物本身并不包含着褒贬之意，如果他借助一些有褒贬的事物来说明这个道理，可能会让当时的气氛很尴尬，范缜很聪明，用到了花瓣，这样让气氛缓和了很多，同时也坚持了自己的观点，让萧子良他们无可挑剔，其实落花和人都是一样的，都是因为社会的不公平，才导致了贫富的差距、富贵的悬殊、地位的差异，这些话里其实还包含着对权贵者的一种蔑视，是一种软中带硬的说法。

萧子良继续对范缜发起了攻击，并且指使一个叫王琰的不出名的说客对范缜说："你既然不承认祖先的神灵，那么你这样的子孙就是大逆不道的。"

面对这样的挑战，范缜完全可以据理驳斥对方的，做出直接的反击，因为王琰并没有萧子良那样显赫的位置，不会因为一句话而招致对方的报复。但如果直接反驳对方，也显得自己的涵养不够，有失气度。所以范缜采用谬误反诘，很平淡地问了一句："既然您认为祖先死后有神灵，那么你为什么不自杀之后去侍奉你的祖先呢？"

范缜的幽默使得他可以在权贵提出的各种刁难问题之间游刃有余，在理论上始终没有任何的退却。

借助幽默风趣的语言来说服别人，让别人接受自己的想法，不仅是幽默的一种要求，更是智慧的一种表达。

有一天，小甘罗在自己家的后花园中玩耍嬉戏，忽然看见他的爷爷，也就是当朝宰相走了过来，于是他准备喊爷爷，但是却发现他的爷爷总是唉声叹气的，好像有什么心事一样，于是懂事的小甘罗就上前问道："爷爷，您是不是遇到了什么不顺心的事情，或者麻烦的事情？"

爷爷说："大王不知道听了谁的教唆，居然要吃公鸡下的蛋，而且命令满朝文武官员都去找，如果三天内找不到的话，就要处罚大家。孩子呀，这个谁都知道，哪里有什么公鸡下的蛋。"

小甘罗生气的说："大王也太不讲理了。"

爷爷也只能是摇着头叹息，这个时候小甘罗突然眼睛一眨，想出了一个好主意，于是很自信地对爷爷说："放心吧您，我现在有办法了。"爷爷不知道小甘罗的方法，小甘罗只是要求明天爷爷装病，他代替爷爷上朝。

第二天早上，小甘罗果然代替爷爷去上朝了，他一本正经地来到宫殿上，给秦王施了礼，秦王见是小甘罗，于是很轻视地对他说："小甘罗，你今天怎么来了？快让你的爷爷来上朝。"

小甘罗不慌不忙地说："回禀大王，我爷爷今天估计是来不了了，他正在家里面生孩子呢，所以我今天替代他来上朝。"

秦王听后哈哈大笑起来，然后说："小孩子真实荒唐，男人怎么可能生孩子呢？"

小甘罗趁机说道："既然大王知道男人不能生孩子，那么，您怎么不知道公鸡不能下蛋呢？"

小甘罗的话让秦王哑口无言，自然是改变了之前自己的命令。

总管古今中外，凡是成就了一番事业的人，都是具有幽默的细胞，他们都有着崇高的理想、渊博的知识，同时他们还有一颗幽默的本领。幽默的功用不仅仅是让人们捧腹大笑、不仅仅是要脍炙人口，幽默有时候还能够让别人哑口无言。

我们再来看一个相关的例子。

赫尔岑是俄国著名的文学家、批评家，在他年轻的时候，有一次去一个家里比较有钱的朋友家做客，当时宴会上所演奏的流行音乐让赫尔岑非常难受，于是他只好捂住耳朵。

他的朋友对他的行为很不解，于是解释说："现在演奏的曲子可是时下最流行的音乐。"

"流行音乐并不一定高尚啊，这种曲子实在是让人受不了。"赫尔岑回答说。

朋友对赫尔岑的话很不服气，于是他说："不高尚怎么了？不高尚的难道就不能流行吗？"

赫尔岑又说："那么流行性感冒呢？"

赫尔岑的话让朋友哑口无言，没有办法反驳。赫尔岑借助身边的事物来说明一个道理，借助曲折迂回的方式表明了自己的态度，并且没有伤害到对方的尊严，没有损伤朋友之间的友谊，而且有效拉近了双方之间的关系，这也是一种在特殊情况下使用的好办法。

幽默不仅可以制造出轻松的交往氛围，而且在谈论中起着不可忽视的作用。它可以通过诙谐的方式，暗示出事物的本质，最终达到目的，相信在你的幽默精湛的辞令面前，别人会找不到任何的反驳之词。

实用4 幽默可以用来反击别人

幽默其实有两方面的作用：一方面可以在某些场合让我们感到心情愉悦、畅快无比；另一方面可以对敌人进行沉痛的攻击，让对方的气焰不再嚣张，避免了对方的挑衅。

有一次，英国著名的戏剧作家萧伯纳有新剧要上演了，他想邀请丘吉尔前去观看。于是萧伯纳派人送去了两种贵宾票给丘吉尔，并且在票的后面附带上了一句话：欢迎您携带着您的朋友来观看，如果您还有朋友的话。丘吉尔看到这张票后，于是也回敬了一句话：谢谢你的入场券，不过，我今天晚上实在有事情抽不开身，我会明天的时候邀请朋友一块儿出席，当然如果你的剧能够演到明天的话。

睿智的丘吉尔反应非常快，他急中生智的回答除了消除了萧伯纳善意的攻击之外，还展现了自己的幽默品质。

我们生活中未必所有人都是善意地和你开玩笑，有时候他们就是在故意找茬，甚至是挑衅，好让别人下不了台。如果在这种情况下你大度地视而不见，会给人留下软弱的印象，而你退避三舍的话，又会让人耻笑；相反如果你能够找到幽默的方式然后对对方的行为进行还击，这样不仅让其他人能够感受到幽默的气氛，同时也可以给自己留下台阶。

齐国的晏子要出使楚国了，楚王知道晏子是个能言善辩的人，于是知道这个消息之后，立马给他的手下说："晏婴是齐国最能言善辩的人了，现在他要出使我国，我想要羞辱他一下，你们快想想有什么好办法？"于是，身边的大臣们都开始给他出谋划策。

晏子到了楚国后，楚王举办酒宴招待他，正当主客酒兴正浓的时候，两个差人绑着一个人上来了，楚王于是故意问道："你们绑的是什么人，他犯了什么错？"差人回答道："他是个齐国人，犯了偷盗的罪。"

楚王笑嘻嘻地说："晏婴啊，你们齐国人是不是都喜欢偷盗啊？"

晏子站起来，离开席位说："大家都知道，桔树生长在淮河以南，是桔树；生长在淮河以北，就成了枳树。桔树和枳树虽然长得很像，但它们结出的果实味道却大不相同。桔子甜，枳子酸，这到底是什么原因造成的呢？"晏子停了停又说："原因就是因为水土的问题，如今在齐国生活的人安居乐业，在齐国就没有盗贼，现在到了楚国，却成了盗贼，莫非是楚国的人民都习惯做盗贼，他学到了做盗贼的方法和风气？"

楚王听后苦笑着说："我真是自讨苦吃，晏婴这样德才兼备的人怎么可以取笑呢？"

也许有些时候你想要找到一句话然后阻挡住对方的嘲笑或者指责，好让他住口，但是又苦于一时间想不到很好的句子，事后你会发现，其实当时只要稍作变通，随便的一两句话都可以保住自己的面子，免受一番精神上的折磨。现在事情已经过去了，你只有懊悔了。亡羊补牢，还不算很晚，你可以不断问自己，到底是什么原因让你当时没有想出反驳的句子呢？其实根本原因是因为你当时就没有想过要找到一句反驳的语句，当时你的舌头发麻，根本就说不出话来，事后的懊恼和悔恨都是没有任何意义的。

我们的现实生活中如果遇到那种无理取闹的人,碰到那种无赖似的人物,我们往往对他们是大发雷霆,但是到最后,你还是会发现,对方讲话还是振振有词,头头是道,即便你气得手脚发麻,仍旧是没有任何的作用,那么,我们应该怎么办呢?怎样可以让这些人感觉到自己理亏,让他们无言以对呢?

巧用幽默的方式,折断对方的锋芒,让他自食其果,是最好的办法。不过一定要注意,一定是幽默为前提,首先,你要学会一些顺水推舟的方法,借力打力;接下来,要冷静下来,然后等待时机一击致命,用力要迅速和威猛,这样可以让对方哑口无言;最后,对对方的攻击性质进行判断,如果对方对你是讽刺,那么就让他们尝到讽刺的滋味,如果是带有侮辱性的语言,一定要让他们吞回侮辱,总之,你攻击他们的力道要和他们使出的力量成正比。

晋朝有一个叫刘道真的人,他因为常年遭受战乱,所以孤苦伶仃,无依无靠,只能是当纤夫为生。刘道真有一个不好的习惯那就是嘲笑别人。向来是嘴上不饶人。有一天他正在河边拉纤,看见一个中年的妇女正在摇橹划船,于是他就嘲笑道:"你们女人家为什么不在家里织布,而是来到这里摇船呢?"中年妇女于是反驳道:"你们大丈夫为什么不征战杀沙场,而是在这里当纤夫呢?"

还有一次,刘道真和几个人在一起用一个盘子吃东西,看到一个年长的妇人领着两个孩子从他们的草屋前走过,三个人都穿着青色的衣服,于是他就嘲笑道:"青羊引双羔。"那个妇人听到了他的话,于是也说:"三猪共一槽。"

刘道真讨了个没趣,还连累了朋友一起挨骂。

对付别人的讥笑,就应该主动出击,然后不露出任何的疏忽,让对方无从还口;或者要掩盖自己的弱点,然后找到对方露出的破绽,展开有力的还击,避免失误。我们在反击比人的过程中,要注意自己的言行,一定要谨慎,因为只有这样做,才能够起到最大的作用。

实用 5 用幽默的方式去拒绝

有些时候面对朋友的请求,我们很难去拒绝,而我们又必须要说"不",那么该怎样说,然后既达到了拒绝的目的,而又不伤害朋友之间的感情呢?

在这种情况下幽默的作用就显现出来了,通过幽默的语言去拒绝别人,就显得非常委婉,而且含蓄,同时更容易让朋友接受。

通过幽默的方式去拒绝别人,有时候可以故作神秘,从而找到突破点,当对方在没有准备的情况下哈哈大笑,从而避免了对方的失望之情,这样的拒绝既达到了目的,同时也让对方在愉快的气氛中接受了。

意大利音乐家罗西尼生于 1792 年 2 月 29 日,因为每过四年就会有一个闰年,所以他在过第十八个生日的时候,他已经七十二岁了,在他生日的那天,他的一些朋友告诉他,他们准备了两万法郎,准备为他建一块纪念碑,罗西尼听完他们的话后说:"没有必要浪费这笔钱财,你们把钱给我好了,我自己站在那里。"

罗西尼对朋友们的做法并不同意,但是又不好直接拒绝,于是他想出了一个不切合实际的做法,含蓄地拒绝了朋友们的好意,同时也让朋友们自己明白其中的原因。看起来,幽默拒绝的确是一门高深的艺术,无论别人听从你的要求还是接受你的反对,你都有自己说"不"的权利,只有这样,才能够顾及到自己的真实情况,只有这样才能够做一个足够真诚的人。

当年,在广州一些进步青年创办了"南中国"文学社,他们希望鲁迅能够为他们的创刊号撰稿,但是鲁迅并不想去写,于是他就说:"文章我看还是你们自己来写,以后我可以再写,免得别人说我鲁迅来广州就找你们青年人为我捧场。"

青年们就说:"我们都是写穷学生,如果我们自己写的话,恐怕销路不会很好,这样我们就没有信心写第二期了。"

鲁迅风趣而有不失威严地说:"要刊物好也很容易,你们只要在文章里面骂我,我相信销路会很好的,一般情况下,骂我的刊物销路都很好。"

1934 年,《人世间》杂志开辟了"作家访问记"专栏,并且还会刊出接受采访的作家的肖像,于是该杂志的编辑写信给鲁迅,希望能够去接受他们的访问,并且希望能够以书房为背景,拍一张鲁迅、许广平和周海婴的生活照。鲁迅写信拒绝了这样的一个邀请,他说:"作家之名颇美,昔不自重,曾以为不妨滥竽其例。近来悄悄醒悟,已羞言之。头脑里并无思想,寓中亦无书斋,

'夫人及公子'更与文坛无涉,雅命三种,皆不敢承。倘先生他日另作'伪作家小传'时,当罗列图书,摆起架子,扫地欢迎也。"

风趣幽默的话语一方面让朋友们有了台阶,不至于在心理生出厌恶之情;另一方面也很好的坚持了自己的原则。由此可见,幽默的拒绝别人的方法的确是一个好方法,我们可以在日常生活中多加留意,积累一些经验,让我们自己也变成一个具有幽默拒绝艺术的高手。

当你带着幽默的态度去拒绝那些自己无法完成的事情的时候,在幽默的笑声中,你可以很好的维护自己的原则。

在一个酒吧里,朋友们之间在互相劝酒。

杜兰特说:"给你的威士忌里加点饮料好吗?"

加利西亚说:"谢谢,不过我可以喝一些其他的饮料吗?"

杜兰特说:"当然可以,不过你不喜欢威士忌吗?"

加利西亚说:"我到现在也没有体会出威士忌的味道,可能是我还没有长大吧。"

杜兰特说:"那么,你需要些什么呢?"

加利西亚说:"我喜欢苹果这样的水果榨成的果汁。"

会话在相对轻松的气氛中进行了,自然就能够酿出欢乐的气氛,两个朋友之间虽然没有喝成酒,但是相信他们这样的对话并不会影响到他们的关系。

在现代生活中,一个人要学会说"好",同时也要学会说"不"。如果你不会说,那么你就不是一个品格完整的人,你就会变成别人欲望的牺牲品,那些不懂得尊重人的人会在你的身上尽可能地占有。面对别人无理由的要求,一定要学会幽默的方式婉转的拒绝对方,从而达到自己的目的,拒绝别人的意图。

在我们的日常交往中,热情能够帮助别人,对别人的困难我们及时伸出援手是应该做的,但是我们也要量力而行,如果遇到自己无法做到的事情,或者有损自己原则的事情,就要懂得拒绝。而对于说"不"的方式一定要注意,用幽默婉转的方式去说,效果会很好,这样的拒绝也能够让对方更容易接受,之后的交往也不会受到影响。

第十二章
幽默 @ 爱情,抱得美人归,钓得金龟婿

在爱情的世界里,幽默可以化解双方之间的矛盾,解除双方可能存在的危机,幽默可以让恋人之间的时间和空间的隔阂消失,只剩下那些值得人快乐的记忆,幽默就是爱情世界里必不可少的一部分。

日本幽默家秋田实认为,幽默就是爱情的一剂催化剂。好的爱情往往是可遇不可求的,我们只有通过幽默的方式善于抓住我们身边的每一个机会,通过幽默的方式表达我们的浓浓爱意。

实用 1   爱情之火由幽默来助燃

现在社会中有很多女孩的择偶标准第一条就是——幽默感。那些喜欢说笑话、具有幽默感的小伙子很容易受到女孩儿的青睐。

曾经有一个相貌平平的,身高只有一米六五左右的小伙子,最后竟然和他们学校的校花谈起了恋爱,而且令人们都没有想到的是,他们在离开学校之后,就步入了婚姻的殿堂。结婚那天,同学们都让当年的校花讲出小伙子的绝招是什么,校花只是抿嘴一笑说:"他是个很不错的幽默者。"顿时大家明白了其中的玄机,也都悔恨自己没有抓住机会。

一位数学家和自己的女朋友在公园里散步,女友问他说:"我脸上有好多雀斑的,你真的不在意吗?"数学家很深情的说:"不会在意的,亲爱的,我生来就喜欢小数点。"顿时,女孩开心的要死,心中泛起了一阵爱意。

幽默是个具有神奇推动力的东西,它可以像火箭的助推器一样,推动着爱情的星星遨游直上。

其实,夫妻之间如果能够用幽默的方法来不断浇灌自己的婚姻生活,那么,婚姻就不会成为爱情的坟墓,婚姻就变成了爱情的基石和崭新起点。

有一次,邻居张大叔的妻子给张大叔说:"你看人家老王,因为当年的失恋之后发愤图强,现在是多么的辉煌。"如果一个不懂幽默的丈夫肯定会很生气,然后将"那你怎么不跟老王去过啊"、"老王算个什么东西"这样气急败坏的话来,可是富有幽默感的张大叔说:"当年如果你能够讨厌我,那我现在也会出人头地了,尊敬的夫人,这个可是你的错啊。"张大叔的妻子听了这些,竟然流出了幸福的泪水,这么多年他们相爱如一日,是邻居们所羡慕的。

幽默是婚姻生活中的润滑剂,它能够消除夫妻之间的隔阂;幽默是婚姻生活的助燃器,它能够让爱情的火焰烧得更旺。

有一对中年夫妻去参观一个比较新潮的美术展览,当他们走到一副只有几片树叶遮挡住私处的裸体女孩的画前时,丈夫停下脚步,很长时间都不愿意离开,妻子有点忍不住了,于是她狠狠揪住丈夫的耳朵说:"你是不是要等到秋天到了,树叶落了你才会甘心啊?"

在这种尴尬情况下的幽默,就是一剂润滑剂,可以让爱情的小舟更加良好地行驶在幸福的小河里。

幽默能够消除生活中的烦恼,化解生活给予我们的痛苦,同时还可以美化我们的生活,让我们的生活中增添更多的欢声笑语,让生活变得五彩斑斓。

青年人举办婚礼是一件美事,下面这位小伙子在婚礼上的举动让这场美好的事情锦上添花。

有一个姓张的小伙子要迎娶一位姓顾的女孩,这个小伙子就借助两人的姓氏做了一番特别有意义的、幽默的恋爱经过介绍。

"我是新郎,我姓张,我的新娘姓顾,我们刚刚认识的时候,我是东'张'西望,而她却是'顾'影自怜;后来'张'口结舌地去找她,她说已经有了意中人;我'张'皇失措,不知道如何是好,只好劝她改弦更'张',她说她现在只好'顾'此失彼;我开始大'张'旗鼓地追求她,她当时是左'顾'右盼;等到认识的时间久了,我就有点明目'张'胆了,她也就无所'顾'忌了;最后我邀请她择吉开'张',她也是欣然惠'顾'。"

这位张姓的小伙子可以说是句句挂彩，他的调侃自然是逗乐了所有的来宾,在他的婚礼中,幽默就是一个幸福的花朵,是一个欢乐的果实,也像是一瓶刚刚启封的美酒,让人感到美妙的滋味。

幽默对于爱情就像是酿制爱情的花蜜,它可以让我们更好地享受男女之间的爱情所带来的美妙,从而培养出更娇艳的爱情之花来。

实用2　恰当的幽默让你的爱情得到升华

现代生活非常丰富多彩,而现在的年轻人也是形形色色,但是如果我们按照幽默的角度来看问题,会发现他们在对待爱情中还是有许多地方需要改进,这一点值得探讨。

现在的年轻人对待爱情的幽默主要是分为以下的几种:

第一种,甜言蜜语

我们先来看一个叫做《厨师的情书》的小故事。

有一个年轻的厨师给自己的女朋友写情书,他写道:"亲爱的,不管是在煮汤的时候,还是烧菜的时候,我都在想念着你,这简直就像是味精一样不可或缺。看见了蘑菇我就会想起你圆圆的眼睛;看到猪肺就会想起你红润的脸颊;看到鹅掌就会想起你纤纤手指;看见绿豆芽想起你的腰肢。你就像我的围裙一样,我不能离开你,请答应嫁给我吧,我会像伺候熊掌一样伺候你。"

他的女朋友收到信后不久就给他回了信:"我也会想起你那像鹅掌的眉毛、像绿豆芽的眼睛、像蘑菇的鼻子、像味精的嘴巴,还想起过你那像雌鲤鱼的身材,我现在还像鲜笋一样嫩,还没有到出嫁的时候,不过我想告诉你我并不像拥有一个像熊掌一样的丈夫,我和你的关系就像是蒸鱼放姜那样,我想你已经明白了我的意思。"

在我们的现实生活中,的确会有这样的青年,他们总是用自己的甜言蜜语去表达自己的爱意,他们认为只有够甜就能够打动女孩,其实未必是这样的,他们生搬硬套的幽默终究会弄巧成拙的,因为他们的语言并不具有真情实感,他们都是套出来的语言。故事中的小青年就是想利用甜言蜜语打动女孩,结果是弄巧成拙。

关于这方面的失败案例很多，我们现在再来看一个。

有个小伙子给女朋友写信道："我爱你爱得太深了，我真的愿意为你去赴汤蹈火，如果星期六的晚上不下雨的话，那我就一定去找你。"

由于过分的甜言蜜语缺乏真实的感情作为支撑，他们只是用抄来的一些语言或者从书本中借来的一些语言再用，这样的用法往往会产生语言上的矛盾。

第二种，沉默寡言

有的年轻人认为会叫的猫未必能抓得住老鼠，反正是真心的爱对方，所以就没有必要跟对方说出来。《天仙配》中的董永就是傻乎乎的，不愿意说话，结果还是让七仙女中最漂亮的一个看中了，因此和恋人在一起少说话是没有关系的，而且言多必失。其实，这种观点具有一定的局限性，由于时代在进步，男女青年之间可以开一些健康的玩笑的，所以那些不懂幽默的青年，是很难俘获女孩的芳心的。

小王是个不错的青年，他和自己的女朋友从认识到恋爱，已经有很长一段时间了，可是害羞的小王就是不敢对女朋友表白结婚，有一天女朋友忍不住问道："小王啊，关于我们的关系，你是不是有话要对我讲?"

小王红着脸说不出话来，半天才说："是，是的，我，是想告诉你，你愿意死后葬在我家的祖坟里吗?"

这则笑话虽然听起来有一定的幽默效果，但是小王实在是太不会说话了，毕竟这样的语言还是有一定的忌讳，说不定会让自己的爱情夭折。

第三种，直言不讳

如果是真心爱一个人，那么就必须在任何时候都给他们讲真话，不能有丝毫的隐瞒和做作。这种观点是对的，但是也是有一定的局限性，爱情不是完全地听从对方，这并不能展现你对爱情的真诚，例如，当涉及到对方的不足之处时，我们就没有太过于坦诚了，可以选择更加委婉的方式说出来。

有一个英俊的小伙子和一个美貌的姑娘两人互有爱意，小伙子肯学习，同时很有上进心，但就是身材矮小了一点，在这一点上，小伙子有些自卑心理，于是他问姑娘："你是不是认为一个男子只有身材高大才能够展现出他的魅力?"

"是的。"姑娘很坦诚的说。

结果，之后小伙子对姑娘是避而不见，后来，两人最终以分手告终。

男子身材高大了很好看，这个是不用怀疑的，但是这位姑娘说话也太坦诚了，直接伤害到了男孩的自尊心，她其实可以很幽默地说："男子高大是很有魅力，但是男子的魅力并不是只展现在他的身高上，而主要是他的聪明才智上，个子矮了不怕，怕的是没有上进心。"假如她这样说的话，那么他们的爱情就不会中途搁浅了。

第四种，唯命是从

相声《虎口遐想》里，有这样一段很有意思的对话：

甲：假如我要是有一个女朋友的话，我能够在星期天没事来找老虎玩儿吗？

乙：那怎么还就不能来了？

甲：怎么不能？搞对象的小伙子们说说，你们搞对象的话，星期天的时候，谁不上丈母娘家里干活儿去？

乙：是这样的啊？

甲：是这样的！我跟你说，我们家老二自从有了对象，他们丈母娘家就根本不请保姆了。

乙：看起来你是想要当保姆了。

……

这虽然只是一段相声，但是他毕竟是真实生活的总结，内容听起来又真实同时又有幽默感，不少青年为了俘获对方的爱情，就是要驯服一些，就是唯命是从，丈母娘家有事情就会随叫随到，有的时候都会丧失一些主见，甚至没有原则，这种事情很多，但是这种现象并不提倡。

实用3　借助幽默的力量表达自己的真心

爱情是人类内心深处发出的一种最为美好的情感，因此它需要用美好的语言来歌颂它、赞美它、表达它。如果两个人已经互相爱慕了，而还不能够在一起，那就是语言的因素在制约着二人，最终如果因此而中断了感情的话，那么实在是一件非常糟糕的事情,所以建议青年的朋友们,学习一些幽默的语言技巧,这一点对于你谈情说爱很重要。

前面也讲过,爱情的产生和维持主要是靠着感情作为基础,那么如何建立坚不可摧的感情呢?俗话说得好:"只有掏出心来,才能心心相印",这其实就是在告诉我们爱情要有一颗真诚的心,然后借助幽默的力量,将你的真情全然表现出来,这样就是幽默的力量的展现。

有一个长相英俊帅气的小伙子经常到一家银行的窗口上办理业务,自然他办理的业务无非就是存款和取款。直到有一天,他把一张纸条连同银行的存折都伸进了窗口,营业员才明白了他要做什么。

纸条是这样写的:"亲爱的娜娜,我一直在储蓄着这个想法,希望有一天可以收到你的利息。如果明天晚上你有空的话,能不能把自己存放在电影院里,我身边的那个座位上呢?如果真的可以的话,那我就要把我的要求全部取出,然后安排在明天晚上,不管利率如何,我想有你的陪伴都是愉快的。我想我的这个要求不算很过分吧,希望有机会和你核对。真诚的小强。"

娜娜没有抵挡住这个诱人的、新颖的接近对方的办法。

小强就是用这种独特的方法,用他幽默的语言,表达出了他的真实想法,最终是赢得了娜娜的感情。

富兰克林·罗斯福的夫人有一次在一个关于"丑小鸭"的幽默中,谈到了自己对罗斯福的深切感情,当时的场面让人非常感动。

她是这样说的:"我在童年的时候就渴望别人对我的关注,因为我始终觉得我不能够吸引别人,所以应该不会还有人对我倾心。有时候别人都说我是丑小鸭,而对于拜倒在我妹妹裙下的翩翩美少年我不会去想。小时候我身上穿的全部都是姑妈的旧衣服,我跳舞的姿势也永远比不上其他的姑娘,在参加舞会的时候,也没有人邀请我跳舞。直到有一天,参加一个圣诞的舞会,一个男孩子过来邀请我跳舞,我心里对他的感激从那个时候就开始了,一直记到现在。那个男孩的名字叫做富兰克林·罗斯福,就是我们现在的总统。"

富兰克林·罗斯福夫人的这段回忆,以笑谈自己的方式开始,幽默的表达了对富兰克林·罗斯福最为真挚的感情,从此也被传为一段佳话。

实用4 幽默可以让爱情更进一步

"关关雎鸠,在河之洲。窈窕淑女,君子好逑。求之不得,寤寐思服。优哉游哉,辗转反侧。"

青年男女总会碰到这样的问题,喜欢上了一个异性,但是不知道该用什么方式去表达,又不方便向别人请教,又担心错过了就不再有机会,最后只能是保持沉默,心中暗自着急。

其实向爱慕的人表达自己的爱意有很多方式,但是得体的充满幽默感的求爱方式会更有魅力,让整个求爱场面变得浪漫而富有情趣。

有一位姑娘把自己男朋友给自己写的信拿给小姐妹们看,上面只有短短几句话:"我中箭了,是一只丘比特的箭,我希望你能够和我中相同的箭。"

这个年轻人就是借助丘比特这个小爱神,来表达了自己的爱意。

俄国作家列夫·托尔斯泰在年轻的时候,和莫斯科郊区的贝尔斯一家关系很好,有一次,贝尔斯夫人带着几个女儿来到列夫·托尔斯泰的家中,列夫·托尔斯泰给贝尔斯的二女儿索菲亚几张卡片,上面使用俄文的字母写成的两句话:"您的年轻和对幸福的需求十分鲜明地提醒我,我已经年老和不可能得到幸福。在你们家对我和您姐姐丽莎有一种错误看法。您和您妹妹丹妮娅要维护我。"索菲亚看到后感觉又惊喜又激动,她当即红着脸默默接受了他的求爱,后来他们征得了父母的同意,于是在当年的9月23日,列夫·托尔斯泰和索菲亚举行了盛大的婚礼。

由此可见,把握好时机,把握好场合,用幽默的方式去打动对方,收获对方的芳心,就变得易于成功。

如果有一天,你梦中的情人出现了,那你该怎么办呢?是要坐等机会的失去吗?

当你一个人走在回家的路上、当你在同学的聚会上,突然看见一个曾经相识的女孩,她的亭亭玉立、她的音容相貌、她的非凡气质无法让你抗拒,这个时候,你将如何办呢?你是选择勇敢的接近还是自卑地退出?其实任何女孩都喜欢被男孩追求的感觉,所以借助自己幽默的语言,勇敢地去接近你心仪的女孩,要勇于把握自己的爱情。

《阿飞正传》是一部很经典的电影,在其中就有这样一段非常具有创意感的幽默情话:

在一个很普通的下午,阿飞对着苏立珍说:"看着我的表,就一分钟。16号,4月16号。1960年4月16号下午3点之前的一分钟你和我在一起,因为你和我都会铭记这一分钟,从现在开始我们就是一分钟的朋友,这已经成为了事实,你无法改变,因为这些都已经过去了,我到明天还会再来。"

这段浪漫而又充满幽默的情话,相信没有几个姑娘可以抵挡,总之,苏立珍没有,我们再来看一下她的内心世界:

我并不知道他有没有因为我的缘故而记住那一分钟,但是我一直记着这个人,在之后的日子里,他真的每一天都会来,我们最后就由一分钟的朋友变成了两分钟的,没有多久我们就成为了一个小时的朋友,以至更多。

缺乏幽默的爱情是苍白的爱情,甚至可以说爱情是从幽默开始。求爱的时候一般都是借助书面的方式来表达自己的爱意,情书需要一种强力的修饰,如果没有幽默的介入,就变得很无聊和没有意义。

富兰克林1774年丧偶,1780年的时候他在巴黎居住,当时,他向他的邻居——一位迷人的、富有教养的富孀艾尔维斯太太求婚。

富兰克林的情书是这样写的:"我梦到了我已经过世了的太太和您的亡夫在阴间结为连理,"然后他写道:"我们来为自己报仇雪恨吧。"

这封情书可以书说是情书中的经典,也是非常有意思的一则幽默小品。求爱时的情书有着投石问路的作用,可以试探到对方的意思,所以,语言如果过于庄重和正式的话,那么一旦遭到拒绝,就让人无法接受。但是如果能够恰当的应用幽默的技巧,通过豁达的气度来对待爱情问题,就算是最终没有得到爱情,那么也避免伤害自己的自尊心。

世间的真爱是可遇不可求的,所以一定掌握幽默的技巧。我们在求爱的过程中一定要有一颗真诚的心,更要有一种机智和幽默的表达方式,这样所求来的爱情才足够稳固,如果仅靠死缠烂打的方式,即便暂时得到了爱情,最终也会失去。在求爱之前需要制造好感,幽默的力量就在这个过程中体现了出来。

实用5　幽默可以推动爱情稳步发展

无论是男孩还是女孩,在恋爱的过程中总是会竭尽全力地去取悦对方,在自己做出幽默举动的同时,也希望得到对方的回应,幽默就让双方都处于一种欢愉的状态中。

英国温莎公爵也就是原来的爱德华八世,他为了能够获得爱情,他竟然放弃了自己的王位,用"不爱江山爱美人"来形容他,完全不为过,这就是这位公爵的爱情。

有一次,公爵和几位朋友谈论到如何让自己的夫人感到愉悦,他很风趣地说:"应该承认,在这一方面上我要比你们任何人都要有发言权,当感情遇到危机的时候,如果能够告诉她或者提醒她,是为了她为放弃王位的,那么事情就有了很大的转机。"

有人曾经问欧玛·庞贝克,在她买的所有东西中,哪一个价值是最高的,她考虑都不考虑地说:"我的结婚戒指。这么多年了,它一直没有贬值,它让我在诱惑面前能够不为所动;在晚会上,它提醒我的丈夫早点回家;在餐桌上,它让同桌的人不至于对我自作多情;在产房里,它可以告诉别人我是一个合法的妻子;在过去的三十年里,它都在告诉着我,有个人一直在爱着我。"

不管社会身份是怎样的人,他们都可以借助幽默的力量,来珍惜自己的爱情,让自己的爱情之花永远不凋谢。

就像匈牙利的伟大诗人裴多菲的诗句一样:"生命诚可贵,爱情价更高。"借助幽默的力量,可以保障你的爱情正常发展,也可以去讽刺那些对爱情不忠贞的行为。

我们来看一个叫"爱情的色彩"的幽默故事。

"亲爱的,你能告诉我爱情是什么颜色的吗?"

"我想是红色的,就像那红彤彤的大立柜。"

"不对。"

"那就是色彩斑斓的,就像凤凰一样。"

"这个也不正确。"

"哦,那你告诉我是什么颜色的呢?"

"苍白的,大概就像我买东西时你的脸色一样。"

我们再来看一个"结合原因"的幽默故事。

妻子说:"我知道,你之所以和我结婚,就是因为我有钱。"

丈夫说:"不是,是因为我没有钱。"

这些都是爱情世界里的小幽默,我们可以借助这些幽默让我们的爱情世界更为有趣和稳定。幽默的力量带给我们的乐趣可以和自己的爱人一起分享,只有和家人一起欢声笑语,才是最大的快乐,才能够让爱情更加稳定的发展。

实用6　用幽默让你的爱情更加和谐

幽默的口才可以给我们的精神生活带来满足,有了这种口才,就可以尽情享受自我的优势,从而发挥出自己的才能和力量,就算是面对人生的失败和苦恼的时候,也可以开拓我们的胸怀,可以让我们在痛苦中得到一定的慰藉。

幽默的口才可以让看起来不和谐的事情变得更加的协调,男女之间存在的一些神秘的、无法解释的关系,也可以在幽默中得到解释,这个也是男女之间相互吸引的重要因素。

在恋爱过程中,借助偷换概念的幽默方式可以给双方感情中增添润滑剂,同时让双方得到真心的欢乐。

有一对恋人正在热恋阶段,他们在公园里约会,女孩问道:"我现在问你,你必须老实回答我,不许隐瞒。在我和你谈恋爱之前,有谁摸过你的头、揉过你的肩膀、捏过你的脸颊?"

男孩说:"啊,这个啊,这个太多了,昨天就有一个。"

女孩很生气的说:"那是谁啊?"

男孩说:"理发师啊。"

女孩的意思其实想知道这个男孩还和哪个女孩亲热过,但是男孩很聪明的把话题转移到了日常的生活中,他这样的语言和口才,谁能够不笑呢?

男孩在求爱的过程中总是喜欢用各种幽默的方式向女孩发起攻势，很多女性对此会丧失抵抗力，最终投入到对方的怀抱中。

有一个男孩给另一个女孩说："请你一定相信我。"

女孩说："怎么相信?"

男孩说："我纯洁的爱情只会给你一个人。"

女孩说："那,那些不纯洁的爱情给谁呢?"

"三心二意"是很多男孩的毛病,如果某个女孩的男朋友正在被其他的女孩所吸引的时候,不要蛮横的指责对方,这样做并不能达到想要的目的,反而会降低在对方心目中的地位,如果借助幽默的调侃方式给对方温柔的一击,这样就会得到目的,而且会突显出自己的魅力。

有一对恋人参加了一个聚会,女孩子发现自己的男朋友一直在看着身边的一位妖艳女郎,于是她对男朋友说："你和她说上几句话吧,要不然别人都以为她是你的未婚妻。"

这个女孩就是一个聪明的人,她这样做一下子就会把男朋友拉回来,这种温柔的攻击,是任何男士都愿意接受的。

"小心眼儿"几乎是所有女孩的通病,当女孩的醋意上升时,男士的幽默感就非常重要了。

有一对恋人正躺在沙滩上接受日光浴,女孩看到海边有一个只穿着三点式泳装的女郎在搔首弄姿。

"看啊,"她对身边的男朋友说："她不是和你最喜欢的×××一样吗?"可是男朋友对她的话一定反应都没有,只是闭着眼睛躺着。

女孩很诧异地说："怎么,你一点兴趣都没有嘛?"

"肯定。"男孩说："如果她真的和×××一样,你肯定是不会让我看的。"

面对女朋友的故意"挑衅",这个男孩表现得非常冷静,他用带有幽默的语句回击了女朋友,一方面暗示了女朋友的小气,另一方面也把自己的款款爱意表达了出来。

如果你能够对你的恋人使用幽默的语言,那么,你们的爱情生活会得到很多的快乐,恋人之间的幽默是一种无法抗拒的快感,带有很大的诱惑力。

实用7 幽默改变家庭生活方式

现代家庭中的夫妻双方都有自己的工作，都有自己的社会交际，双方在某种程度是处于一种独立的状态中，这样谁来统领全家就成为了现代家庭的又一个矛盾，这个矛盾会让双方的距离越来越远，但是解决起来却有很大的问题，这个时候就需要幽默来展示它的功力了。

一位中年男子向他的朋友们说出了他婚后生活一直很美满的原因，"我的夫人主要来决定小事情，"他说，"而我只要对大事情做出决断，我们这些年都是相互尊重，和平共处，从来没有怨言，很少有争吵。"他的朋友对他的行为很赞成，同时问他："那在你们家什么事情是由他决定的小事情呢？"他说："诸如我要申请怎样的工作、家庭的花销问题以及周末去什么地方玩儿这些问题都属于她管理。"朋友们都很惊讶，然后又问道："那你决定的所谓的大事情都是些什么事情呢？"这位男子回答说："比如说由谁来担任总统、向怎样的国家援助、对待原子弹以及核问题是什么态度之类的都是我负责。"

从某一种角度来说，女人的统治欲和占有欲是要比男子强烈很多的，所以一般的家庭中都是女人占着统治者的地位，不管是普通的主妇还是一位伟大的夫人都是这样。

彼得还在担任匹兹堡市市长的时候，有一次和自己的夫人兰茜一起视察一个正在施工的建筑工地，一位建筑工人对着兰茜大声喊道："你还能想起我吗？我们在高中的时候经常约会？"这件事后，彼得曾经嘲笑兰茜说："嫁给我真的算是你运气好，要不然你就是一名建筑工人的妻子，而不是市长夫人了。"兰茜反唇相讥道："应该庆幸的是你，要不然匹兹堡市的市长可就是他了。"

我们的身边肯定有所谓的"妻管严"的男子，他们经常会被同事和朋友嘲笑，其实怕老婆是一种优秀的品质，这其实是对老婆的足够尊重和宽容，但是面对别人的讥笑也是很难受的，所以就需要借助幽默的方法来驱赶尴尬。

有一个妻子对丈夫说："你在外边喝酒都很少，为什么在家里要拼命喝这么多酒呢？"

丈夫说："我听说酒能够壮胆，面对你需要更大的胆量。"

充满幽默感的人不会担心自己怕老婆的事情曝光在外边，让众人知道。

我们来看看这样的一段对话。

甲:"你的工作是什么?"

乙:"在公司里边我可是老大,什么都管。"

甲:"这个我相信,你看起来就会有工作能力,那么在家里呢?"

乙:"我当然也是头儿了。"

甲:"哦,那您的夫人呢?"

乙:"她是脖子。"

甲:"哦,这个是为了什么呢?"

乙:"因为当我想转动的时候,就需要听从脖子的。"

乙的回答让人忍俊不禁,当场会让人们大笑起来,他的这种自嘲的方法,其实也是在展示自己的婚后生活很幸福,如果他的夫人真的是非常恐怖的那一种人的话,那么他在外边也是开不出这样的玩笑来的。所以要善于利用幽默的方式通过自嘲,在排解尴尬的同时,也展示了自己的幸福,这一点是相当重要的。

面对妻子的大发雷霆,如果丈夫能够利用幽默的方式,这样就可以化解一场暴风雨,让夫妻之间的关系更加融洽和和谐。

实用8　幽默的语言可以表达爱情

爱情是人类世界最为奇妙的一种情感,爱情可以让男女之间的生活更加绚丽多彩。

但是,爱情世界终究会出现矛盾,甚至会出现危机,这时就需要幽默,需要幽默这种工具来让恋人之间的时间和空间上的隔阂消失,只留下美好和快乐,所以,幽默是爱情世界中必不可少的一部分。

青年男女都是经过了情窦初开的感情培养阶段,然后才能够渐入佳境,最终达到两情相依的阶段。在整个过程中都需要有幽默来促进,只有这样才能够更好的采撷爱情的果实。表达爱情的方式很多,但是幽默的方式绝对是最好的,也最有效的方式,在下文中将介绍一些通过幽默的方式表达爱情的方式。

第一种,坦率直言

旧时,有一个布商为长女怡悦举办招亲大会。怡悦精通琴棋书画,又聪明漂亮,于是她提出选夫君的条件只有一个,那就是:只要有人能够提出难倒她的问题,她就愿意嫁给谁。

很多文武双全的侠人义士均纷纷前来参加招亲大会。但是,即便是他们提出多么稀奇古怪的问题,怡悦都能够对答如流,没有一个能难倒她的问题。侠士们也只好相继扫兴而归。

有一个不起眼的文弱书生也闻讯前来,他是个很坦诚的人,也对布商之女心仪已久。于是他来到怡悦面前,直言道:"请问,我提出什么问题能够难倒你?"

怡悦掩嘴一笑,答应嫁给了他。

第二种,借物抒情的方法

革命导师马克思在爱情上也是一个情圣,他的求爱方法富含幽默感,让人拍案叫绝:

有一天,马克思和燕妮在小树林里约会,尽管当时他们已经都钟情于对方了,但是一直没有捅开这层窗户纸,于是,这一天马克思终于鼓足勇气,对燕妮说:"我有一个朋友,我现在准备和她结婚,不知道你愿意吗?"

燕妮听后很吃惊,她说:"你已经有女朋友了?"

"是的,我已经有了,而且很久了。"接着马克思说:"我这里有一张她的照片,你可以看一看。"

燕妮很不安地点了点头,于是马克思拿出一个很是精致的小木盒子,递给她说:"等我走了你再看吧。"

燕妮等马克思离开之后,心情忐忑地打开了这个盒子,只看到了里边有一面小镜子,燕妮在镜子里看到了自己,燕妮也笑了。

有时候具有嘲讽意味的幽默,也可以纠正他人不正确的恋爱观,在我们的生活中同样有这样的例子。

我们来看一个"什么蛋最贵"的幽默故事。

甲:"你知道什么蛋最贵吗?"

乙:"我想是鸭蛋吧?"

甲:"不,脸蛋儿最贵。"

乙:"你是怎么知道的?"

甲:"我已经给我女朋友两万多块钱了,而我的丈母娘说,凭她女儿的脸蛋再给个两万都不够。"

而"东吃西眠"的这个幽默故事就是用来讽刺对待爱情不专一、朝三暮四的。

古时候，有一个年轻的姑娘快要到结婚的年龄了，正好有两家人来求亲。东边的一家人儿子长相有点丑，但是家庭非常富有；西边的一家正好相反，是属于长相英俊而家中比较贫穷的。

姑娘的父母问她说："你想嫁到谁家去?"

姑娘回答说："我愿意嫁给两家。"

父母很吃惊地说："你这话是什么意思?"

姑娘说："我每天在东家吃饭，然后在西家睡觉。"

而幽默"漂亮女友"就是讽刺那些只是追求外表，不重视追求内心美的人的笑话。

有一个风度翩翩的小伙子，就想找到一个如花似玉的女朋友，这一天他来到媒婆家，媒婆对他说："我这儿有一个长得像水仙花一样的……"

小伙子听后非常开心，然后当即就说可以，并不等媒婆的解释，生怕别人抢了去。可是两人见面后，小伙子非常生气的找到媒婆说："你为什么欺骗我?"原来媒婆给他介绍了一个老太婆。

"我并没有欺骗你啊，她的确很像水仙花啊，白色的头发、黄色的脸、走路不稳的腿……"

再来看一看"不能要求过分"，借此讽刺那些对恋人要求过高的人。

一个年纪有点大了的老姑娘来到婚姻介绍所，然后对工作人员说："我感到很寂寞，……我希望找到一个丈夫，他是讨人喜欢的，而且家教很好，语言能力很好，爱说爱笑，而且爱好体育，身体很好，有着很强的消息来源……最后还有一点，我让他讲话，他就愿意讲话，我让他住口，他就会住口。"

服务人员很幽默，于是给她说："小姐，我建议你还是去买一台电视机吧，它很符合你的要求。"

像这样的笑话还有很多，我们通过上述的一些例子，知道了幽默在爱情世界里有着不可或缺的作用，希望所有人能够掌握一些幽默的技巧，并且获得一份圆满的爱情。

第十三章
幽默＠家庭，五味生活中的"第六味"

每个人的家庭都不一样，但是家庭都是我们的避风港湾、是我们欢乐的源泉，不过在这些欢乐中偶尔也会有风浪出现，所以家庭中的每个成员都需要想办法缓解家庭成员之间的矛盾、维护家庭的和谐幸福，而在此中，幽默的办法就是最好的办法。

 实用 1　**幽默是家庭和谐的润滑剂**

每一个家庭都是社会的一分子，是这个社会大家庭的有机组成部分，而我们每一个人都是其中的一员。而在当今社会中，有些家庭能够和睦相处、欢乐的度过每一天；而有些家庭则矛盾不断，经常发生口角。一个家庭中从不出现口角也是不现实的，但是整天矛盾不断就需要解决了。

作为家庭的每一个成员，尤其是家庭中的年轻人，都要懂得幽默，懂得用幽默的方式代替烦恼，通过一个愉悦的形象表达出个人的感情，从而打动全家人的感情变化，让整个家庭变得更加的和谐、温暖和和睦。

曾经有一个外企的员工，他的工作非常忙，经常不能够准时回家，下班之后要加很长时间的班。时间久了，他的妻子就有点受不了了，有一次他的妻子对他说："你还要这个家，还回来吃饭吗？"他没有回答，只是一股脑儿地在喝汤，妻子感觉很奇怪，于是就又问他："你是不是又在发神经，只知道喝汤？"他说："我怕火气上来，所以索性喝些汤，压压火。"他的话让妻子哭笑不得，还是给他盛上了饭，他也笑嘻嘻的和家人一起吃饭了，妻子的气自然也全消了。

1870 年 2 月 2 日是美国著名作家马克·吐温和头发乌黑、美貌惊人的莉薇小姐的婚礼,他们的婚姻给他们带来了无限的幸福。新婚不久,马克·吐温给自己的朋友写信,他在信中写道:"如果早知道结婚之后的生活这样幸福,那我就应该从呱呱坠地的时候就开始结婚,而不是把时间浪费在琐碎的事情上。"

马克·吐温对自己的爱情很满意,而从他的极具幽默的话中,我们可以看到他对自己的感情和婚姻生活也非常珍重。

一个美满的家庭,就像一辆在公路上行驶正常的汽车一样,除了需要及时添加燃料,除了要掌握好方向盘之外,还需要不断给汽车添加润滑剂,以防止汽车的各个部件经常摩擦而导致无法使用,幽默的力量就像是这辆车的润滑剂,它就有着润滑的作用。

要让自己的家庭生活幸福快乐,就需要以一颗宽容的心去面对,而且还需要借助恰当的幽默方式来缓和家庭的气氛,让整个家庭都生活在快乐和和谐之中。

温斯顿·丘吉尔是英国的前首相,他在讲到自己的夫人的时候说:"我认为我一生最辉煌的事情,就是让我的妻子嫁给了我。"在一次宴会上,丘吉尔先生和自己的夫人面对面坐着,丘吉尔先生的手一直在桌子上移动,两根手指头伸出来弯曲向他的夫人,人们对此都很奇怪,于是就询问他的妻子:"丘吉尔先生这样做到底有什么特殊的含义呢?"

丘吉尔夫人听后哈哈大笑了起来,她说:"是我们出门的时候发生了一些小争吵,现在他意识到他错了,所以就给我做出了双膝跪地的姿势,以向我道歉。"

在家庭生活中,人们出现一些错误是很正常的,也是无法避免的。如果这个时候只知道相互抱怨是没有任何作用的,此时如果能够用到幽默的办法去妥善处理,任何麻烦和不愉快都可以得到解决。

其实这样的例子很多:

第一个故事。

有一个粗心大意的丈夫,因为工作太忙了,所以忘记在妻子生日的时候赠送礼物,等到了第二个月的时候才反应过来,于是他只好拿着迟到一个月的礼物来向妻子道歉:"作为明年生日的礼物应该不算迟到吧。"

第二个故事。

"昨天我看见你的太太咳嗽很厉害,大家都在注意她,她应该是生病了吧。"

"哦,不是的,因为她穿了一件新裙子,她想得到大家的注意。"

第三个故事。

有一个男子很苦恼地告诉朋友们,他的妻子总是暗示,她想得到一个能经常和脖子接触的礼物。于是朋友们建议他故意曲解妻子的意思,送她一块香皂作为礼物。

第四个故事。

有人问一个夫人道:"能告诉我们,您和您的丈夫是怎样结束争吵的?"

夫人回答说:"每次都是我跪在地上的时候才能够结束。"

对方对此很惊异,于是说:"真的是难以想象。"

夫人又说:"是的,每次都是这样,我都要跪在地上教训他:'你这个挨千刀的,快点儿从床下出来。'"

我们再来看一个有关于家庭中的小幽默。

从前,有一对夫妻,在结婚后总是争吵不断。有一次他们争吵到高潮,妻子说:"这简直不能称之为家,我在这里呆不下去了。"说完之后她就开始收拾自己的衣服,然后夺门而出。此行动一出,丈夫冲出门叫道:"等等我,我们一起离开,你说得对,这种家怎么可能让人呆得下去。"男的也回过头拿起自己的箱子,追上了妻子,于是他们一起转了一大圈之后,又一次一起回家了,而此时他们的表情就像是刚度完蜜月回家来一样。

家庭之中吵吵闹闹,夫妻之间有些摩擦是很正常的,但是这种烦恼总是会影响到我们的家庭和谐,也会影响到我们的工作,那么到底什么可以帮助我们解决这些问题呢?其实,我们只要用到一些小幽默就可以很好的解除这些问题。

有一对夫妻给自己家里贴墙纸,丈夫认为妻子贴得不好,但是妻子却并不在意,于是丈夫气恼地说:"我追求完美,而你却这么容易满足。"

"这其实也就是你娶我,而我嫁给你的原因。"他的妻子说。

妻子借助丈夫的话来回答他们结婚的原因，反而说明了妻子是一个完美的人，而丈夫却不是，语言幽默诙谐，能够给家庭带来很大的欢愉。

实用2　让幽默发挥家庭"减震器"的作用

幽默是家庭生活中的花絮，它就像是味精一样为家庭生活提味，幽默也像是一个减震器，减去了家庭中的小震荡。

家庭是拉着一家人在生活这条大路上前行的马车，生活这条路并不一定是笔直平坦的，而是充满着崎岖坎坷，为了减少马车上的震动感，就必须需要减震器，而这个减震器其实就是幽默。

美国著名的心理学家赫布·特鲁指出："繁琐的家务需要幽默。"每个人的生活中都充满着幽默，我们需要做的就是把这种乐观的幽默态度适当地用在自己的生活中，那么，我们的生活就会变得和谐、美满。

在日常的生活中遇到矛盾、分歧和尴尬，甚至隔阂都是很正常的，我们不能因为这些而影响到我们的情绪，幽默在这个时候可以化解家庭成员之间的矛盾，可以减少相互之间的分歧、消除相互之间的尴尬、打破相互之间的隔阂。幽默一般都是通过语言的形式表达出来，幽默的语言都是有趣、可笑，而又意味深长的，它能够提高我们生活的情趣。可以说哪里有幽默，哪里就有活跃和欢乐的气氛。

现代家庭中尤其需要幽默。原本独立的两个人在成立了家庭之后，两个人就要朝夕相处。恋爱时的浪漫都会被生活中的琐碎事情所代替，两个人自然会因为越来越繁杂的、枯燥的、永远做不完的家务而发生矛盾，家庭的活跃气氛也会越变越少。如果此时夫妻之间都是比较开朗、幽默的人的话，婚后的感情生活同样会得到欢乐，夫妻之间也会欢快很多。

列宁说："幽默是一种优美的、健康的品质。"

而通过事实证明，家庭生活中的幽默的确是可以消除烦恼和忧愁，的确可以增进身心的健康，而且这种幽默可以增进夫妻之间的感情，可以为生活增添很多乐趣。

我们接下来看一个"夫妻同室写情书"的幽默故事,通过这个故事领悟婚后生活中的幽默该如何解决生活中的具体问题。

　　著名的抗日民族英雄吉鸿昌与胡红霞是一对恩爱的夫妻,两个的感情也是非常牢固。吉鸿昌因为从小失学,所以文化程度很一般,胡红霞主动承担了提高丈夫文化水平的重任,成了丈夫的文化老师。有一次,她看到吉鸿昌在书桌前苦学苦读的情景,于是开玩笑地说:"孺子可教也。"两人最有趣的事情,莫过于为了提高两人的文字技巧和写作的水平,两人在同一间房子之内,却相互之间用书信来交流。而两人在同一房间里写的这些情书,不仅促进了双方的感情,而且交流了两人的爱国情感,成为了抗日战争时期著名的贤伉俪。

　　马克思的夫人燕妮也曾经说过,她不仅仅要成为一个贤妻良母,而且要成为马克思的革命战友,成为他的同志。吉鸿昌的妻子胡红霞也正是这样,她不仅对吉鸿昌的感情坚定,而且两人相互提携工作,一时间被传为美谈。

　　现实生活中的小幽默能够看到两个人的感情和智慧,幽默能够克服我们解决很多的家庭生活中的困难,让家庭充满着笑声和和谐之音。

实用3　对家人的关怀包含在幽默之中

　　有人问赫伯说:"什么是爱的喜剧?"赫伯回答他说:"如果我们能够花很多的时间、精力、金钱和劳力去爱一个人,那么这就是我们爱的喜剧;如果我们花了很少的力气去表现自己的可爱,那么这就是一种悲剧了。"心理学家弗洛姆也说过:人们一般想到的是被人爱,而很少想到去证明自己爱的能力。

　　19世纪俄国伟大的批判现实主义作家列夫·托尔斯泰有句名言:"幸福的家庭都是相似的,不幸的家庭各有各的不幸"。这些话就是对家庭问题富有哲理化的高度概括,它就像是一面镜子一样,对古今中外的很多家庭起着指导作用。

　　如果你是一个人的妻子,或者一个孩子的母亲,你可能会经常抱怨,你的生活中有太多的家务活、有吵吵闹闹的妻子、还有电视机中显示的无聊的足球赛……你可以抱怨，但是你要知道抱怨其实一点作用都没有，如果你能够用爱的眼光去看待这些，你会发现这些其实都可以变成喜剧。

有一天，一个丈夫穿着一件崭新的白色上衣出门了，但没有想到那天下了很大的雨，等到他回家的时候，已经是全身湿透，看上去就像一只落汤鸡，而且身上沾满了很多的污泥。

回到家之后，他们家的狗一时没有认出他来，于是狂吠不止，而且扑了上来，丈夫非常生气，于是拿起一本棒子准备教训这只狗，这个时候他的妻子出来说："你还是算了吧，不要打它了。"

丈夫很生气地说："这条狗真的是太可恶了，居然连我都不认识了。"

妻子说："亲爱的，你也要为它考虑啊，你想如果它这条白狗出去，有一天也变成一条黑狗回来，你会认出他吗？"

妻子很亲昵地将丈夫比成了一条狗，但是她并没有责骂和侮辱丈夫的意思，只是一种生活中的小幽默，是夫妻之间亲昵的一种举动，妻子用这个小幽默既消除了丈夫的怒气，同时也表达了自己对丈夫的关爱之情，一时间气氛变得相当轻松。

很多时候，我们的亲人难免会出现一些错误，比如说菜烧糊了、衣服熨坏了等等，这个时候他们需要的不是你的唠叨和责备，而是希望得到你的谅解和安慰，如果在安慰的过程中能够加入一些幽默的成分，那么你们就会更加开心，家庭的生活也会变得更加的幸福了。

一对结婚将近二十年的夫妻，这位妻子任劳任怨地为自己的丈夫煮了二十年的饭。有一天，不知道为什么妻子煮的饭很难吃，简直是二十年来最难吃的一次，菜有些烂了，肉也有些焦了，丈夫则是在一边吃得津津有味，丝毫没有责备妻子的意思，当她正准备给丈夫道歉的时候，丈夫一把将她搂在了怀里。

妻子很诧异，于是说："你这是什么意思？"

"哈哈哈。"丈夫笑着说："今天晚上这顿饭和刚结婚那天晚上的饭一模一样，所以今天晚上我要将你当新娘子一样看待。"妻子听后也是感动得热泪盈眶。

丈夫的这番幽默的话语中，充满着对妻子的爱，完全没有责备，而妻子也是在此其中品味到了浓浓的爱意和关怀，她也感觉非常幸福。

夫妻之间的关怀需要不断表达出来,借助着幽默的方式,我们能够在相互会心一笑之间解决所有的问题,并且让双方感受到浓浓的爱意和暖暖的幸福。

实用4　幽默在夫妻之间起着重要作用

　　很多人都喜欢说:"婚姻是爱情的坟墓。"他们之所以这样认为,是因为他们认识到了婚姻的现实性和公式化。爱情是一种虚幻的存在,它很难让人捉摸,也正是因为这个缘故,所以耐人寻味,才会给人以想象空间,从而获得更大的快乐。一旦爱情发展到了实体阶段,结婚就成为了顺理成章的事情,婚姻不像爱情一样,它必须实打实、它必须按部就班地来、它必须一五一十地来,而之后的婚后生活更是琐碎而麻烦。

　　在这种公式化的婚姻面前,幽默的重要性就愈日显现出来,家庭生活中的幽默就像是润滑剂一样,可以帮助我们建立和谐的家庭环境。家庭中的幽默首先建立在纯洁健康的心态上, 同时要懂得夫妻之间的相互理解和积极配合。当夫妻共同面对感兴趣的话题的时候,不妨将这些责任转化为大家都感兴趣的幽默的话题上来。比如足球、旅游或者文学等等方面。这些看起来无关紧要的问题,其实可以缓解夫妻之间紧张的气氛,是调节生活的最好的良方。当一方转入话题的时候,另一方就需要适时配合下去,这样,双方的谈话就会变得很轻松,如果另一方在此时没有表现出相应的热情,而是冷淡地面对的话,那么可能就会弄巧成拙,反而加剧了紧张的气氛。

　　夫妻之间的幸福很多,无奈和烦忧自然也不会少。如果都能够按照幽默的原则来对待,那么生活就会朝快乐的方向倾斜。

　　夫妻双方如果都懂得用幽默的方式来灌溉婚姻生活,那么"婚姻是爱情的坟墓"的困惑就不复存在,反而可以用"婚姻是爱情崭新的起点"来代替这句话。

　　西方的一个哲人曾经说过:"解释是幽默的致命伤,幽默是浪漫的致命伤。"家庭中的幽默是夫妻任意一方灵光一闪的杰作,当对方讲出幽默的时候，另一方自然也要反应敏捷，如果说的人妙语连珠，而听的人却没有反应过来，竟然要求对方重新说一遍，那么这个笑话就失去了它本来的意义，如果再将此幽默进行解释，那么就完全有焚琴煮鹤的感觉了，这样是得不到任何的幽默的。

在分享幽默所带来的力量和欢乐的同时，还需要积极的参与到这种幽默中来，而不是坐等别人的幽默，要知道你的积极参与，能够获得更多的理解和信任。

有人问爱因斯坦夫人："您了解您丈夫的相对论吗？"

夫人摇头之后，然后充满幽默地说："我不懂，不过我了解我的丈夫，我知道他懂这个。"

随着时间的流逝，事物不断发展，它将给人们带来巨大的变化，婚姻和家庭生活也会随着这种变化也呈现出某种变化的趋势。

人和人肯定存在差别，如果和对方的看法不一致的时候，就可以借助这种不一致来产生幽默，通过大家都不同点的笑而获得轻松的谈话环境。

有一些男人喜欢开女人的玩笑，说她们喜欢打扮，还任意地挥霍钱财，并且喜欢讲话。曾经有一个男子就这样给自己的朋友说："我的妻子有一个优点，就是不管自己做了多少衣服，总是说自己缺衣服穿。"

另一个朋友也说："我妻子也是，她舍不得花钱，但是在买首饰的时候她就很大方了。"

而女人在一起正好也谈论到自己的丈夫，她们认为丈夫们都粗心大意，都不懂得体贴别人，而且都一些自以为是。

其中一个妻子就说："在谈恋爱的时候，他对我是百依百顺，但是现在结婚还不到六年时间，他对我说话就变得大嗓门了，为什么他的喉咙能够在六年时间里变得这么粗？"

而另一个妻子此时则幽默地说："我丈夫就比较喜欢吹牛，他说，他除了生孩子不会，其他的都会。"

这些生活中的小细节都可以成为幽默的话题，像上面故事中的妻子和丈夫们都是懂得幽默的人，虽然他们这样说，但相信他们的婚姻生活都很快乐。

现在的社会不断变化,男女之间的低位也在发生着微妙的变化,妇女也开始当家了。我们来看几则幽默笑话。

甲说:"你在家里是什么地位?"

乙说:"我在家里可是绝对的权威,大事都听我的,小事一般都交给我妻子打理。"

甲说:"那,哪些是小事情呢?"

乙说:"像买冰箱啊、去哪里旅游啊、孩子上哪所学校啊之类的。"

甲说:"哦?那哪些是大事呢?"

乙说:"海湾战争啊、奥巴马会不会连任啊之类的。"

丈夫对自己的妻子说:"从明天开始,我就要做一个好人了,就再也不喝酒了。"

但是这个丈夫在第二天晚上的时候还是喝得醉醺醺地回家了。

妻子说:"我还真以为你要重新做人,以后滴酒不沾了,没有想到……"

丈夫说:"真没有想到,我重新做了一回人,还是喜欢喝酒。"

每个人都可能成为幽默的创造者,都可以视幽默感为一种重要的、主动的才能,将其应用在生活的各个方面都会取得不错的效果。

婚姻生活中的双方都已经不期望对方能够给自己带来更大的惊喜和浪漫,但是他们仍然需要更多的愉快和欢乐,尤其是在忙碌了一天之后。

散文家张小娴说:"两个人的结合,就像两首曲子交汇成一首,由于原先的曲调、节奏各不相同,所以需要两者的协调与合作,才能汇成一曲比原先任何一曲都好听的音乐,如果配合不当或失误,这首曲子一定比原先任何一曲都更糟糕。"为了能够让我们的家庭生活能够一直朝向健康和高质量发展,那么幽默就是必不可少的。家庭幽默就像是家庭生活中的润滑剂一样,它可以让我们的婚后生活变得更加融洽,更加和谐。

大千世界、芸芸众生,两个人从相遇到相识,再到步入婚姻的殿堂,实在是非常美妙的一段缘分,就像歌手黄安唱的一样:"多少男男女女相聚分离,遇见你是千万分之一,哪怕时空拉开我们的距离,我只想和你在一起。"希望我们每个人都能够珍视和呵护这段来之不易的缘分,用我们的热情和我们的幽默，让家庭生活更加美满、和谐。

实用5　幽默能够化解家庭矛盾

夫妻之间的幽默能够促使夫妻关系和谐，能够使双方更具有吸引力，能够化解双方之间的矛盾，让他们相爱如初。

有一位男子在宴会上告诉了朋友们他之所以拥有美满生活的秘密："我的夫人对所有的小事来做决定，而我主要负责一些大事。我们相互之间，没有干扰，自然就不会有很多的怨言，争吵就更谈不上了。"

他的朋友说："我很赞同你的观点，你们的婚姻生活真让我们羡慕。"

这位男子说："这也算不了什么，只要每个人在家庭生活中足够尊重自己的另一半，再用到幽默的方法，这样夫妻之间的关系就会越来越好。"

我们来看一个流传在波兰的小幽默故事。

新郎说："亲爱的，我们来绘制我们婚后的生活吧，在我们家里，你是想做一个总理呢，还是副总理？"

新娘说："这个真的有点不敢当，亲爱的，我想我还是更胜任一些小工作。"

新郎说："那你要什么角色呢？"

新娘说："我想最好是财政部长。"

女人在家里一般都是统治者，即便她并没有真的统治这个家庭，但是在外边上看起来，她就是这个家庭的统治者，聪明到丈夫都知道如何运用夫妻之间的幽默，来满足自己妻子的统治欲望。

在家庭生活中，夫妻之间理应无话不说，如果两人相互之间说话非常客气、一本正经，那么两人的感情就会越来越冷淡，终究有一天会崩溃，所以在夫妻之间一定要积极寻找一些共同的话题，然后在这些话题中，借助幽默让生活更加的有趣味，我们来看一对夫妻的对话：

丈夫对乱花钱的妻子说："你终究不懂得钱的事情，你总是认为自己买的东西都是打对折买来的。"

妻子回答说："所以我才最终选择了你，嫁给你，显然你的聪明才智打了对折了。"

有一位妻子不小心把饭烧焦了，于是丈夫对她说："人家的一口锅和一些米只能煮出一种饭来，你倒是厉害，能煮出三种来，上边硬的、中间是烂的、下边还是焦的，还是你厉害。"

夫妻之间的幽默可以让婚姻生活更加美满，充满魅力，对于化解夫妻之间的矛盾有着很显著的作用，是非常有效的家庭润滑剂。

吉米下班到家之后，看见妻子一个人正在埋头收拾行装，于是他就问："你这是要去哪里？"

"我实在呆不下去了，"妻子对他喊道："整天就和些锅碗瓢盆打交道，我实在受够了，我要离开，离开这个家。"

吉米很茫然，他不知道到底发生了什么，他看着拎着皮箱出门的妻子，忽然，灵机一动，他也回头拿起一个箱子，追上妻子说："等一下，亲爱的，我也受不了这种生活了，我也要离开这个家，我和你一起离开。"妻子莞尔一笑，打消了离家出走的念头，两人在公园里坐了一会儿之后，就又回到了家里，过着简单的生活。

夫妻之间的幸福很多，但是难免会出现摩擦和无奈，这个时候就需要用幽默的处世原则，让我们的家庭生活变得更加和谐。

实用6 把握幽默在家庭中的润滑作用

在家庭生活中，妻子对待丈夫的态度和方式对丈夫的工作、生活都有着直接的影响，甚至会影响到丈夫的信心和做人的态度。

很多企业家在不同场合说过："我们在提升某个员工时，首先会去调查他的妻子。"当然他们调查的肯定不是对方的妻子的长相或者会不会做菜，而是要调查对方的妻子能不能给予他快乐和信心。

曾经有一个企业的老板说："妻子需要接受丈夫的一切，这样才能够让丈夫在家庭生活中得到愉悦，并且拥有满足感。在家庭中要不断给自己的丈夫装上自信的弹丸，这样丈夫才能够坦然面对社会生活和工作，并且他会坚定自己'一定可以做到'的信念,他会以百分百的信心去面对所有复杂的工作。"一个妻子如果能够宽容自己的丈夫,如果懂得对自己丈夫关爱,那么丈夫的事业会顺利很多。如果妻子只知道整天抱怨和唠叨,那么丈夫也就没有工作的斗志和雄心了。随着丈夫的自尊心和自信心不断降低,他的工作态度自然也会变得冷淡,夫妻之间的感情自然也会濒临危机。既然如此,那么妻子该如何对待自己的丈夫呢?最好的办法无疑是幽默。

某企业负责人事的负责人对新来的员工说:"这份表格写得很不错,只不过在写和妻子关系的一栏里,应该填'夫妻'而不是'紧张'。"

接下来,我们来看一下幽默该如何具体消除家庭紧张的关系。

有两个年轻人在结婚很多年中,很少发生冲突。

有一天,妻子对丈夫说:"你为什么总是对我这么好?"丈夫说:"在我们结婚之前有一位牧师对我说过:'不要对你妻子的任何缺点和做错的事,进行批评,因为她正是有这些缺点,正是因为可能会做错这些事情,他才没有找到更加理想的丈夫。'于是我就牢记了他的这句话。"

其实牧师的意思是在告诉这位丈夫,如果想要做一位妻子的理想丈夫,就不要随意去批评自己的妻子,要对他宠爱有加,这样才足以证明自己是一个理想的丈夫。

有一个酒徒又一次喝醉酒,他这次忘记了带钥匙,于是只好敲门。

妻子听到敲门声之后,很生气地说:"对不起,我的丈夫今天晚上不在家。"

"既然这样,那我明天再来吧。"酒徒说。

丈夫利用自己的小幽默,自然会让自己的生气的妻子转怒为喜,丈夫通过自己的幽默,让妻子明白了应该对丈夫应该有的怜爱和尊重,这个时候他们就不会因为酒的事情而纠缠,而会去享受幽默所带给两个人的感情。当然这并不是说丈夫可以随便在外酗酒,丈夫同样要给予妻子足够的尊重。用一些幽默的语言,婉转、迂回地回答问题,可以帮助丈夫解决很难解的问题,可以化解很多尴尬场面。

妻子问丈夫说:"我们结婚之后,我们来猜测一下到底有多少男人失望了?"丈夫则幽默地说:"大概只有我一个人吧。"

面对妻子的问题，有时候无法用直率的方法去回答，很有可能造成丈夫的为难，既然如此，不妨借助幽默的方式来回答，效果会更好。

　　怀了孩子的妻子指着自己的肚子，向丈夫提出了一个很难回答的问题，她说："不知道有没有办法在小孩子出生之后，就看到他之后会长成什么样子？"丈夫想了一会，然后说："当然可以，假如是一个姑娘的话，那么他长大之后肯定是一个妇女；而如果是一个男孩的话，那么他长大之后自然就是一个男人了。"

　　在上面的故事中，丈夫就是有意将妻子的话从孩子未来的发展转换到了男女性别方面，很难的问题经过丈夫的幽默解决，反而成了最为简单的问题，让整个场面也轻松很多。

　　当然，幽默效果的产生不仅要看某人的口才，同时还要看这个幽默是否和当时的环境相符合，也要看有没有幽默产生的必要条件，夫妻两人的肚量自然也是一个很有必要的考察内容。只有满足了这些才会有一个很好的效果。

　　有夫妻两人大吵了一架，然后准备离婚，在去法院的路上，他们要经过一条大河。

　　到了河边，丈夫脱掉了自己的鞋子，卷起了自己的裤腿，然后很快就走到了河中央。妻子站在岸边迟迟没有行动，她看着冰冷的河水，发愁如何才能够过去。丈夫回头看到妻子的状态之后就说："还是我背你过去吧。"就这样丈夫背着妻子过了河，他们走了不远之后，妻子又说："算了，咱们还是回去吧。"丈夫很惊奇地说："为什么啊？都走了一半了。"妻子有点不好意思地说："离婚之后，以后谁背我过河呢？"

　　一般家庭中，妻子承担着大部分的家务劳动，这些是妻子该做的，但是丈夫也是家庭中的一部分，他也有义务负责这些工作。有些家庭中的丈夫因为受传统观念的影响，在家中什么都不干，于是一些聪明的妻子就会借助自己的聪明才智和幽默让丈夫毫无怨言地担负起家庭劳动。

　　妻子说："亲爱的，昨天你换下来的衣服是不是该洗了？"

　　丈夫说："不，我现在还没有睡醒呢。"

　　妻子说："我只不过考验一下你够不够勤快，其实我早就洗好了。"

丈夫说："我也只是开一个玩笑，其实我非常愿意帮你洗衣服。"

妻子说："哈哈哈，我刚才也是给你开玩笑，其实我还没有洗，既然你愿意，那你现在来洗吧。"

在这种情况下丈夫不得不佩服妻子的聪明，也就心甘情愿愿意去洗衣服了。

在这件事情中，不管最终是丈夫洗了衣服，还是妻子洗了衣服，已经不重要了，关键是他们在这个过程中体会到了家庭生活的快乐，相信这位丈夫以后会更加主动的帮助妻子做家务，家务活在他们中间已经不是一种烦恼了，而是制造欢乐的源泉。

我们身边的很多人认为："家就是一个吃饭和睡觉的地方，其实，它和旅馆差不多。"这句话其实一点都不正确，因为旅馆中没有家庭的幽默。

斯蒂芬的妻子是一个特别喜欢唠叨的人，斯蒂芬有一天终于忍受不住她的唠叨了，于是决定到旅馆里面住几天，旅馆的老板很热情，亲自把他引到了一个房间前面，然后说："先生住在这里就和在自己家一样。"

"天哪，那你还是给我换一个房间吧，我就是为了躲避我太太的唠叨才来旅馆的，你居然说和家里一样。"斯蒂芬笑着说。

虽然斯蒂芬这样说，其实从侧面也看出，太太的唠叨其实对他也很重要，相信在一个所谓的"清净"的环境里住上几天，他准会受不了的。

在家庭中，运用幽默的语言，运用幽默的态度，相信你的家庭会欢乐很多，这种方式可以让我们远离任何形式的争吵，冷战的局面在这样的家庭中将不复存在。幽默就像是家庭的润滑剂一样，能够让你的家庭更加的美满，能够让家庭充满活力，让整个生活变得丰富多彩，自然也会让家庭的所有成员都拥有源源不断的力量来面对工作。

实用 7　家庭教育同样离不开幽默

子女是家庭生活中的重要组成部分，占据着重要的位置。有了子女的家庭，才是一个完整的家庭，但是子女在很多方面未必能够理解父母的难处，当然父母也很难了解他们的内心世界，所以两辈人之间很容易产生代沟，这些代沟让很多家庭头疼。

面对这样的现实，我们不妨用幽默的方式，来填补两代人之间的代沟，减少两代人之间的差异。

有一位男子感慨地说："我和我的儿子很难沟通，现在他才十几岁，和我的话越来越少了，他唯一主动向我说的话就是：'爸，我现在没有钱了。'或者'给我钱，我今天要去买xxx。'"

"孩子，爸爸像你这个年纪的时候，还光着脚去上学呢？"有一个爸爸对自己的女儿说，女儿则很不以为然地说："你那个时候是什么年代，我们现在是什么年代。"

有一位母亲说："我的儿子基本上就和我不说话，我也无法进入到他的生活中，我们就像是毫不相干的两个人。"

也有父亲说："在孩子的学习问题上，我可是没少花钱，他要什么我就会给什么，但是他的成绩丝毫就是没有起色，一直是倒数第几名。"

有一个儿子在寄读学校里读书，他有一次给自己的父亲写信，上面只有几个字："无钱，无趣。儿子。"

他的父亲是个很幽默的人，为了能够和自己的儿子有共同的话题，于是他回信是这样写的："多少？振作！父亲。"

我们通过上面的这些话语和小事例都能够看出来两代人之间沟通的不易，这个时候就需要用幽默的力量来改变这种状态，其实，在孩子的身上也是可以看到童心的一面，他们其实也懂得幽默，只不过是不同的家庭原因导致两代人的沟通变难。

中国传统的家庭教育是严肃多于宽容的，就像我们的俗话说得一样，"三天不打，上房揭瓦"、"棍棒底下出孝子"等等。在这种家庭教育思想的影响下，家长和孩子自始至终都是处于对立面的，其实，他们都不知道最好的教育方式是充满幽默感的，我们来看一个小故事。

在孩子上小学的时候，李强夫妻就为谁是家长的问题争论不休，他们两人相互都不甘心和服气。

最后他们想出了一个很有意思的办法，那就是通过竞选，被选中的人就是家长。

妻子当时就想，李强一直在外地，孩子从小都是她带大的，她和儿子的感情更加深厚一些，所以孩子肯定会选择她的。

没有任何的竞选宣言，李强夫妻展开了家长选举的投票环节。

第一次投票的时候，三个人都选了自己，当时儿子表现得很兴奋，他认为自己也可以做自己的家长，所以选了自己。妻子却很生气，因为她认为儿子应该选择她，于是她对儿子说："儿子，你应该选我的，你想我对你多好。"

没有想到，幽默的李强给儿子说："你要知道你是不可能做家长的，因为除了你自己没有人选你，你如果选我的话，那我就任命你为副家长。"

第二次的投票大家都应该猜到结果了，李强以两票的优势夺得了家长的地位，而他也立马任命儿子做了副家长，妻子则成为了唯一的成员。

李强对儿子说："以后，我在家的时候你就听我的，而我不在的时候，你就听妈妈的。"

于是，小家伙的副家长成了一个虚名。因为李强在了家里老是摆出一副家长的臭架子，所以其他两人都想重新选举，但是家长一直不同意这个提案，所以重新选举就遥遥无期了。

在李强的家里，就充满着幽默，他们打破了传统的家庭模式和家庭教育模式，让幽默主导了全家人的心情。

不断培养孩子的幽默感，让他敢于自嘲，并且懂得用微笑的方式去面对人生，这其实也是他们心里成熟的一种表现。

赵家明的儿子今年只有八岁，但是因为迷恋于武侠电视剧，所以整天就知道打打杀杀的，赵家明对此很是担心。有一天，这个孩子又在玩具店里看中了一支新式的玩具枪，于是就缠着赵家明要买，赵家明想到家中的武器玩具都堆成山了，于是他就说："儿子，你的军费开支实在太大了，现在是和平年代，咱们就裁减些军费吧。"儿子听后，也笑了起来，之后很长时间都没有再缠着赵家明给他买武器玩具。

家庭生活中的幽默故事很多，这些幽默通过发挥自己的力量不断改变着家庭的整个气氛。

第十四章
幽默@演讲,让掌声与笑声共鸣

讲演是一种在正式场合对众人所做的带有鼓动性、说服性和抒情性的讲话。虽然演讲是一个正式的活动,但是不能端着架子、板着面孔演讲,这样的话,你的演讲就会变成枯燥无味的陈述了。所以,在自己的演讲中制造幽默的气氛很重要。

 实用 1　演讲中的幽默可以事半功倍

斯大林是一个善于演讲的人,他在《在莫斯科市斯大林选区选举前的选民大会上的演讲》中有这样一段话:

同志们,你们当然知道,每家都有丑儿(笑声,鼓掌)……果戈理说过:"这种事不三不四的人,让你弄不明白他到底是怎样的人,有点像人,又有些鬼。"(欢跃,鼓掌)……

我无法准确说出来,在代表候选人和我们的活动家中间,并不会有那种政治庸人,也不会有那种在性格和面貌上很像民间所说的"既不像供神的蜡烛,也不像喂鬼的馒头"的人(欢跃,鼓掌)。

听到这样的演讲,我们不仅为演讲者善于利用民间故事和诙谐语气制造幽默效果而拍案叫绝。那些优秀的演说家都能够在自己的演讲中穿插一些典故和民间故事,从而增加一定的幽默效果,从而提高演讲的生动性和趣味性。

通过这样的演讲,观众可以很好的了解演讲者,而演讲者本人也是将自己的观点诠释清楚。演讲者和听众之间可以建立更为高度的默契,相互之间的心领神会促进这场演讲的成功。在这样的演讲中可能不会有大声的宣誓、可能不会有义正言辞,但是它同样可以给我们传递教育意义,能够引起听众的重视。

高明的演讲中总不会缺少幽默,如果能够在一次演讲中让听众会心的发出几声笑来,那么这次演讲就会很容易成功。斯大林那段不足三百字的演讲,居然引来了三次笑声和掌声,足见其功力。

在幽默中夹杂着真理,这样的方式往往容易让人们接受,能够让对方会心一笑,那么你的观点就会比较容易让对方接受。

在演讲或者做报告的时候,懂得应用那些典故和民间故事,懂得把生活中的佳词妙语用在演讲中,就会在哲理中闪现幽默的光辉,可以帮助演讲者调节节奏,从而缓解听众的疲劳,并且有利于深化主题,让整个气氛更加轻松。

实用2 重视你演讲的开场白

一场演讲最为重要的部分自然是它的开头部分,因为这部分是奠定主要基调的部分,如果一个演讲者一上台就很严肃,那么后面的演讲就很难活跃起来。演讲者和听众之间的疏远也在这个时候形成,后面就很难拉近了。

所以,一场演讲刚开始的时候需要幽默,它可以让演讲者以及听众都处于一种轻松的状态中,从而拉近双方的距离。

在演讲进入正题之前,其实有很大的空间可以加以利用,从而让彼此更加贴近。

美国的一位黑人领袖约翰·马克有一次要面对白人听众的演讲。约翰·马克走上演讲台后说:"女士们、先生们,我与其说是来演讲,不如说是为这个场合增加一些'色彩'……"

这就是一个最简单的自嘲式的开场白,约翰·马克的意思是他的肤色给大家增加了颜色,惹得听众发出笑声,而在这种笑声中种族之间的差异性被淡化了,让原本非常沉重的话题变得轻松,自然演讲者可以获得更多的支持。

我们再来看两个例子来说明这种方法,以及开场白幽默的重要性。

曾经有两个芝加哥人在做演讲:第一位报出自己的名字之后,就说:"不知道在场的人里边有没有我小时候的朋友,因为我有一个很不光彩的绰号,但愿他们都不在场。"

第二位上场之后是这样的,他本身就是一个身材魁梧的家伙,五官也非常大,他说:"女生们、先生们,你们应该看出我是一个什么样的人了吧,我的耳朵大的像贝多芬,可是长大之后,我就为我的这对耳朵而害羞了,好在是我现在已经习惯了,因为这对我站在这儿演讲没有任何的妨碍。"

很明显,两位演讲者的开场白要比单调的自我介绍强多了,两位演讲者的开场白都在自嘲,而同时达到了良好的效果,这就是一个开场白的魅力,相信他们之后的演讲会很成功。

实用3 让你的幽默做到"紧扣人心"

无论是演讲还是普通的交谈,只有抓住了对方的心,才可以很好的将你的幽默传递下去;当然,只有有了幽默感,才能够抓住对方的心,两者是相辅相成,互相提携的。从这一点上,就需要注意"紧扣人心"的幽默技巧了。

在"紧扣人心"这种幽默方法的使用中,一定要注意幽默的题材要和演讲的内容有着一定必然联系,如果单纯为了抓住听众的注意力,而插入一些没有任何意义的幽默,那么听众的注意力会因为你的幽默结束而随之移开。

我们来看一个事例,如果你和别人进行着普通的沟通,可以借助这个事例从而强化你要表达的信息。

杜维半夜了给自己认识的医生打了一个电话,他说:"请您赶快过来一趟好吗,我的太太生病很严重,我估计他是得了阑尾炎。"

"杜维,你是不是吓昏了头,大概是在八年前我就为你的太太割除了阑尾,你听说人有两个盲肠的吗?"

"没有,"杜维说:"但是你难道就没有听说一个人可以有两个太太的吗?"

在这个笑话里,杜维就是借助了幽默的力量,说出了他的着急。

我们再来看一些能够抓住人心的幽默的方式，从而借助这种幽默的方式，传递你所要表达的信息。

有一位政客在大选之后给自己的妻子说："你要恭喜我了，因为我当选为议员了。"

"你不是在骗人吧？"

"亲爱的，现在我已经不需要骗人了。"

再来看一个故事。

有三个年轻人费了九牛二虎之力终于从水中救了一个政客的命，政客很感激他们，于是答应可以帮助他们做些事情从而报答救命之恩。

第一个年轻人说："我希望能够进入西点军校，只可惜我的成绩一般。"

政客说："一点问题都没有。"

第二个年轻人说："我申请哈佛大学，结果被拒绝了。"

政客又说："我的孩子，你一点都不用担心。"

第三个年轻人说："我希望到国家公墓去。"

政客很不解，他说："去公墓，为什么？"

第三个年轻人说："如果我的父亲知道我救了你，他会杀了我的。"

在我们演讲或者日常的交谈中，如果能够用到"紧扣人心"的方法，这样就可以很快和你的谈话对象拉近关系，从而更好传递你所要传达的信息。

实用4　面对意外事件不能慌张

古今中外，在讲坛上留下过很多能言巧辩的佳话。

每次演讲不一定都按照我们既定的计划去发展，很有可能有很大意外发生，比如说听众很少、比如说有人故意捣蛋、比如有人问一些刁钻的问题、比如有人反对演讲者的观点等等。遇到这种情况如果演讲者用粗暴的方式对待，那么就连支持他的人都会站在他的对立面上，所以优秀的演讲者可以借助幽默的力量化解这种意外情况的发生。

在莫斯科的一次演讲中，诗人马雅可夫斯基在这次活动中遭受了一次挑战。

　　对方说："您的诗歌实在是太骇人听闻了，我认为您的这些诗歌都是短命的，甚至明天就会完蛋，我估计连您都不会记得这些诗歌了，您是无法成为不朽的诗人的。"

　　马雅可夫斯基说："那就请你在一千年以后再来，我们再来探讨这个问题吧。"

　　对方说："您说，有时应当把那些沾满'尘土'的传统和习惯从自己身上洗掉，您每天都在洗脸，看起来您也是肮脏的了？"

　　马雅可夫斯基说："您不洗脸，您就认为自己是干净的吗？"

　　对方说："您的诗歌永远比不上普希金。"

　　马雅可夫斯基说："我热爱普希金，我是在对普希金的热爱之中，然后创新出一条新路来的，而不是抄袭和模仿。"

　　马雅可夫斯基这段和听众的对话，从整体上先声夺人，而且不失睿智与幽默，后来他的演讲中取得了巨大的成功，听众们更是为他的演讲爆发了热烈的掌声。

　　在演讲中，如果遇到了不同的意见，不能漠然视之，如果处理不好的话，后面的演讲就很难进行下去，甚至很难说服听众。

　　而在面对演讲者故意捣乱甚至恶意的攻击的时候，演讲者一定要冷静下来，如果演讲者也跟着勃然大怒然后大骂的话，那么这会损坏自己的形象，从而使捣乱者的阴谋得逞。

　　英国首相威尔逊在一次民众的演讲中遭到了一些人的激烈抗议，其中一个抗议者大骂道："垃圾。"威尔逊却很镇定地说："先生，您所关心的问题，我在后面会谈论到。"

　　威尔逊巧妙地将对方的谩骂理解成一个需要解决的问题，从而为自己解了围，并且让听众的情绪稳定了下来。

　　现在的社会，几乎所有的人都有机会上台演讲，不论是座谈会、宴会，不管是在学校、公共场合还是一些社交的场合，都需要讲几句话，也许你不是一个善于演讲的人，也许你不喜欢演讲，但是，你一定要注意你必须学会演讲，而且要学会演讲中的幽默。

在你的事业不断取得成功之后，想要摆脱别人的演讲邀请，就会变得很难，只有在演讲中用足了幽默的力量，才可以缓和气氛，也可以调节自己紧张的情绪，我们不单单要注意演讲过程中开头和结尾，还需要注意一些突发事件，往往这些事件可以左右整个演讲的效果。当然这是一个很艰难的过程，我们需要不断吸取前人的经验，不断学习和借鉴。

其实，在演讲之前，你可以和你的听众进行接触或者增进了解，他们一些简短的介绍可以让你把握住他们的兴趣和观点，这样的话，你就可以收集一些相关的笑话从而缓和气氛，这样突发事件会少很多。

美国宾夕法尼亚州的演说家乔治·贝列就有属于自己的一套演讲的策略，其中很重要的一点，也很独特的一点，那就是和听众打成一片，从而避免一些尴尬场面和意外事件的发生。

有一回他受邀去给一些保险公司的经理们演讲，他了解到这些经理在前一天晚上的舞会中玩到很晚，凌晨的时候才回到酒店，因为酒店里没有热水洗澡和没有饮料喝，他们都有些烦躁。到第二天开始演讲的时候，他们已经很焦躁了。乔治·贝列知道了这些情况后，把握好时机说了这样一句话，他说："我还是第一次见保险公司在晚上还举办那么有趣的晚会，但我更没有想到的是那样的晚会居然没有让各位经理快乐起来。"这句简单的话，很快打消了大家闷闷不乐的情绪，他们的脸上都出现了笑容，场面也热烈了很多。

乔治·贝列还有一个办法面对演讲，那就是在开始演讲之前找几个听众谈几句，当他开始演讲的时候，就会说出那几个人的名字，而且还会和他们互动，这样很容易增进双方之间的沟通，从而为演讲的成功奠定了基础。

实用5　幽默可以换来轻松的讲话气氛

讲演是一种在正式场合对众人所做的带有鼓动性、说服性和抒情性的讲话。虽然演讲是一个正式的活动，但是不能端着架子、板着面孔演讲，这样你的演讲就会变成枯燥无味的陈述了,所以在自己的演讲中制造幽默的气氛和重要。

一般情况下,一个演讲者遭遇到的第一个难题就是,当主持人向听众介绍你的时候,你如何反应,你是简单的给听众点点头了事,还是适当幽默一下,从而给听众留下深刻的印象呢?

在接下来自己的介绍的时候,一些巧妙的方法也很重要。自我介绍首先需要介绍自己的名字,如果你的名字比较奇特,那么这就是你迈向成功的开始,你可以借此幽默一下。

曾经有一位老师叫陈九,他在一次演讲的时候向自己的学生介绍自己说:"我是一坛在地窖里藏了将近有四十年的陈年老酒。"他的这番介绍立刻引来了同学们的哈哈大笑。

再接下来的介绍词也很重要,你一定要在事先准备好一份,然后交给主持人,以防对方在介绍你的时候过分拔高,从而让你自己的演讲无法进行下去;另外,在名字方面一定要让主持人有个最初步的介绍,如果你的姓名容易出错的话,那就需要自己通过幽默的方式来介绍自己了。

著名演讲家德克就能够借助一些特殊的方法来避免这种尴尬。

下面是他和主持人之间的一段对话:

"怎么称呼你,先生?"

"可以叫我德克。"

"哦,那您是德克萨斯州人了。"

"不,我家在华盛顿。"

"那您的名字为什么是德克呢?"

"我想叫德克应该比叫华盛顿更方便一些。"

其实,这就是一种介绍自己名字的好方法,但是一定要注意你的言辞一定要有可行性,而且要简短,要不让很难让主持人或者听众明白。如果你能注意到这些细节问题,那么,主持人或者听众就会很容易和你建立起融洽的关系。

有人在自己的介绍词中是这样写的:"女士们、先生们,我的家庭让我感觉到骄傲,我是一对已婚夫妇的后代。"这个人的自我介绍虽然没有提高自己的语言成分,但是无形中提高了自己,而且达到了幽默的效果。

有一位演讲者面对主持人介绍失误之后,面带笑容地说:"我很希望说这是最好的一次介绍,但是事实上不是。你们知道我最满意的一次介绍是什么时候吗,是一次面对千万人的会场,但是介绍我的时候用到了一个'最伟大'的,我很开心,因为那次是我自己介绍的。"

在做自我介绍的时候不要落入俗套中,如果用一些诸如"我有幸今天来给大家作报告,在座的都是我的老师,我今天主要来是学习的,还请大家多多指教。"这样的介绍方式,肯定是不会打动听众的,虽然很谦虚,但是太落俗套了,是没有人喜欢的。

美国幽默大师马克·吐温为了欢迎英国作家与牧师查理士·金斯利先生而做的演讲——《介绍查理士·金斯利》,总共只有六百多个字,竟然引起了七次掌声和笑声,不得不说这是演讲范例中的杰作。

"各位女士、先生们:我现在要给你们介绍的是今天晚上的主角查理士·金斯利先生,我想我有必要给大家提醒一下,当我写我的那本《老实人出国旅游记》"(鼓掌)时,我就想过,这本书肯定会让我和牧师教会的关系密切起来,但是我可以给大家保证,自打那书出版到现在,我可是第一次给一个牧师做担保(鼓掌),并且还做一个不偏不倚的介绍(鼓掌)。不过我现在要介绍的却是一个不需要介绍的牧师(鼓掌),虽然没有人让我来做这个担保,但我还是忍不住做了(鼓掌),因为我认为这是一个高雅的事情,但是我并没有在这里赞美这位牧师,因为你们都看过我的书,你们比我更了解他的高才和道德,所以我省略了其他的话,只是简单告诉大家,我们欢迎他来到我们的国家……"

优秀的演讲者都懂的如何借助幽默的方式来紧紧抓住听众的注意力,让听众在笑声中可以和他产生共鸣,从而将自己的观点传递给对方。

著名笑星鲍伯·霍普曾经说过:"题材有出色和一般之分,但是我们可以通过控制时间,从而使一般的笑话发挥出强大的力量来。"

为了能够抓住你的听众的心,你需要插入一些笑话,但是插入的这些笑话一定要毫无做作之感,一定要和主题接近,在讲的过程中也一定要流利,一定要态度自然。

德克萨斯州有这样一个人,他一心想做一家俱乐部的主席,有一次他给这个俱乐部的成员们讲话,表现得有点过了,在不到两个小时的演讲中,他居然讲了六百二十一个笑话,并且还配备着一些好笑的表情和动作。

这次演讲中,听众们都被逗得哈哈大笑,每次他讲完笑话的时候,听众就会大喊:"再来一个。"

就这样,他的六百二十一个笑话就这样讲了出来。

但是这位仁兄在最后的选举中,并没有谋得俱乐部主席的位置,而票数居然只位列倒数第二。

当他离开会场的时候,给人们说:"难道我很差吗?"

"不,你很厉害。"有人说:"但是我们认为你更适合做个喜剧演员。"

在演讲中幽默可以帮助我们达成目的,但是一定要注意尺度,要不然你的幽默在演讲的过程中虽然取得了一些效果,而结束了演讲,你就什么都不是了。

实用6 让幽默在听众中引起反响

一篇演讲词要想达到打动观众,而又能够激励观众的效果,除了要以情动人之外,还需要对整个演讲内容进行合理策划和精心布局,同时善于穿插笑料。如果演讲者总是板着面孔,企图通过这种行为来展示自己的演讲的深刻,那么很有可能陷入空泛说教、老生常谈的形式之中。

我们来看一下鲁迅先生曾经做过的一篇名为《娜拉走后怎样》的演讲。这是鲁迅先生于1923年12月26日在北京女子高等师范学校任教期间为学生们做的演讲。演讲的主要内容是解放妇女、男女平等的严肃话题。主要是要阐述娜拉出走不是妇女解放的根本出路,妇女要实现解放,实现男女平等,首先要取得平等的经济权,并且要进行艰苦的经济制度的革命这样一个深刻的主题。

但是聪明的鲁迅先生没有让听众绷紧神经来听这次演讲,而是借助戏剧,谈到有些人认为娜拉最后进了妓院,最后无路可走的观点。在这里鲁迅先生就善于调节演讲的气氛,从易卜生的戏剧《娜拉》中引出自己的观点。这场演讲在当时取得了巨大的成功,听众的反响非常好。

一场好的演讲,一定要懂得用幽默的方式来影响你的听众,做到幽默得当、幽默适度,这样,整个演讲就会变得有趣而又充满意义,最终你的演讲会被推向高潮。

实用 7 幽默的演讲来自于积累

很多时候,听众不是来认真听演讲的,而是来凑热闹的,既然这样,我们在做自我介绍的时候就不一定要非常认真、中规中矩了,我们借助一些有趣的开头抓住听众的心,要不然之后就很难引起他们的注意了。

很多人当面对台下乱哄哄的听众,会习惯性地大拍桌子,然后对着麦克风不断"喂喂",这种做法可能会短暂引起听众的注意,但这实在不是一个很好的办法,等到听众看到你的行为之后,他们就会继续做自己的事情,所以我们在这种场合要懂得用幽默的方式来引起听众的注意。

曾任哥伦比亚大学校长的艾森豪威尔有一次在演讲的时候遇到了一些尴尬的场面。当时的听众没有按照他的计划作出反应, 于是他适当改变计划,他说:"每一篇演讲稿不论是什么形式的,都会有标点符号,今天,我就是一个句号。"说完,听众们没有想到,他居然走了下来,结束了自己的演讲,听众中立刻爆发了雷鸣般的掌声,艾森豪威尔也一直以此为豪,认为这是他最成功的演讲之一。

演讲需要掌握好节奏,巧妙地将自己的观点贯穿始终,并且适当插入笑话和幽默的语句,这样的话,不仅不会让听众疲乏和困倦,还能够将自己的观点完整地传递给听众。

1935 年,高尔基参加了前苏联作协的一次会议,代表们希望他能够讲话,当他上台的时候,大家给予了他长时间的掌声,高尔基于是借题发挥说:

"如果把花在鼓掌上的时间都算上的话,那就要浪费大家很多时间了。"他的话立马让气氛轻松了很多。高尔基不愧是优秀的作家和演说家,他的借题发挥的方法,很快让大家更加喜欢他了。

如果在演讲的过程中别人对你的笑话一点都不感冒,没有任何的反应,这个时候聪明的演讲者都可以巧妙掩饰,不让听众看到破绽,一般情况下,一场演讲中不会有人出来大唱反调的,但是也有特殊情况出现,我们需要注意了,只有借助自己的聪明才智才能够化被动为主动。

1860年6月,牛津大学的讲坛上,自称为达尔文的"斗犬"的赫胥黎为了捍卫进化论,同大主教威尔伯福斯展开了一番舌战。

威尔伯福斯首先发难,他说:"你究竟是通过你的祖父还是你的祖母,由一只猿猴变过来的?"

面对这样挑衅的话,赫胥黎并没有生气,他很镇定地说:"人类没有理由因为你的祖先是一只猴子而感到有任何的羞耻感,只有与真理相悖才是最大的羞耻,那些整日游手好闲,靠着脑袋上的一道祖先的牌头的人才是最可耻的。"

这是一场有关于真理和谬论的大战,这场著名的牛津大辩论,在后来因为演讲者富有哲理性的语言、锐利的思维方式以及幽默的讽刺征服了所有的听众,当时的大主教只能瞪着眼睛,无言以对,那些准备反对赫胥黎的教徒们,放弃了自己的反对意见,反而成为了一个个支持者,当时进化论的反对者天主教徒布留斯特夫人竟然当众晕了过去,从此之后,进化论的思想开始在全世界传播。

从古至今,几乎所有的演讲者都有着幽默的品质,从表面上看,这些幽默都是来自一时的灵感,但其实这些都是他们平常的不断积累和锻炼得来的,没有人能随随便便地成功。

英国首相在一次演讲的时候,遇到了一个年轻人的祝贺,他说:"刚才您的讲话真的是一场绝妙的即兴演讲。"于是首相回答说:"可不能这样说,年轻人,这场演讲我至少准备了二十年。"

从这个故事我们看到,好的演讲都是通过长期的准备的,要想在关键的时刻有所爆发,只有不断努力。

如果在应用幽默的语言的时候还能够辅助以幽默的运作,那就会更好了。有些人认为幽默的方式最好的是引起听觉上的冲击,其实不然,视觉上的冲击感要远远优于听觉上的。幽默的过程中如果能够配备一些动作和表情,相信你会事半功倍,能够让听众有更强烈的享受感,让听众回味无穷。

有一次,林肯作为被告律师出庭,为被告进行辩护,原告律师将一个简单的论据足足讲了两个小时,听众包括法官都有点不耐烦了,好不容易轮到了林肯,这个时候林肯脱下外套,然后拿起玻璃杯喝了一口水,重新穿上外衣,然后又喝水,就这样把这几个动作重复了很多遍,听众们都被他的这一系列举动逗得哈哈大笑,终于他开始了自己的讲话。林肯的这一系列动作无疑是对原告律师重复讲话的一种讽刺。

实用8 演讲的结局需要精致

一场好的演讲是一个整体,如果你的开头很好的话,那还需要你补充一个优秀的结尾,这样整个演讲将会影响到你的听众,当然一个优秀的结尾是要比开头的引人入胜把握难的多。

一场演讲最为重要的就应该是最后的时刻,因为这个时候你的话停止了,听众会回想你前面讲过的内容。刚开始演讲的人,在做最后的结语的时候,就容易陷入平淡的局面中。

哈佛大学演讲大师乔治·威廉说过:"当你对观众说再见的时候,你的脸上一定要挂着笑容。"笑容能够带来成功,当你的整个演讲简短、有力、切题,等到结尾的时候能够补充一个迷人的结局,让整个场面变得生动有趣,那么听众就会有一种意犹未尽的感觉。

我国著名的作家老舍先生也是一个非常幽默的人,他在有一次演讲中,开头就说:"我今天演讲的内容主要分为六个部分。"接着,他就开始了自己的演讲,从第一、第二、第三、第四,一直到第五,他都按部就班、井井有条地讲了下去,等到第六条的时候,他发现很多听众已经面露想离开的表情,于是他说："第六，散会。"听众刚开始一愣，紧接着爆发了热烈的掌声。

老舍先生用到的就是"平地起波澜"的方法，他打破了常规的演讲内容，这样做反而是得到了出其不意的良好效果。

在众多的演讲结束语中，幽默的方式结尾是一个不错的选择，一个演讲者如果能够在结尾的时候能够引来对方的笑声和掌声，不仅是自己成熟技巧的表现，而且给听众们能够留下一段美好的记忆，也是这场演讲成功的标志。

精彩的结尾可以让整个演讲得到升华，而巧妙地利用幽默，足以给人们留下深刻的印象。

但是并不是所有的演讲结尾都很优秀，也有些很糟糕，最常见的就是那种，"下面我来总结一下……"这种演讲虽然取得了合理结束，但是并不能达到引起听众兴趣的效果，听众听后也会很快就忘记，甚至会有人认为这样的演讲拖沓，很没有意思。

在面对那种宴会或者联谊性的餐会的演讲的时候，一定要注意，这种演讲一般都被安排在大会结束的时候，所以一个充满戏剧性的、具有幽默效果的结束语可以适时消除众人与会的疲劳，可以缓和大家的精神。

在这种场合做演讲的时候，不妨用一些有趣的故事来总结，或者几句俏皮话、几句祝愿语就可以达到效果，不需要太多的语言，然后你的听众就会带着笑容离开。

第十五章
幽默 @ 囧境,囧海无涯,幽默作舟

遭遇尴尬的场合,说话就需要随机应变,一般需要从三
个方面注意:第一要弥补自己语言的失误;第二要应付没有
想到的情况,从而维护自己的尊严;第三就需要坚持自己的
观点。掌握了这些随机应变的方法,你的语言自然就具有了
幽默感,可以从容应对所有问题。

实用 1　做错的事情可以用幽默来消除

人与人交往中难免出现尴尬的场面,稍不留神说错话或者做错一件小事
都是很有可能的,如果你因为这些小事儿变得紧张、局促,那么你的行为同样
会影响到别人,你在别人心目中的地位就会骤然降低。此时就需要你用更客
观的态度去对待自己的过失,静下心来用一个小幽默就可以避免自己的过失。

在一个婚礼上,新郎和新娘正在接受来宾的祝贺,可这个时候一个客人
不小心打碎了一个很精致的茶杯,此时整个场面静止了下来,戛然而止,大
家都被这突如其来的场面震住了,碰掉杯子的客人自然是非常尴尬,新郎和
新娘也不知道如何是好,这个时候另一个来宾突然故意又摔碎了一个茶杯,
大家正在奇怪,他却说:"两个'碎'了,现在就是碎碎平安(岁岁平安)了。"他
机智的行动和语言立马得到了大家的掌声,而整个婚礼又进入了欢乐的气氛。

在社会交际中,不管是自己还是别人如果出现了意外,就需要懂得用灵
活、恰当的语言来及时处理,这样可以避免尴尬和失误。

有一次,张小倩参加一个初中同学的聚会,他们一起回忆起了初中的美
好生活,不料主人在招呼客人的时候一不小心打翻了一个花瓶,花瓶中的水

全部洒到了张小倩的脚上，她的新皮鞋湿透了，主人不知道该怎么办了，显得很尴尬，张小倩却不慌不忙地说："正常情况下是进门就要脱鞋，看起来今天我现在才脱是有点晚了。"

张小倩的话逗乐了大家，难堪的气氛被一扫而光。

一些名人同样会借助这种办法去缓解紧张的气氛，消除尴尬。

美国著名小说家马克·吐温要去一个小镇里旅游，他出发之前，朋友们告诉他，那个地方蚊子很多。到了那里，他正在旅馆登记的时候，果然看到一只蚊子在飞，服务员赶忙驱赶它。

马克·吐温却笑着对服务员说："你们这里的蚊子要比传说中的聪明很多，它们竟然能够预先知道我要来，然后准备饱餐一顿。"

几个服务员听了之后都哈哈大笑起来，结果这个晚上由于服务员的帮助，马克·吐温并没有受到蚊子的打扰，睡得很香。

我们再来看一个这样的例子。

上了年纪的萧伯纳在街上被一个鲁莽的骑车人撞倒，虽然没有受伤，但是萧伯纳却受到了惊吓，那个骑着自行车的人赶紧过来给萧伯纳道歉，萧伯纳笑着说："不，先生你今天不够幸运，如果你今天撞死了我，那么你就成为了撞死萧伯纳的好汉，可以名垂千古了。"

萧伯纳的答话充满了幽默的味道，同时也展现了他的胸怀，让双方都摆脱了尴尬的境地。

实用2 幽默可以缓和紧张的气氛

不论是中国还是外国，历史上的成功者都具有很高超的幽默技术。这种幽默的掌握能够在不同的环境中制造出惊人的效果。

早期美国麻省议会开会时，有一个议员发表了很长的一段演讲，另一位议员认为他的演讲足以让台下的观众厌恶和头疼，于是就低声通知他，希望他能够把演说缩短一些，以免听众厌烦。谁知道发表演讲的议员曲解了他的意思，认为他是一种对自己无礼的攻击，于是就用很严厉的口吻说："我想请你滚出去。"然后继续他自己冗长无味的演讲。那位劝解的议员非常不开心，对于对方的不讲理，他请求当时的美国总统柯立芝来处罚对方。柯立芝本人是个非常富有幽默感的人，他经常借助自己的幽默为别人排忧解难，当他听完这个议员的诉说之后，然后说："是的，我也听见他的这句话，但是后来我立刻翻开我的法律书籍从头至尾察看一遍，发现其中没有这一条，所以你尽可不必听从他的话滚出去！"

柯立芝的这番话让这位议员也哈哈大笑起来，眼看即将要发生的一场论战，就这样被轻易解决了。

人们处在尴尬的境地或者在生气的时候，是很难幽默起来的，尤其是在公众场合中，一般人都为了保持自己的形象，不愿意让别人损坏自己的形象，一旦遇到对方的攻击，就会变得紧张起来，然后做出一些令人尴尬的举动。这个时候人们很难保持应该有的智慧了，更不要说是超出常人的幽默感了。所以我们在遇到这种情况的时候，一定要懂得冷静下来，然后使出自己的幽默来。

著名评剧女演员新凤霞曾举办过一次"敬老"宴会，在这次的宴会中她邀请了齐白石、老舍、梅兰芳、欧阳予倩等文艺界的著名前辈。当时已经92岁高龄的齐白石老人在他的看护的陪同下前来，齐老坐下来之后，于是拉着新凤霞后，目不转睛地看着这个后起之辈，看护担心这样的行为会让对方难堪，于是他带有责备地对齐白石说："你总是这样看着人家做什么？" 齐白石说："我这么大年纪了，难道就不能看一看吗？"老人说完之后，脸都气红了。这个时候新凤霞巧妙地接过了齐白石老先生的话，她说："您老看吧，我是演员，我不怕人看。"

新凤霞的话一下子让齐白石先生开心了很多，刚才紧张的气氛也被化解了，气氛顿时活跃起来，在大家的提议下，当时新凤霞就拜了齐白石做老师，齐白石老先生也是相当开心。

实用3　幽默可以缩短双方的距离

聪明人的一些幽默的话语，往往可以活跃气氛，能够缩短人们之间的距离，无数事例都可以用来证明，风趣幽默可以很好地为说话者和听话者建立起融洽的关系,之后的沟通和交流也会方便很多。

有一天,乳产品厂的厂长室里进来了一个人,他手里拿着一瓶酸牛奶,然后很生气地对厂长说:"这样的酸牛奶您认为能喝吗?我要求你们给我赔钱,你的售货员还不答应,既然这样,我只有找到你了,如果你不能解决,我想我会告到法院去。"

厂长拿着那瓶酸牛奶,然后认真一看才发现里边有一些玻璃的碎片,自己也吃了一惊。过了一会,他镇定了下来,然后他对那位先生说:"请问,您已经喝过这瓶牛奶了吗?要是您已经喝过了,我建议您先去一趟医院,然后我们再去法院吧。"

厂长的这句幽默话,让这位先生很意外,他反而有些不好意思了,他的怒气也因此而消除了大半,他可以平心静气地给对方提建议和意见了,一触即发的战斗场面就这样被化解在了无形之中,双方的距离也缩短了不少。

《南亭笔记》中有这样一则幽默故事:

彭玉麟曾经路过一条小巷道,一个女子正在用衣服竿儿晾衣服,竹竿不小心掉了下来,正好打中了彭玉麟的头部。彭玉麟大怒,呵斥对方。那女子一看是鼎鼎大名的彭玉麟,于是就有些害怕,但是她急中生智,连忙说:"你这个人看起来准是个行伍出身的人,所以说话这样的蛮横无理,你可知道我们这里有个彭玉麟,他为人清廉,假如我去告诉他老人家,我想他会砍掉你的脑袋的。"彭玉麟听了这个女子的话之后,笑着离开了。

一个身份低下的女子不小心失手打中了位高权重的彭玉麟老爷,就算是她不断道歉,也难以解除对方的怨气,于是她索性装做不认识彭玉麟,然后用这种迂回的赞扬方法化解了当时的尴尬。

在我们的生活中,经常会和别人发生一些小矛盾,这些小矛盾有时候是对方故意的挑衅,有时候也可能是对方无意的行为,总之,都不是什么大事情,既然这样,就没有必要大动干戈,像面对敌人一样去对付,这样做未免有些小题大做了,只会浪费自己的时间和精力,但是如果置之不理,却也会让自己坐立不安。这个时候就可以借助张冠李戴的方法,故意将对方的意思转到别人的身上,在笑声中化解矛盾冲突。

张冠李戴幽默术在运用的过程中主要有两种情况：

第一种情况，对方是在有意挑衅，对方的目的就是让你难堪。这种情况最好的办法就是把他给你的"冠"直接"戴"回他的头上。由于他的预期和最后的现实有一定的区别，所以幽默就会从中而产生。

第二种情况，对方也是无意间冒犯了你，或者自己不小心而触犯了对方使得对方责怪你。面对这样的情况就不能像上面那种一样锋芒毕露地反击，而应该小心翼翼地将"冠""戴"到其他人的头上，让第三者承受这种"冠"，自然幽默也会从中而产生。

一辆公共汽车突然的一个刹车，由于惯性一个男青年脚下不稳，直接撞到了一个姑娘的身上，姑娘生气地说："德性！"

男青年则不慌不忙地说："不，这个是惯性。"

姑娘话的意思是在责怪男青年的行为不妥当，有缺德的嫌疑，但是男青年却巧妙地将这个现象用物理中的"惯性"来解释，从而避免了和姑娘发生争吵，同时也巧妙地将责任推了出去，表明这个不是他的错，实在是惯性的力量太大了。

总而言之，张冠李戴的这种方法不仅可以驳回对方的恶意攻击，而且还能够消除双方之间的误会，至于如何利用这个方法，我们就要视情况而定了。

幽默家兼钢琴家波奇有一次在美国密歇根州的福林特城演奏，当时他发现上座率还不到五成，于是他有点失望，自然脸上流露出了窘态，但是他并没有因此而受限，他走下舞台对观众说："福林特城的人应该都很有钱，要不然为什么你们每个人都会买两三张票呢。"他的幽默立刻感染了全场，大家都为他的幽默而笑出声来。

幽默家兼钢琴家波奇面对失败的时候并没有受限于失败，而是巧妙地化解了这种令人困窘的处境。

一个星期日狄更斯在河边钓鱼，但是很长时间了他都没有钓到一条鱼，一个陌生人这个时候过来和他攀谈。狄更斯说："今天的运气真的很不好，昨天我还在这里钓到了十几条鱼呢。"

陌生人于是告诉他，这里其实是禁止钓鱼的，而他就是这里的看守员。

他从口袋了掏出了一个本子,然后准备给狄更斯开一张罚单。

狄更斯想了一会,突然说:"你知道我是谁吗?我就是大作家狄更斯,我现在正在虚构一个故事,所以刚才讲到的都是我虚构出来的故事,要知道,作家是可以这样做的。"

狄更斯也是巧妙利用自己的职业为自己的摆脱了罚单,也摆脱了尴尬。

机智幽默大师阿凡提同样可以在极端的困难之中借助自己的机智为自己打开一条通往成功的大门。

有一次,阿凡提想要到一个锁着门的果园里去,他于是用梯子爬上了果园的篱笆,然后再将梯子搬进去,从而借助梯子进入到了果园里,刚到果园里,就被园丁抓了个正着。

于是园丁问他:"你是谁,你为什么要到这里来?"

阿凡提于是说:"我是来卖梯子的。"

园丁说:"那你怎么跑到我们这里来了?"

阿凡提说:"老天爷啊,你难道不知道,梯子是可以到处卖的吗?"

阿凡提就是这样借助自己的机智摆脱了一次被视为小偷的情况,其实,任何形式的窘境都可以通过幽默的方法去解决。

懂得应用幽默的方法可以避免人际交往的很多冲突,你的机智或许可以让对方接受他本不愿意接受的东西,同样,你的机智也可以让对方放弃他所不愿意放弃的事情。

实用4　幽默排解你日常交际中的困难

在社会交际中如果遇到困难也应该处乱不惊,积极利用自己的聪明才智去寻找解决的办法,在这个过程中,如果能够用到幽默的方法,那么效果就会更加显著了。

一般情况下,在自己处于不利地位的情况下,越是带有自我保护色彩的辩解,后果越严重,而幽默的成分则会越多。因为任何形式的社会交际都是轻松的,都不会过于严肃,所以我们完全可以借助自己的幽默和机智来我自己辩解。

著名的京剧老生演员马连良有一次在《天水关》中饰演诸葛亮，在戏就要开始上演的时候，饰演魏延的演员却生病了，一位同行这个时候毛遂自荐，要代替那个生病的演员饰演魏延。

于是他们开始表演，当演到诸葛亮升帐发令巧施离间计时，这个演员想和马连良开个玩笑，于是该他下场的时候，他偏不下场，却摇着手粗声说道："末将不知根底，望丞相明白指点。"

这个突如其来的考验并没有难倒马连良，他先是一怔，然后笑道："此乃军机，岂可明言？请魏将军站过来。""魏延"听到这句话，只好站起来走到"诸葛亮"跟前，只见"诸葛亮"俯在"魏延"的耳朵面前假装说了几句话，"魏延"连说："丞相好计！丞相好计！"终于下了场。

这一段临时加上的部分，连一些老戏迷都没有看出其中的奥妙，其实当时马连良在那个演员的耳旁说的是："你这个捣蛋鬼，现在还不赶紧下台。"

许多人之所以不懂得幽默感，其实很大程度上是因为自己处于不利情况下的时候，精神就会变得被动，不能以轻松的心情来面对这些问题，自然就无法幽默起来了。

约翰·亚当斯在竞选美国总统的时候，一个共和党人指控他曾经派遣自己的手下平克斯到英国去挑选情妇，而且一次就挑中了四个，两个分给了平克斯，两个留给了自己。约翰·亚当斯对此则是哈哈大笑，然后说："如果你说的都是真的，那么我想平克斯将军可能也瞒过了我，自己全都私吞了。"

如果当时约翰·亚当斯非常生气地去呵斥对方，那么不仅不能解决问题，反而会让事情更加糟糕，在这里，约翰·亚当斯用到了幽默的语言，巧妙化解了面对的难题，当然最终的结果是大家都相信了约翰·亚当斯的话，而约翰·亚当斯最终也如愿当选了总统。

就像一个哲学家曾经说过："如果我们的社会能够充分认识幽默，能够让每一个民众都被幽默所折服，那么我们就处于一种和谐的气氛中了。"所以，我们可以用幽默的方法来解决很多的问题，从而借此释放自己，让我们的烦恼全部都消失，也为自己的生活增添一些乐趣。

每个人都希望自己在社会交际中能够表现得从容不迫，能够轻松应对一些尴尬的场面。那么，如何才能够让这种想法变成现实呢？

　　借助幽默的方法无疑是最好的方法。幽默能够把我们的思维的潜在能量全部释放出来，但是要做到这些，还需要具备冷静、乐观、豁达的精神状态。

　　有一个女作家特别擅长写感情细腻的文字，她的书深受读者的欢迎，在一次签名售书的活动中，有一个人非常不服气地说："你的这些作品的确很不错，但我想知道这些到底是谁帮你写的？"

　　面对这个人的无理取闹，面对这样一个尴尬的气氛，女作家并没有显露气愤的神色，而是面带微笑很有礼貌地说："谢谢你对我作品的夸奖，不过我也想知道，是谁帮助你看的呢？"

　　这位女作家的反问让这个人哑口无言，于是他灰溜溜地逃走了，台下响起了一阵掌声，面对对方的无理取闹，女作家却泰然自若，借助自己的机智回答了对方的问题，而且还维护了自己的形象。

　　丹麦的著名作家安徒生同样是一个特别擅长在尴尬中能够泰然自若的人，他也能够根据对方的话来反驳对方，从而让自己跳出窘境，让对方陷入尴尬。

　　安徒生一生比较简朴，而且他把自己的所有精力都集中在了写作上，所以很不注意自己的外表，自然也不会去追求时尚。有一次，安徒生带着一个很是破旧了的帽子在街上行走，有一个认识他的富人看到之后，嘲笑他说："你脑袋上面的那个玩意儿是什么？难道那也算是一顶帽子吗？"旁边有很多人，大家都被富人的话逗得哈哈大笑，很多人都认为这回安徒生算是栽了，都在看他有什么办法解围，而那个富人更是摆出一副不可一世的样子。

　　安徒生则不以为然，理了理自己的帽子，然后说："你帽子下面的那个玩意儿是什么，难道算是脑袋吗？"

　　对安徒生的嘲笑停止了，人群中爆发出了对富人的嘲笑，富人则是面红耳赤，一时不知道该如何回答。

　　安徒生就是借助自己的聪明才智，用幽默的方法让自己跳离窘境，反而让对方陷入尴尬之中，之后那个富人再也不敢乱开安徒生的玩笑了，每次见到安徒生都恭恭敬敬。

安徒生在冷静地分析了对方话的逻辑之后,将其引申,然后将对方引入到一个荒唐的结论中去,有力地回击了对方,并显示了对方的愚蠢。

其实,相同的话在不同的环境中会有不同的意思,如果我们能够善于利用这一点,将其转化为幽默的话,效果也会非常好。

蒲松龄有一天穿着普通的衣服去一个有钱人家去赴宴。宴席上,一个穿着绫罗绸缎的矮胖子怪声怪气地说:"久闻蒲松龄先生的大名,但是怎么看不到你金榜题名啊?"

蒲松龄微微笑道:"我对功名已经没有了多大的兴趣,现在我弃文从商了。"

另一个同样穿着绫罗绸缎的瘦高个则故意装出很吃惊的样子说:"经商到底可以赚一些钱,但是蒲松龄先生为什么如此装束?该不是亏本了吧?"

蒲松龄叹口气后说:"你说的一点也不错,我最近去了趟杭州,碰上一批南洋进来的象牙,有用绫罗绸缎包裹的,有用简单布匹包裹的,我原本认为绫罗绸缎包裹的应该贵些,就全部买了这种。谁知道带回来一看,居然都是些狗骨头,粗布包裹的反而是象牙了,现在后悔都来不及了。"

那些身着绫罗绸缎的人听后满脸窘态,自然都不敢再嘲笑蒲松龄了。

面对人际交往中的困境,我们该怎么办呢?其实,在这个时候我们不应该唉声叹气,而是应该用幽默的方法从容应对,这样的话,我们的生活中就会避免很多的困难,同时让自己处于愉快的气氛之中。

实用5 适当的自我介绍可以摆脱尴尬

幽默一直被认为是只有聪明人才能够驾驭的语言艺术,而其中自嘲是最高的境界。所以说,能够自嘲的人其实是聪明人中的聪明人,是大智慧者。一些缺乏自信的人一般不敢自嘲,他们对于自身的缺点或者不足之处往往采取遮掩的方法,但其实在他们遮掩的过程中,这些缺点反而被放大了。

在我们的生活中会经常遇到这样的情况:好心去帮助别人,结果把事情办糟了;接到一个无聊的电话,电话那头的人将你大骂一通;别人的自行车撞到了你,但是对方却破口大骂……这些小事情很常见,而这些小事情往往让人陷入尴尬的境地,那么,此时我们该怎么办呢?

如果这个时候能够采取自嘲的幽默方法对自己加以保护,就可以轻松摆脱窘境,能够变被动为主动。自嘲,其实很简单,就是自己嘲讽自己,它是心境太平的一种表现,它能够帮助人们建立宽松的交谈气氛,能够让人们活得更加洒脱。

在一次非常盛大的宴会上,服务生不小心将酒水洒在了一个宾客的秃头上,服务生吓得不知道该如何是好,在场的其他人也是面面相觑,场面非常尴尬。而这个时候那个秃头的宾客拿起旁边的毛巾,轻轻擦拭自己的秃头,然后笑着说:"老弟,你这种治疗的方法有效吗?"

在这种尴尬的场面中,一句幽默的自嘲显得是那么重要。这位宾客用自己的机智和幽默化解了场面的尴尬,同时也赢得了全场的笑声,相信在之后人们会更加尊重他,因为他不仅是一个幽默的人,而且是一个非常大度的人,实在是让人敬佩。

面对尴尬的时候能够借助自嘲的方法摆脱困境,不仅可以找到给自己台阶来下,而且还能产生幽默效果,所以说自嘲是一种很高明的方法。

古时候有一个姓石的学士,有一次骑驴不小心摔了下来,旁边的人都为他的窘态而哈哈大笑起来,他则不慌不忙地站起来,然后说:"幸亏我是石学士,要是瓦的,那岂不是都摔碎了。"一句话让旁边的人笑得更欢了,但是这次很明显是对他机智的肯定的笑声。

由此可见,自嘲可以针对自己的缺点猛烈开火,这样就能够产生妙趣横生的效果,不过在自嘲的过程中一定要注意,千万不要成为一个哗众取宠的人。

很多位于高位者或者明星大腕,在和普通人打交道的时候会让别人感觉有架子,这可能就是因为他们自己过于紧张和感觉到有压力,他们尚还不懂得如何和普通人打交道,一般情况下,开开自己的玩笑,就可以缓解双方的压力,让对方感觉你有人情味,以后的交往自然就会舒坦很多。

这样的例子有很多,很多相声和小品演员、主持人等就是借助这个办法来取得观众的好评。

以前有一个很著名的电视节目主持人接受邀请参加一个晚会的演出。晚会进行过程中，他不小心在下台阶的时候摔了一跤，这种场面实在是让人尴尬，但是这位主持人很沉着地爬了起来，然后借助自己的幽默和超乎常人的口才，对台下的观众说："真是人有失足，马有失蹄呀。我刚才的狮子滚绣球节目滚得还不熟练吧?看来这次演出的台阶不是那么好下啊!但接下来的节目会很精彩的，不信，大家瞧他们。"

这位主持人这个即兴的报幕很成功，不仅让自己摆脱了当时的尴尬境地，同时还显示了非凡的口才，他的话刚一说完，观众中就爆发了热烈的掌声。

适当的自嘲可以取得不错的效果，但是自嘲也需要个性化，也需要形象化，这样的自嘲才会更加有趣。一个真正的智者可以借助自嘲的办法让人们随着他的笑声一起笑起来。

在我们的日常交谈中，如果对方有意或者无意冒犯了你，让你置身于尴尬之中，这个时候借助机会自嘲一下，其实是一个不错的选择。

20世纪50年代初，当时的美国总统杜鲁门会见了十分傲慢的麦克阿瑟将军。在他们会见间隙，麦克阿瑟将军拿出烟斗，然后装上烟丝，把烟斗放进嘴里，然后取出火柴，这个时候才停下来，对杜鲁门说："我要抽烟，你应该不会介意吧?"

很显然，在这种状况下，已经不是在征求杜鲁门的意见了，因为他此时已经做好了所有的抽烟准备，如果杜鲁门说介意，那就显得杜鲁门非常小气和霸道。麦克阿瑟将军这种缺乏礼貌的行为让杜鲁门有些难堪。杜鲁门看了一眼麦克阿瑟将军，然后说："抽吧，将军。要知道别人喷在我脸上的烟雾要比喷在任何一个美国人脸上的都要多。"

那些幽默的人一般都不会让别人为难，他们也不会想方设法和别人过不去，更不愿意招惹是非。遇到事情的时候他们总喜欢退避三舍，即便是受到了不公平的待遇，他们也会适当地忍受这种冤屈，绝对不会咬牙切齿，更不会愤愤不平而破口大骂。但是他们并不是生活中的窝囊废，他们懂得用宽容的方法做出回应，他们会带着嘲讽的口吻去说话，这样，其实他们是更高层级的胜利者。

作家杰斯塔尔是个很胖的人,但是他从来不因为自己肥胖而感到羞耻,他经常对朋友自嘲地说:"要知道我在公交车上非常受欢迎,因为每次我让出座位的时候,同时会有三个人以上受益。"

杰斯塔尔的这种轻松愉快的自嘲方法,是他一直保持自信心的原因。

美国文学家欧文在年轻的时候一直认为自己是一个很不错的猎手,他经常对朋友吹嘘自己的枪法。有一天他和几个朋友一起去打猎,朋友指着河里的一只野鸭让他开枪,欧文开了一枪,野鸭飞走了,他并没有打中鸭子,朋友对这个场面感觉很尴尬,但是他却毫不在意,他对朋友说:"真是奇怪,我还是第一次看到一只死了的野鸭子还能飞。"

欧文的这句巧妙的自嘲话,正好掩盖了自己开枪失误的尴尬,让自己摆脱了困境。

在社会交际中,自嘲是一种很不错的灵丹妙药,在其他招式不灵的时候,我们不妨可以拿自己开涮,因为这种做法不会让别人厌恶,相反还可以得到别人的掌声。

实用6 模糊应对的方法帮你摆脱尴尬

不同的场合碰到的问题是不相同的,对于自己认识不清楚的事情,如果能够用精确的语言来表达显然很难做到,这个时候模糊的应对方法就有了用武之地,模糊的应对方法可以让我们在进退两难的境地中游刃有余。

南齐时,有个著名书法家王僧虔,是晋代王羲之的四世族孙,他的行书楷书继承祖法,造诣颇深。

当时,南齐太祖萧道成也擅长书法,自认为自己是一个很了不起的书法家。

有一天南齐太祖萧道成要和王僧虔比书法,写完之后就问王僧虔说:"你自己说说,我是第一,还是你是第一?"

王僧虔不愿意贬低自己,又不愿意招惹这个蛮横的皇帝,于是他思考了一会之后说:"在大臣中,我的书法是第一;在皇帝中,您的书法是第一。"

南齐太祖萧道成听后哈哈大笑，自然此事就这样过去了。

面对皇帝的刁钻问题，王僧虔借助的就是模糊的应对方法，这样保全了自己性命的同时，也保全了自己的尊严。

模糊应对的能力很强，收缩性也很大，在舌战中是一种常用的方法，被广泛应用于外交谈判中。

模糊应对就是这样，它可以在面对刁难时从容应对，而且不让对方明白你的意图，就给人雾里看花的印象，同时由于模糊应对的可伸缩性，使得它可以规避一些没必要的麻烦。

著名的足球运动员迪戈·马拉多纳在世界杯上对阵英格兰的时候踢进了一个颇有争议的进球，当有记者问他那个球是用手打进的，还是用头打进的时候，迪戈·马拉多纳很机智地回答说："手球有一半是迪戈的，而头球也有一部分是马拉多纳的。"这个回答颇有趣味，如果他直接回答，那么会遭遇很多麻烦事情，索性用这种模糊的方法，反而避免了一些不必要的麻烦。

在生活中，如果有人问你问题，你一般都需要给对方做出回答。有时候如果面对的对对方刁钻的提问，那么，我们可以以反问的形式模仿对方的话语结构，提出一个几乎相同的问题，这样可以做到反守为攻。

据说，在中国古代的江南苏州有一个年轻漂亮的女孩，她的名字叫做巧姑，巧姑不仅长相漂亮，而且是个心灵手巧的女孩，皇帝听说有这样的奇女子之后，一时也想来见识一下巧姑的聪明，于是骑着马一个人来到了苏州。

皇帝来的时候，正好看到巧姑在自己家门口的地里插秧，于是就问她说："这位姑娘，我看你插秧很娴熟，那我想知道你一天能插秧几千几百几十下？"

只见巧姑很聪明的说："先生，你骑着马，那我想知道，你的马蹄每天能够落下几千几百几十下？"

皇帝听到对方的话后，感觉果然名不虚传，于是就准备下马，可他又却故意悬在空中，做出一副想下又不想下的样子，于是就问巧姑说："你猜我现在是在上马，还是在下马？"

只见巧姑也将一只脚踩在地里，反问道："你看我现在是想下田干活呢？还是准备收工回家？"

皇帝听到这些之后,已经感觉到了对方的聪明才智,暗暗佩服不已。

其实皇帝的每个问题都是一个非常难以回答的问题,如果要贸然回答,肯定会陷入皇帝设下的陷阱中,巧姑果然聪明,索性借助反问的方法,让皇帝也无从回答,自然就会在语言上占得上风。

实用7 巧妙的语言可以让你转危为安

语言的表达方式很多,不同的语气说出来的语言会有不同的效果;而同样的意思,用不同的表述,结果也将不一样。所以,我们在日常生活中,需要注意用巧妙的方式去面对一切问题,不管是让自己为难的时候、还是极其尴尬的场面都可以一一化解。

遭遇到尴尬可以用幽默来化解,通过自己的机智摆脱这种不利的局面。

有一次,一个司机和领导开车去一个比较远的城市,走了一段路之后,司机需要下车上厕所。当时是冬天,天气非常冷,领导看了看远处的厕所之后,就不想去厕所了,于是司机拔下车钥匙,然后自己去了。司机走后不久车的空调就关闭了,而司机的肚子正好坏了,在厕所里呆了很长时间,领导因为受了冷,所以很不开心。司机回来后,领导说:"你下车干嘛把钥匙拔下来?"原来车子有点问题,即便是司机不把钥匙拔掉,车子也会因为长时间没有发动而关掉空调。但是他并不想以此为借口,于是他说:"自从本·拉登袭击了美国之后,我干什么事情都会防着点儿。"领导坐在车里苦笑不已,显然他已经不生司机的气了。

如果这个司机当时把车子的毛病说出来,不但不会让领导消气,反而会让领导认为他是一个喜欢找借口的人,他的做法则会让领导对他有个不错的认识。

我们再来看一个古代的笑话。

很久以前,有一个国王突发奇想,想考验一下他的大臣们是不是真的很有才学,于是他就问他们:"有谁能知道,皇宫前面的水池里总共有几杯水?"

很多大臣都被这个问题难住了,只有一个大臣思考了很久之后,说:"如

186

果杯子和水池一样大的话，那么就只有一杯水；如果杯子只有水池的一半的话，那么就有两杯水，以此类推。"

这位国王听了这位大臣的回答之后很满意，就奖赏了这位大臣。

这位国王的这个问题很刁钻，当然也是一个无法回答的问题，这个大臣就换了一个角度思考这个问题，他没有局限于数量上，而是在杯子的大小上做了文章，自然就容易回答很多了。

其实，在我们的日常生活中遭遇的这种不利场合，同样可以利用幽默的方式来化解，这样做我们就可以把握局势，化解当前的危机。

美国有一家很大的百货商店，在自己家的门口立了一个牌子，上面写着："无货不备。如有缺货，愿罚 10 万。"

有一个意大利很想得到这 10 万美元，于是他来到这家百货商店，然后开口就问："请问潜水艇在几楼？"经理把他领到了 16 楼，居然真的有一艘潜水艇，接下来这个意大利人说："我还想看看宇宙飞船。"经理又把他带到了 26 楼，果然也有一艘宇宙飞船。这个意大利人转变思维说："我想看看肚脐眼长在脚下面的人。"

意大利人认为这样就可以难住经理了，谁知道经理不动声色地叫来一个服务员，说："给这个先生做一个倒立看看。"

经理显然已经明白这个意大利人在无理取闹，于是他也灵机一动，用自己的幽默制服了对方的行为。

在一些场合中，其实能够用到幽默的方法可以缓解对方的敌对情绪，让双方在忍俊不禁中化解矛盾。

古时候，有一个姓张的个子很小的进士，在回家的途中遇到了强盗，他的随身东西都被抢了，但是强盗还是准备杀掉他，等到强盗刚要动手砍头的时候，他说："人们都叫我张矮子，你现在要是再砍一刀的话，那我岂不是更矮了。"

强盗被他的话逗乐了，于是也没有杀死他。

面对强盗的屠刀，张进士没有任何的慌张，而是借助自己的幽默保全了自己的性命，也化解了强盗的仇恨心理。

实用8　幽默的方式可以回敬对方的无理取闹

幽默的口才可以轻松面对任何的环境。我们在日常交往中,必然会碰到别人的恶意攻击,这会让两人的关系变得微妙,此时如果能够用到幽默的方法来处理这种窘境,就会收到意想不到的效果。

前苏联诗人马雅可夫斯基做过很多次的演讲,他的幽默往往能够让台下的听众笑得合不拢嘴,有一次,有个高个子挤到台前,大声喊着:"您讲的笑话很好,可是我却听不懂。"

"您该不会是长颈鹿吧。"马雅可夫斯基说:"只有长颈鹿的反应力才能这么慢。"

瘦高个子显然有些不开心,他说:"我应该提醒你,伟大和愚蠢可只有一步之遥。"

马雅可夫斯基一边用手指指着自己和那个人,一边说:"你说的没错,伟大和愚蠢只有一步之遥。"

瘦高个继续说:"你的诗歌不足以感染人,它不能让人燃烧。"

"我的诗歌不是开水,也不是鼠疫,当然做不到你说的那些。"马雅可夫斯基继续说。

"您自己说过:'把沾满尘土的传统和习性从自己身上洗掉。'您每天都需要洗脸,那么说明您也是肮脏的。"瘦高个子继续挖苦道。

"那么,您每天都不洗脸,是不是认为自己很干净呢?"马雅可夫斯基说。

显然瘦高个子的攻击不能激怒马雅可夫斯基,于是他气急败坏地说:"您写的这些诗歌都是短命的,明天也许就会完蛋。"

马雅可夫斯基则说:"那好,请您过一千年再来体味我的不朽吧。"

马雅可夫斯基面对这个恶意挑衅者,依然能够保持镇定自若的反应,而且他的语言充满幽默,锋芒也掩盖得恰到好处,充分体现了他的幽默和机智。

莎士比亚曾经说过:"幽默和风趣是智慧的闪光。"

幽默是人类智慧的结晶,这汇总巧妙的语言应用可以为我们的生活增添不少色彩。

观摩篇

想要做成一件事情一定不能着急，更不能盲目地去决定。先要查清事情的真相，然后才能够稳操胜券，但是这个道理并不是所有人都明白，他们一遇到事情就恨不得立马弄个水落石出，但他们这种着急的心态只能是让事情变得更加糟糕。

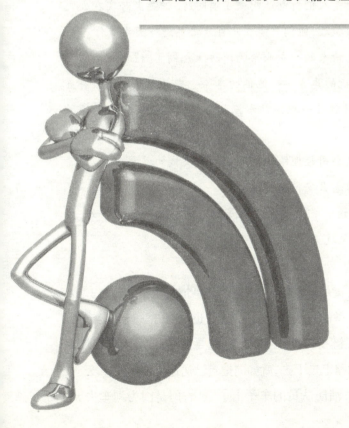

第十六章
看别人的笑话，让自己不被人笑

笑话都是来源于生活的，很多笑话中的笑点其实就是主人公的糗事，这些笑话在读后都可以再次品味，如果在我们的生活中能够遇到类似的问题，我们就可以避免自己闹出这样的笑话了。

 示例 1　老迈的消防车

有一个油井失火了，于是人们打电话叫来了消防队，但是火势实在太大了，就连消防员也没有办法接近，他们只能在几百米之外进行灭火工作。

这个时候，公司管理员请来的一支业余的消防队也到了，他们破旧的消防车发出了突突突突的老迈的声音……他们的车子一直开到离火源只有五十米的地方才停下来，消防队员一把抓住水枪，然后开始救火，他们迅速的动作灭掉了大火。

为了表彰他们的行为，公司经理给他们发了两千块钱的奖金。

有人问队长，这些钱该怎么安排花掉。

队长考虑都不考虑地说："首先要做的就是把这消防车的刹车修好，要不然下次还会把我们带到火坑里。"

笑过之后思索多

人的一生看着很长，其实是很短暂的，而世间的事情复杂多变，有些是人无法掌握的。一个再谨小慎微的人或许也会犯错误，也没有办法避免走错路，这些都是可以理解的，但关键是，一旦走错了路，就要懂得悬崖勒马，要懂得即时改正，要不然在错误的路上走下去，就如同把自己送进火坑里一样。

上面的故事非常好玩，消防队员的车子出了毛病，但是因为刹车失灵，以至于他们更加接近火源,但好在是他们的车子终于是停住了,但是面前的火势给他们带来了很大的压力和挑战,他们必须拼命救火才能够保障自身的生命,这种教训是深刻的,所以他们事后立马决定弥补。

示例2　附近有鳄鱼的警示牌

以前有一个眼睛近视的旅客在河边漫游,他看见河中竖着一块牌子,但是他看不清上面写的字,他感觉到很好奇。

于是,他脱下鞋子和衣服,游到河中央想要看个究竟,等他到牌子跟前,才发现上面写着:"此处有鳄鱼,请不要接近。"

笑过之后思索多

好奇心应该有,但不应该太强,要不然会造成超出自己想象的后果,它甚至可以将你引入一个十分危险的境地,等到你明白过来了,一切的一切都已经来不及了。

所以,当我们在走自己的路的时候,最好不要试探性地去找那些和自己没有关系的事情的原因,探险并非那么好玩。人一生的精力有限,能做好自己的事情已经实属不易了,那么其他的事情,就最好不要去干涉。

"事不关己,高高挂起",这包含着一定的道理,只要正面的利用这个道理,可以为我们省下不少的体力和精力,将那些干扰自己计划的事情,将那些过分的好奇心全部都"高高挂起",这样可以很好地避免不必要的麻烦,可以免除我们陷入困境。

上面故事中的那位近视眼游客就是因为自己的好奇心太重,导致自己陷入了鳄鱼潭的倒霉境地,不过他可没有办法抱怨别人了,因为这些都是他猎奇的后果,他是自投罗网。

其实,探险猎奇是一种在闲暇的时候做的消遣活动,另外,即便是做,那也应该对对方摸查清楚,做好十足的准备,而不是盲目地去做,如果自己没有任何的把握,没有任何的计划和了解,这种做法就实在是不明智的,它会将我们送入险境之中。

示例3　连锁反应

一个男子半夜了给医生打电话说:"大夫,快救救我的儿子,他得了猩红热。"

"我知道这个情况,昨天我就看过他了,你当时不在家,把他隔离,不要让他和家里其他人接触。"

"这个,他已经不小心吻了女仆了。"

"这个的确有点糟糕,那你把她也隔离吧。"

"但是我也不小心吻了女仆,大夫。"

"那就不好办了,先生,你也需要隔离了。"

"现在最糟糕的是,我已经吻过我的老婆了。"

"什么?"大夫在电话的那头大叫了起来:"那看起来我也被感染了。"

笑过之后思索多

一个人在日常生活中,不管做的是大事情还是小事情,其实都不是孤立存在的,这和其他事情都有一定的联系,也很可能为之后的生活埋下伏笔,因此做事之前,尤其是做一些出格的事情之前,一定要考虑清楚后果,如果没有很大的必要,就不要图一时的爽快,而为自己的以后生活埋下祸根。

在我们的现实生活中,总是有一些骄傲的人对此抱无所谓的态度,毫无顾忌,他们认为自己不会做错事情,他们是百毒不侵的,他们在做事情之前甚至都不考虑一下,等到报应来临的时候,那就只能接受糟糕的事实了。

示例4　在衣服里边的小张

有一天,小张正准备出门,这个时候邻居问他说:"哎呀,小张,昨天晚上你们家在干什么啊?我听到一个很重的声音从楼梯上滚下去了,声音实在是很大啊。"

小张说:"昨天晚上和我老婆吵架,我就狠狠教训了她,她就有点怕了,拿我的衣服出气,衣服估计从楼梯上往下滚的时候发出了声音打扰了你们,真是不好意思。"

邻居对此很惊讶："衣服掉下楼梯，怎么可能发出那么大的声音？"

小张有点不耐烦了，他说："能不能别问了，衣服往下滚的时候我正好在那件衣服里边。"

笑过之后思索多

在很多场合下，我们为了自己的面子，会尽力掩饰自己的糗事，但是因为各种原因，掩饰变得徒劳，如果被别人发现了他的掩饰，这就会成为人们之后的笑柄，最后不爽的还是自己。

其实，这种做法真的是得不偿失，他们自欺欺人的做法，最终受害的还是自己，他们遮遮掩掩的做法，除了让别人看着疑虑之外，就没有其他用处，他们丝毫不能掩盖自己的糗事。

示例5 倒霉的男子

有一个男人的母亲和他的老婆又吵架了，这个男子有点胆小，他既不敢惹怒母亲，又不敢招惹妻子，于是一个人躲在院子里不说话。

但是对于屋子里正在发生的战争，他也很担心，他特别想去打听，于是就让儿子给他打探，然后再向他汇报。

一会儿，儿子跑来说："现在是妈妈占有优势。"

这个男子心里想："哎呀，完了，过一会儿又要挨骂了。"

过了一会，儿子又来汇报说："现在是奶奶占有优势。"

这个男子更懊恼了，心里想："晚上肯定要挨老婆的打了。"

笑过之后思索多

我们生活中有很多人，他们总是受到周边的环境或者别人的影响，他们没有办法抵抗，甚至他们也不想反抗，他们只是被动的接受，接受这种打击。

上面故事中所讲的就是一个由自己的母亲和妻子所控制的男子，不管是她们两人谁占了上风，他总是要受到另一方的打骂，他处在夹缝中。

做人一定要最基本的尊严，尤其是男人。如果在家中没有任何的地位，那么又有什么尊严可言呢,在外边就可想而知了。我们所生活的客观条件制约着我们,我们不得不服从一些既定的规矩,但是这种规矩是有一定的限制的,如果完全被动,甚至连起码的尊严都没有,这就有点说不过去了。

很多人都在感叹,他们认为不是为了自己在活,但是最终受累的还是自己,既然这样,就可以下定决心来改变了,给限制自己的人或者事物敲响一记警钟,真正地做回自己。争取一些主动,为自己考虑一下,为自己打算一下,这样事情就会得到很大的改观。

示例 6 不同的来电提示铃声

老赵虽然已经四十多岁了,但是却还有着一颗童心,他刚刚买了一部新手机,而且将储存的所有电话都设置了不同的来电铃声,这样别人打来电话,老赵不用看,就已经猜到是谁了。

周末的时候,老赵和几个同事一起去公司附近的一家酒店聚餐,菜还没有上来的时候,老赵的手机就发出了一阵欢快的小夜曲,老赵赶紧给大家道歉说:"是朋友打来的。"于是他接了电话。

等到菜都上齐了,几个人有说有笑的开始吃起来,此时老赵的手机响起了节奏紧张进行曲,歌声回想在包间里,有个朋友的悟性很高,于是笑着说:"老赵啊,嫂子给你打来电话了,快点接吧,要不然真的就要到最危险的时刻了。"老赵不好意思地笑了笑,默认了同事的观点。

他们继续边吃边聊,慢慢就谈到了公司的事情上来了,大家都对公司人事部的胡主任有点不满,尤其是老赵,话题刚扯到胡主任上,老赵就开始大骂特骂,恨不得将胡主任大卸八块,就在大家聊在兴头上的时候,老赵的电话又响了起来,这才是一个脆生生的儿童的声音:"爸爸,接电话。爸爸,快接我的电话!"大家都被这特殊的铃声逗笑了,大家都知道,这回肯定是老赵的儿子打来的电话,谁知道老赵干咳了一声,然后接了电话:"喂,胡主任,你好……"

笑过之后思索多

人们对于自己无法做到的事情,不管是处于心理还是面子上的缘故,通常都会借助其他的方式来满足。

只不过限于各种条件,很多时候,能让自己得到很大的快感,而让对方难受的机会并不是很多,那么怎么办呢?很多人在不得已的时候,就会选择可笑的方式让自己得到一定的心理安慰,但是因为这些都是虚弱的反抗,只不过体现出了自己虚弱无力的本质,甚至会让别人认为是卑鄙。

示例7 广告的力量改变天堂和地狱

某著名的传媒大亨离开了人世,他来到了天堂的门口,圣彼得出来迎接他。

"先生,鉴于您在世界范围内所作出的贡献,我们给您选择天堂或者地狱的权利。"紧接着,圣彼得大手一挥,在大亨的面前出现了两个画面,这是一个很大的空间,任何事物都是没有生命的白色,不管是老人还是年轻人都死气沉沉的,没有一点活力,整个场面一片萧条;另一边则是斑斓的色彩,每个人的脸上都洋溢着满足的笑容,整个场面也是显得非常繁华。

圣彼得很淡定地说:"白色的是天堂,而后面那个色彩斑斓的是地狱,你自己选择吧。"

大亨对比了一下两幅画面,然后说:"我要去地狱,我就选地狱了。"

"您肯定吗?"

"当然,非常肯定。"

"既然您这样决定,那就这样吧。"说完,圣彼得大手又一挥离开了大亨,然后出来了六个小鬼,他们抬起大亨朝着一口滚烫的油锅跑去。

大亨看到这一幕大叫了起来:"怎么和我刚才选择的不一样,你们这些骗子!!!"

"不好意思,先生,你刚才看到的是广告。"圣彼得的声音回响在空中。

笑过之后思索多

生活充满着变幻莫测的效果,经常会在我们的面前展现出它的迷人和绚丽多彩来,它在我们的面前闪闪烁烁,让我们心痒、手痒,总是想要伸手去触碰,或者干脆将其占为自己所有。

然而,这些看上去精彩的东西,到底是我们梦想中的宝贝,还是虚假的东西,还是伪装起来的陷阱?这些可能性都是可能有的,我们需要在行动之前进行了解,了解清楚了,做法就不会错。要不然,在不明不白中贸然前去,或许自己就会遭受到嘲弄。

上面故事中的广告大亨就吃了这样的亏,他搞了一辈子的广告,到头来却栽倒了广告上。他看见的那种色彩斑斓的地方,其实是被制造出来的假象,而他没有做任何的调查就按照自己的精明做出了选择,结果是上当了,而且后果很惨。

但是通过这个故事我们可以得到一些启发,在现实生活中看到的非常漂亮的景象,或许就是虚假的。对于自己的美妙梦想,我们又具体了解多少呢?如果我们处于一种被欺骗中,又该借助怎样的办法让那些虚假的东西现出原形呢?

生活往往只给我们疑问,而很少给我们答案,而自己求解的过程,就是生活中的一部分,我们需要在这个过程中学会生活的技巧和生存的本领,我们只有努力做到这一点,我们才不会被那些所谓的"精明"所欺骗。

示例8 没有扣扣子的上校

有一位上校对于他手下的士兵的仪容看得很重要。

有一天,这位上校看到一个士兵的着装非常不规范,于是对他吼道:"过来,告诉我,你的上衣口袋的扣子为什么没有扣?"

这位士兵有点被吓傻了,他说:"长官,纽扣的确应该扣好。"

上校说:"很好,那你还不动手。"

"好的,长官。"士兵手颤颤抖抖地伸出手将上校上衣口袋上的纽扣扣上了。

笑过之后思索多

在某些场合下,人的身份和地位有着一定的区别。但这并不代表他们可以因为他们的这些优越条件而表现得比别人更强,自然也更不意味着他们可以借助这些优势对别人指手画脚,更不能做别人的一面镜子,照出对方的

196

缺点,然后让自己得意。

事实上,那些拥有这种不正常的心理状态的人,他们所谓的优越条件,不仅不能使人显得优秀,相反会给自己的眼睛和大脑蒙上一层布帐,以至于能够想象到别人的缺点,但是永远看不到自己的缺点,总是认为自己是完美的。但实际上,任何的事情如果处于一种放任自流的状态,都会逐渐开始出现衰败迹象,一个人如果不做出自查、自修的行为,那么他的毛病就会愈加显露,做任何事情之前的确应该先审视自己,因为自己可能做的远不如别人。

就像上面故事中的上校,以为自己是上级,就能将事情做得无可挑剔了,整天只知道挑下级的毛病,然后他作为一面镜子,并不是很干净,而是需要别人来擦干净。

唐朝的时候,有一位著名的谏臣叫魏征,他去世的时候,唐太宗李世民大哭起来,声称自己失去了一面很好的"镜子",作为一代明君能够将大臣作为自己的镜子,实在是很难得的一件事情,这也为后人做了榜样,值得后人学习。做任何事情之前先考虑一下自己做得好吗?然后再去找出别人的毛病。

示例9 请道士超度的故事

赵二的父亲刚刚离开人世,他想找一个道士给亡父超度一下,可是道士一来就索价一千元,赵二杀价到七百,道士同意了。

于是道士暗诵道:"请魂上东天啊,上东天!"

赵二对此很惊奇,于是问道:"为什么不是西天呢?"

道士说:"七百元只能到东天了,一千元才能够到西天。"

赵二没有办法,只好补了三百块钱,道士就改口道:"请魂上西天啊,上西天!"

这个时候,听到棺材里赵二的父亲大声叫道:"你这个不孝的儿子,为了区区三百块钱,让我跑来跑去的。"

笑过之后思索多

现实生活中,有些人在该大方的地方还小气得要命,结果让自己没有省下钱,反而招惹了别人不高兴,最后事情也办得一塌糊涂。

虽然人的自私本性决定人做事情不可能随便大方,但是在某些比较关键的时刻一定不能小气,因为小气很容易耽误了事情。而且这种做法可能会让原本皆大欢喜的事情最后不欢而散。该大方的地方一定不要小气,当然应该节省的地方,还是不要浪费最好。

示例 10　扣掉了绳子的钱

有一个来自于加利福尼亚的财主对生活产生了厌倦之情,他决定上吊自杀,来结束这一切。

正当他双脚悬空吊在空中,眼看着就要死的时候,他的仆人突然从外边进来,然后剪断了绳子,救了他一命。

到了月底结工钱的时候,救了财主命的这位仆人接过自己的工资之后数了数,却发现少了五美分,他就问老板这到底是怎么回事。

老板说:"我扣了你一根绳子的钱,我上吊用的绳子本来是好好的,现在被你剪断了,之后也没有办法用了,所以只能从你的工资里面扣除了。"

笑过之后思索多

现实生活中,一些人的思路无法按照正常人的思维方式去思考,他们的做事规律总是让人摸不着头脑,他们往往可以将别人都不在意的细节问题看得很重,甚至于此大做文章,他们会将所有的事情放在这个细节上进行核算,当然,核算的最终结果是将好处全部归给自己,他们也不在乎这样做是不是对别人公平。

就像上面故事中的这位加利福尼亚的财主,他在算账的时候只记得仆人剪断了一根绳子,却全然忘记了仆人救自己的事实,他的这种算账做法实在是让人啼笑皆非。

我们再来看一个和这个财主有一拼的人。

曾经有一个身患绝症的加拿大人,他按照医生的吩咐,乘车赶回自己的老家。

火车每到一站的时候,他都会下去买票,尽管他连站立都很困难了。

"您为什么不直接买回家的车票呢?"很多人不解的问他。

"倘若我死在半路的话,还没有坐的车钱岂不就白花了。"他对那些人说。

是的,如果他还没有到家乡就死亡了,那么他预付的车票钱的确是白白浪费了,他们思考问题的方式就是这样,别人拿他们也没有办法。

示例 11　帽子没有找回来

有一个小男孩和他年迈的外祖母走在大海边上。

突然的一个巨浪打来,这个小男孩被卷进了海中,老太太没了主意,于是跪地祈祷,乞求上帝能够带回他的外孙。

不到一会儿,又一个大浪打来,小男孩被冲到了岸上,落在了老太太的面前。

这位外祖母仔细检查了一遍外孙,发现他丝毫无损,不过,她还是很生气地朝老天瞪了一眼说:"我外孙的帽子呢?"

笑过之后思索多

我们每个人小时候几乎都听过《渔夫和金鱼》的故事,这个由伟大诗人普希金加工的故事,显然已经跳出渔夫和金鱼的恩怨关系,更蕴含了一定的人生道理,其中很重要的一条就是对贪婪和无法满足的欲望的批判。最后,金鱼实在忍不住给了那个不知道感恩而又贪得无厌的老太婆一个惩罚:让她失去所有她已经得到东西,让她继续过穷光蛋的生活,相信这是对贪婪的人最严厉的惩罚了。

自私和贪婪是人的天性,每个人身上或多或少都会有一些,至于多少就要区别于这个人的心态了。有的人常怀敬畏之心,对一切的恩赐都会感激,都会心存善念,他们有需求,但是他们并不贪婪,自然也不会无所顾忌地索取;还有一种人则不同,他们对任何事情没有敬畏心,甚至没有廉耻心,他们会无情地攫取一切能够占有的东西,就算是对自己没有得到东西也会耿耿于怀,心中总是存有恶念。

后者可能在短期内能够得到现实的好处,但是从长远来看,这种人的贪婪是一种致命的毒药,这种贪婪之心不仅能够引起他因一时无法得到而引起的痛苦,还会为他之后的生活带来更大的阴影。

在前面讲过的那个故事中,看起来是一个童话故事,但其实也说明了这个道理,从老太婆愤怒的索要失去的帽子的行为来看,这个贪婪的老太太在生活中肯定也是一个贪婪的人,她在生活中有着不太好的心态和人缘。

示例 12 精明的古董商和农民

有一个古董商到外地去旅行,希望自己有些好运气,可以带来一些稀有的东西。

有一天,这个古董商在一个农民家吃饭的时候发现了一个稀世珍宝,那是一个中世纪的小碗,但是这只碗却被主人用来给猫盛牛奶。

古董商很兴奋,认为自己的好运气到了,于是他装成不在意的样子对农民说:"我特别喜欢猫,能把这只猫卖给我吗?"

"一点儿问题都没有。"农民爽快的答应了他的条件,而且要了一个比较离谱的价格,古董商答应了,并付了钱。

接着古董商继续装做不在意的样子说:"我想把这只碗也带走,因为小猫应该已经习惯了在这个碗里边吃东西。"

"哦,那可不行。"农民说:"从前年开始,我就靠这个碗卖掉了一百多只猫了。"

笑过之后思索多

一些行业中的老手总是喜欢把外行人当做傻瓜,他们认为这些门外汉是非常好糊弄的,于是他们利用别人的不懂来攫取利益。

然而,并不是只有内行懂得这一行业的秘密和门路,内行们可能了解了某个行业的窍门和秘密,但是别人未必就是笨蛋。如果这些内行们不惜以自己的"专业知识"来打别人的歪主意,那么他们必定会遭受到惩罚。

就像上面故事中的古董商,他们认为这些外地的农民什么都不懂,随便使用一些小计策就可以轻松搞定,但是他的行为早已是被对方洞穿,真正吃亏的反而是那些内行人物了。

在这个世界上,大家的智商都差不多,没有谁比谁傻的,如果总是想用自己的小聪明占别人的便宜,到头来吃亏的终归是自己。

示例 13   真的被吐了一口

有一个吝啬鬼到酒吧里去,要了一杯啤酒。

喝到一半的时候,他突然想上厕所,但是他又担心他走后,有人偷喝他的啤酒,于是他就向服务生借来了纸和笔,在纸上写道:我在杯子里吐了一口痰。

写完之后,他就放心地去厕所了。

上完厕所回来之后,他看到自己的酒还在,就很开心,但是他却发现纸条上多了一行字:"我也在里边吐了一口。"

笑过之后思索多

生活中总是会出现白忙活一场的情况,这种情况到头来还是让人很不爽快,而且有些事情是之前在自己的头脑中设计好、规划好的,但是最终的结果却和自己的想法完全不同,显然这是令人头疼和伤心的,那么,这些都是什么原因造成的呢?

其实通过客观的角度来推断,主要的原因还是出在自己的身上。很多时候我们都认为自己很聪明,总是用自己的小聪明去戏弄对方,在这种心态下的小聪明自然不能奏效,而且显得很愚蠢。他们最终也会遭到惩罚。

就像上面故事中那个吝啬鬼,虽然他的这种做法有点多虑,但是明显带着个人主观色彩,他认为别人都和他一样喜欢占别人小便宜,没有想到他的小聪明最终让自己自食其果。

示例 14　比丘吉尔重要的小费

有一天,英国前首相丘吉尔要去下议院演讲,路上他叫来了出租车,于是他对司机说:"我大概一个钟头就出来,你最好能够在这里等一下我。"

"实在抱歉,先生。"司机回答说:"我马上要回家了,丘吉尔的演讲马上要开始了。"

丘吉尔听了对方的话后很开心,于是他重重赏了对方一笔小费。

没有想到,那个司机说:"我还是在这里等您吧,管他什么丘吉尔。"

笑过之后思索多

任何人都喜欢听别人夸奖他,尤其是当面夸赞他的时候,他们更会飘飘欲仙,他们甚至会得意忘形。

可是,对方说出的话有时候并不是发自内心的,自然得意的人也应该小心了,或许我们没有我们想象的那么重要。

要永远记住,在你最得意的时候,也就是你最傻的时候,是你丧失理智的时候,而在这个时候,别人的一句真话,就会像一盆冷水一样浇醒你。

就像上面的故事,丘吉尔听到别人要赶去听自己的演讲,非常开心,但是在小费的面前,对方却放弃了他的演讲。

示例 15　酒醉如何回家

赵胖和老张领到了工资之后准备去喝酒。

赵胖在走之前有些担心,他说:"我的妻子很厉害,我要是喝醉了,估计就进不去门了。"

老张给他出了个主意,他说:"我一般喝醉了,就将衣服脱光,然后再按门铃,当妻子一开门,我就把衣服全部都扔进去,她不忍心我一丝不挂,于是就让我进去了。"

赵胖准备按老张的计策去做。

第二天上班的时候,老张问:"昨天晚上你的妻子是怎么对你的?"

"不要再提了,我和你一样,走到门口脱了衣服,然后我将衣服扔进去……这个时候听到一个声音说:'请留意,现在要关门。下一站人民广场站。'"

笑过之后思索多

醉汉没有对具体情况调查好,就着急着做出了行动,结果是闹出了一个大笑话,在我们的生活中,同样会有很多这样的问题。

想要做成一件事情一定不能着急,更不能盲目地去决定。先要查清事情的真相,然后才能够稳操胜券,但是这个道理并不是所有人都明白,他们一遇到事情就恨不得立马弄个水落石出,但他们这种着急的心态只能是让事情变得更加糟糕。

示例 16　找不到回家路的人

有一个丈夫对妻子的猫实在受不了了,于是终于瞅准机会然后把猫丢进了树林里,但是等他回家的时候,却发现猫已经在家了,而且还做出很安逸的表情。

丈夫当时气坏了,于是把猫再次装进麻袋准备扔出去。他绕了很多路,然后在离家大约十几公里的地方,打开麻袋把猫放了,然后就自己回家了。

过了大概有一个小时之后,他给妻子打电话:"猫现在回来了吗?"

"大概十分钟前就回来了,怎么了,亲爱的?"

"你让这个畜生接电话,让它告诉我该怎么回家,我迷路了。"

笑过之后思索多

很多人认为自己无法融入这个社会中,这一点其实并不是因为自己太笨了,也不是因为自己适应能力不够,而是因为太过于聪明了。他们经常会因为一点小事然后大张旗鼓地自作聪明,结果将自己置入了一个迷宫之中,他们是有本事进去,而没有本事出来的那种人。

上面那个故事中的丈夫就犯了着这样的错误,他试图通过复杂的路径让猫迷路,但没有想到的是反而自己找不到回家的路了,在整个故事中,问题就出在这里,他太过于低估了猫的适应能力和分辨能力,而对自己的聪明程度过于高估了。

示例 17　喇叭和枪支搭配着卖

美国是个对枪支不严加管理的国家,曾经有一个卖枪的人,因为小镇的治安太好,而开始兼卖喇叭。

有一天,有一个人来买了一个喇叭,结果第二天就来了三个人来买枪;后来他又卖出了一个喇叭,结果那天的第二天又来了买枪的人,在好奇心的驱使下他,他向买枪的人打听原因。

客人说:"我要杀了那个吹喇叭的,晚上能吵死人。"

笑过之后思索多

做了自己认为爽的事情,结果影响到了别人,而激起了对方的愤怒之情,这其实也是对自己不好。世界上的任何人都不是独立存在的,做的事情自然会影响到别人,所以任何时候都要小心行事,不要一不留神就成了别人报复的目标。

就像上面故事中买喇叭的人,他们无所顾忌地在晚上吹喇叭,竟然惹得别人准备买枪干掉他,故事看起来有些夸张,但是却包含着一定的道理,警示意义是不能忽视的。

示例 18　被推下去的勇敢者

美国的得克萨斯州有一个富翁,他在自己的家中挖了一个大池子,然后在里面养了很多凶猛的水蛇和鳄鱼之类的动物。有一次,这个富翁在家中举办聚会,他把客人领到水池旁,对众人说:"如果谁能够从水池的一边游到另一边,我就会给他三个优厚的奖励任他挑选,第一,一百万美元;第二,一万亩的土地;第三,将我的女儿嫁给他。"

富翁的话还没有说完,就有人扑通跳了下去,几乎是用世界上最快的速度游了过去。

富翁看到这一幕,也在感慨世界上有这样勇敢的人,于是富翁决定兑现自己的诺言。

富翁问道:"你是要一百万美金吗?"勇敢者摇了摇头。

"那你是要一万亩土地了。"谁知道那个勇敢者也是摇了摇头。

"哦,看起来你是喜欢我女儿,要娶我的女儿了?"勇敢者还是摇了摇头,富翁有点生气了,他说:"这三个你都不要,那你到底要什么?"

这个勇敢者说:"我只想知道是哪个混蛋把我推下去的。"

笑过之后思索多

人们的积极性能够被别人所调动起来,这取决于利益的诱惑力够不够,就像马克思曾经说过的,当利益的回报率达到一定程度时,就会有人不惜铤而走险。

就像上面的故事,在利益的诱惑下,能够激发出一个人的无限潜能,但是只要是这些利益很有可能吞噬自己的生命的时候,他们还是会断然喊停,会被自己的理智所制止,就像上面故事中的勇敢者,他之所以跳入水池并不是因为受到了金钱、土地和美女的诱惑,而是因为不小心被人推下去的,所以他上岸之后的第一件事情就是要找到那个推他的人,其他的就已经顾不上了。

示例 19 老妈传授的绝招

赵大明新婚燕尔,有一天晚上,老婆正在厨房里给他们准备着晚餐,赵大明非常体贴老婆,就想着帮助老婆做一些家务活,于是就对老婆说:"亲爱的,你休息一会儿吧,我帮你做。"

老婆看了一眼赵大明,于是说:"看你笨手笨脚的样子,你就做点简单的吧,帮我把洋葱的皮剥掉。"赵大明认为这个很简单,谁知道还没有到一半,就被呛得鼻涕、泪水全流了出来。这个时候他才知道任何简单的事情都不是那么简单,他又不好意思向老婆请教,于是就给自己的老妈打电话。

老妈说："这很容易嘛,你在水中剥不就得了。"于是赵大明按照老妈的办法果然顺利完成了老婆交给的任务,于是非常开心。

然后他又偷着给老妈打了一个电话,他说："您的方法的确是很不错,只不过是人有点累,要时不时出来换气。"

笑过之后思索多

在我们的生活中,没有人是万事通,他都有专属于自己的一块领地,自然也就有自己不知道的地方,因此,我们要想把事情办好,就需要向别人请教。

但是在请教的过程中,由于自己对这一些问题太过于陌生,或者对方对此太过于熟悉,未必能够完全领会对方的意思,这个时候就需要我们更加虚心地继续请教,以求让事情得到一个圆满的解答,如果是因为面子原因或者其他的原因没有懂而硬说自己懂了,那么结果肯定会让自己大吃苦头的,就像上面故事中那个剥洋葱的赵大明一样,竟然将自己整个泡进水中,实在是让人哭笑不得。

上面故事的错误毕竟只是生活的一个小插曲,但是如果在大事上也这样处理,那么就会给自己造成大祸。

示例 20　大学生的挤牛奶方法

有一个大学生在暑假的时候到叔叔家的农场里打工。有一天,叔叔让他去挤牛奶,并且交给了他一个板凳,问他会不会挤牛奶。

大学生很自信,他说："我可是大学生啊,我什么不会?"

过了不知道多长时间了,他终于回来了。

叔叔很诧异地说："怎么需要这么长时间。"

大学生出了一身臭汗,他回答说："挤牛奶倒是很容易,关键是让奶牛坐在凳子上实在是一件麻烦的事情。"

笑过之后思索多

生活中总有一些人,认为自己很能干,他们也自恃高明,即便是对于他们一窍不通的事情,他们也不愿意向别人请教,而是按照自己的一套做事方法去处理。

显然，按照他们的方法去做事，原本很简单的事情就会变得复杂而麻烦，其中的原因并不是因为他们太笨了，而主要是因为他们的大脑实在是太聪明了，以至于将所有的事情都复杂化了。

就像上面故事中的大学生一样，竟然可笑地想让奶牛坐在凳子上，叔叔给他的凳子实际上是让他坐的，而他却当成了挤牛奶的工具，结果大家都能猜到，肯定会让叔叔笑死了。

其实，生活是很简单的，用最简答的方法就可以处理好，有些人之所以让自己那么累，就是因为他们把原本简单的事处理得非常复杂，是他们的脑子太过于复杂了。

示例 21　准备退休的老工人

有一个年纪很大了的建筑工人正准备退休，他对自己的老板说，他要离开这个工作单位了，想要回家和自己的家人享受天伦之乐了。

但是，他的老板舍不得让这么好的工人走，于是就对他说，能不能帮助他再建最后一个房子，老工人答应了他的要求，但是大家都知道他的心已经不在工作上了，干得活儿自然也是很粗糙。

房子建好了之后，老板就将大门的钥匙给了他，然后说："这个就是你的房子，"他说，"这个是我送给你的礼物。"老工人很震惊，也很羞愧。

笑过之后思索多

现在的社会中有些不正之风，只要是别人的事情就会马马虎虎，不认真，但如果是自己的事情，就会做的很认真。

因为很多人都认为，别人的事情能说得过去就可以了，没有必要那么费劲，况且即便是耗时耗力的去做了，也未必能够得到相应的回报，有点吃亏的感觉了，所以他们就会很不认真，草草交差了事。

但有时候事情并不会像自己想的那样发展下去。就像上面故事中的那个老建筑工人，他认认真真、负负责责的干了一辈子，到最后却没有认真，也犯了耍小聪明的毛病,没有想到自己造的最后一个房子是给自己的,这件事情肯定会让他后悔很久。

示例 22　自愿上钩的"鱼"

有一天,有人看见一个人拿着一面镜子站在水中,于是他就问道:"请问,你站在水中在干什么?"

"我是在钓鱼啊。"

"好特殊的方法啊。"

"是的,这是我最新发明的钓鱼的方法。"

"你能够把这种方法的诀窍告诉我吗?"

"可以,但是你要支付二百块钱。"

那个人有着很强的好奇心,于是答应了对方。

"是这样的,"钓鱼人开始解释说,"你用镜子对着水面,看到鱼儿游过来的时候,就用镜子的反光对着他,这样它就被吓昏了,就可以把它捞起来了。"

那个人非常生气,说:"简直是胡说八道,你这样总共钓了几条鱼了?"

"算上你的话,已经是第五条了。"

笑过之后思索多

现实生活中有很多诱惑,自然也有很多陷阱,而这些结合在一起,就形成了一个鱼钩,在社会这个大海洋中,许多人都会慢慢上钩,吃下去就成了吐不出来的致命的铁钩。

其实,好奇心是驱使人们上当的力量,而那些抛下鱼饵的人其实也是借助了他们的这种心理,然后玩出一些令人难以辨别的把戏,其他人就会很容易上钩,成为了他们的钩上之鱼,等到醒悟的时候,就已经有点迟了,也只得让别人摆布了。

示例 23　被蒙在鼓里的老妇人

有一个很古板的老妇人她第一次喝啤酒,喝了一口之后,她说:"奇怪啊,味道怎么会和二十多年来我丈夫喝得药是一个味道的。"

笑过之后思索多

生活中有很多事情的真实面目未必是和表现出来的相符,这个问题很少有人能够想得到,更不要说去追查了,对于人们来说,已经习惯了的东西,就会被他们认为是理所当然的,丝毫都不会去怀疑了。

然而,一些偶然的机会让这些看起来真实的东西的真实面暴露出来,从而引来人们的惊讶:"原来如此啊!"心头自然会生出一种上当受骗的感觉,他们也只有懊恼了。

那么,为什么人们在之前没有发现这些事情的可疑之处呢?当然不是因为这些事情是无懈可击的,而是因为人们被蒙蔽太久,已经失去了追查事情真相的诉求,他们已经将这种谎言融入了自己的生活中。

就像上面故事中的老妇人,她的丈夫将酒说成是药已经二十多年了,老妇人估计在某一次丈夫没有喝的时候,还要提醒他去喝,这实在是让人接受不了。

示例 24　小偷的精心布局

一对刚刚结婚的年轻人,收到了很多朋友寄来的结婚礼物,有的很贵重、也有些很实用。但是其中有一封信中只寄来了两张电影票和一张小纸条,在小纸条上写着:"猜猜我是谁呢?"

这对夫妻想了很久,也没有猜出这个送给他们电影票的人是谁,他们想不出之后,丈夫提议说:"算了,我们不用想了吧,既然人家是好意,那么我们一起去看电影就是了。"

等两人看完电影后回到家来的时候才发现,他们的家中被洗劫一空,很多贵重的东西都丢失了,最后还在桌子上留了一张小纸条,上面写着:"猜出我是谁了吗?"

笑过之后思索多

那些想打别人坏主意的人,总是以善良人的面目出现,他们会投你所好,甚至会给你一些好处,等到你迷失方向的时候,就会在暗中搞破坏。

就像上面故事中新婚燕尔的夫妻,这个遭遇会成为他们生活中的一个惨痛而又重大的教训,所以这也告诉我们,一些看起来的好处要想明白再去接受,要不然后果会更加的糟糕,甚至会给你留下一生难忘的经历。

示例 25 推销员遇到的麻烦

有一个推销员来到一个新住宅区,逐个敲门推销自己的吸尘器。

当他来到一家人门前,敲门之后,有一个女人来开了门,在女士说话之前,他将马粪末倒到了人家的地毯上。

然后这个推销员说:"如果我的吸尘器不能将马粪全部吸干净的话,那我将吃下它们。"

女士说:"你要不要加一些番茄酱呢,我们刚搬来,现在还没有通电呢。"

笑过之后思索多

看完上面那个故事之后,我们都会为推销员的行为大笑,相信这位推销员的妙计应该实行了很多次,他有充足的准备,但遗憾的是,这次的麻烦是和吸尘器没有任何关系的,严格意义上来说,他其实也是打了一场没有准备好的战斗,他的贸然行事,只能是留下让自己无法收拾的后果。

人们都喜欢按照自己的设想去做事情,但是对于必要的程序却认为没有必要,一旦出了麻烦,就变得手足无措,实在是让人哭笑不得。

兵法上有"知己知彼,百战不殆"的训条,也就是告诉我们,在做任何事情之前,一定要摸清了所有的情况,一定要做好准备。一旦出手,就一定要成功,尽量避免临阵乱了手脚。

示例 26　醉鬼的眼里

警察费尽周折终于把一个醉鬼送回了家,他问醉鬼道:"这个地方真的是你家吗?"

醉鬼晃晃悠悠地说:"假如你能够帮我打开门,我就立刻证明给你看。"

警察只好打开门,把他扶了进去。

"你看到这架钢琴了吧,那是我的;你看到那台电视机了吧,那也是我的。"醉鬼进到房间里之后,向警察介绍说。

两人一边说着,一边来到了二楼。

"这个是我的卧室,你应该看到床了吧,上面睡觉的是我的妻子,然后你也应该看到她身边的那个男人了吧?"醉鬼一本正经地介绍着说。

警察更加好奇了,于是问他说:"怎么了?"

"那个男人就是我啊。"

笑过之后思索多

看完这个笑话之后,我们都会因为这样的事情而忍俊不禁,但同时也为那个喝醉酒的男子感觉到悲哀,他面前的一切已经让他遭遇了最大的打击,而他还把别人当成了自己,难道不让人可怜吗?

或许我们每一个看这个笑话的人都自认为不会沦落到这一步,但是与之相似的情况却在每天都在上演,我们或许也会看不清楚我们的周围,看不清楚我们的世界。

闭起眼睛并不能阻止我们不愿意看到的事情的发生,相反这种事情会因为我们的无动于衷而变得更加的嚣张,他们会变本加厉地侵害我们的利益,最终会将我们完全驱逐,甚至视我们的存在为无物。到那个时候,我们或许真的就成了一个无立足之地的可怜的人了,等到我们认识的这一切的时候,已经晚了。

示例 27　老李特殊的成语用法

老李是个说话喜欢用成语的人。

有一天，老李去祝贺朋友结婚，当看到新郎和新娘在给来宾敬酒，老李对着美丽无比的新娘说："你今天可真是'面目全非'啊。"

接着他又举起酒杯对新郎说："来，让我们'同归于尽'吧。"

笑过之后思索多

很多人在日常交流中，为了能够体现自己有学问，总喜欢用几个成语，如果成语用得好，大家就都会认为你是一个有文化修养的人，但是如果用不好，就会落下大家嘲笑的话柄。

词语是人说话的基本构成元素，我们小时候就开始学习用词造句，而我们的现实生活中也是无时不刻在用词造句。一个拥有丰富词汇量并且善于运用的人，自然可以把自己的内心想法很好地表达给大家。人们在成年之后对于用词造句的学习就变得淡了很多，他们都认为用词造句是小学生用来考试的把戏，从而造成了这样的一种现象：一方面努力想要改变某方面的事情，同时也明白语言对于改变一件事情的重要性；而另一方面又不愿意下功夫去学习，去获得更大的词汇量。

词语尤其是成语用对了能够很好的打动人心，而这种做法之后甚至会影响到自己的一生。马克·吐温就说过："恰当地用字极具威力，每当我们用对了字眼……我们的精神和肉体都会有很大的转变。"

如果我们不能够很好地掌握词语的使用，而我们随意的用词甚至会造成意思的曲解，会扭曲事实。就比如说为了赞扬一个人取得了非凡的成就的时候，却说了一句"不错的成就"，那自然会对对方的情绪造成很大的影响，这些都是因为词语用得不当所造成的缘故。一个人如果对于词语不加以学习，那么他既定用的词语终究会让他的语言苍白；反之，如果一个人认真学习，不断提高自己的用词量，那么他的语言会给他的生活增色不少，他的生活也会变得更加多姿多彩。

第十七章
笑完了擦擦泪，想想背后的处世智慧

> 一些高水准的幽默和笑话其实都是前人智慧的结晶，
> 是他们的经验的高度总结，他们都是经典。在听完这些笑话
> 让人竖起大拇指或者捧腹大笑的同时，还会让人略有所悟，
> 不断赞叹这些笑话和幽默中的高超语言艺术。

示例 1　抽烟的时候祷告

曾经有两个年轻的修士同时到一家修道院修行，两个人都有抽烟的不良习惯。

为了能够帮助他们戒烟，年轻人中的一个去问院长："我能在祷告的时候抽烟吗？"

很明显，这个年轻人被院长臭骂了一顿。

另一个也跑去问院长，他说："我可以在抽烟的时候祷告吗？"

这一位却得到了院长的夸奖，称赞他很虔诚，抽烟的时候都要祷告。

笑过之后思索多

每个人的思维习惯和说话方式都有所不同，时间久了，就会明白哪些是导致不良结果的说话方式，但是语言习惯形成之后很难改变，但是一旦改变，往往能够给自己带来惊喜。

上面两个修士的做法其实都是一样的，只是在说话的时候颠倒了次序，结果却得到了两种完全不同的效果，可见我们在说话之前需要好好想想。

示例 2　不会说话的主人

有一个人为了祝贺自己的 50 岁生日，特地请来了四个朋友到家中吃

饭,其中三个人准时到了,但是有一个人迟迟不来。

主人一着急就说:"急死人了,怎么该来的还不来?"

来的三个人中的一个不高兴了,他们说:"你这话的意思是我们三个人不该来了,那我告辞了。"说完就气冲冲地走了。

一个没来,一个又走了,主人一着急又说了一句:"真是的,不该走的又走了。"

剩下的两个人就更生气了,其中一个说:"照你的意思,我们两个是该走的了,那我先走了,再见。"说完也掉头走了。

又气走了一个,主人着急得不知所措,像热锅上的蚂蚁一样。

剩下的一个人平静了一下说:"朋友都被你的话气走了,你说话应该注意一下了。"

主人很无奈地说:"他们误会我了,我又不是说他们。"

最后这位朋友一听,再也忍不住了,说:"你不是说他们,那是在说我了?你也太过分了。"说完,也生气地走了。

笑过之后思索多

这个幽默故事中可以看到一个人的说话角度不同,造成的结果也不同,故事中的主人本来没有要气走任何朋友的意思,但是他的语言惹怒了几位朋友,这也是在告诫我们,说任何话之前一定要想一想,这样才能够收到良好的效果。

示例3　让座的英俊先生

一个孕妇费劲千辛万苦终于挤上了公交车,但是车上没有一个座位,于是她说:"哪位英俊的先生能够给我让一个座位?"

她的话刚一说完,立马就站起来了五个小伙子给她让座位。

笑过之后思索多

同样是对别人的请求,不同的语言、不同的说话方式得来的效果会完全不同,我们现在在一些公众场合会经常看到诸如"谢谢您保持这里的清洁卫生"、"谢谢您为别人献上一份爱心"这样的标语,这种语言带着强烈的礼貌和感激,然看到的人感觉很舒服,自然会愿意遵守标语中的规定,如果只是简单地"请您保持这里的卫生",可能就无法打动人们。

找到合适的机会和方式请求别人的帮助,这样你会更容易得到帮助。人们都喜欢有一种被抬高、被欣赏的感觉,如果你能够给对方这种感觉,那么他们就会心甘情愿地配合你的请求,他们也在整个帮助的过程中得到了身心的愉悦,还能够得到你的感激,何乐不为呢?

就像上面故事中的孕妇说话就很有一套办法,她对别人一声赞美,结果就有五个年轻人愿意将自己的座位让出来,让她坐,她的语言魅力可见一斑。

示例4 支付一美元的时间

一对年轻的男女坐在公园的长椅上,相互凝视着。过了一会儿,女孩对男孩说:"约翰,如果你能够把你现在的想法都告诉我,那么我就愿意为你支付一美元。"

男孩想了一会儿后说:"我正在想,如果你能够给一个吻的话,那将是世界上最美妙的事情。"

女孩脸变得绯红,她过了一会儿后说:"我现在想再花一美元,然后知道你现在的想法。"

"这一次可是一个很严肃的问题。"约翰说道。

"那会是个什么样的问题呢?"女孩脸更红了说。

"我是在想你什么时候把那一美元付给我。"约翰很正经地说。

笑过之后思索多

在恋爱世界中的年轻人特别容易被爱情冲昏了头脑,容易把任何事情都想得很好,就像上面故事中的女孩一样,天真的姑娘把男友想得很浪漫,但没有想到他是一个庸俗的人,居然在想着那赚来的一美元。

在我们的生活中,很多人都会犯这样的错误,自以为是地臆想,把任何事情都想的跟自己一样善良,而且越来越将此当真,在实际的行为中也是按照这种思维做事,结果不同的事实让自己付出了不应该有的代价。

俗话说:"世事难料。"其实最难预料的是人的心,因为人心更加复杂,也正是因为这个原因,才使得事情不可捉摸。

所以,不管是对自己的内心还是对别人的想法,都不要给予太高的评价和估计,要不然会离自己的期望很远,最终只能是让自己付出代价。

示例5 少女的担忧

一个晚上,一个美丽的少女和一个英俊的男孩在一条僻静的乡间小道上并肩前行。当时这位男孩背上背着一只大桶、手中提着一只母鸡、另一只手还拿着一根拐杖,同时还牵着一只山羊,他们两个走过了很长的一段路。

"我可不敢跟你走这条路了,"女孩说:"也许你想吻我呢。"

"我带着这么多的东西,怎么能办到呢?"男孩说着。

少女然后说:"假如你把拐杖插在地上,然后把羊拴在上面,再把桶放到地上,把母鸡放到里边呢?"

笑过之后思索多

青年男女在谈恋爱的过程中,一般都要有一个比较主动些,否则两人的关系很难有大的进展和突破。感情的变化,往往取决于关键的环节的突破上,但是人和人之间有与生俱来的防备意识,有时候这种突破一时间很难做出来,这就需要有一种提示,最好是暗示,从而把两人的感情激发出来。

没有人会在双方都不够了解的时候贸然行事的,如果这样的话,一旦失败后面的状况可能就无法挽回了,只有通过委婉的或者暗示的方法提醒对方,才能够保证事情的进展。

就像上面故事中的两人,男孩因为身上有很多东西,所以应该不会有什么非分之想,这就需要女孩主动一些,将自己的想法表达出来,要不然两人会悄无声息地走完这段路,然后一切就都结束了。

示例6 有安全意识的司机最可靠

有一位富翁想要聘请一位司机,于是他就问来应聘的所有求职者说:

"你们能够让汽车离悬崖多近,而不掉下去?"

"80厘米。"有人说。

"40厘米"也有人说。

"5厘米。"有人冒险说。

但是最后一个求职者说:"我会尽量远离悬崖,而且是越远越好。"

结果最后富翁雇佣了最后一个求职者。

笑过之后思索多

一个人的努力是否得到成效,一方面要看努力得够不够,另一方面还要看努力的方向是否正确,如果你的行为在你错误的思维指导下,一开始就陷入了错误之中,那么之后再怎么努力也都无法成功。

任何人都知道努力要比懒惰好很多,但是错误操作的行为,不管你如何努力,最终都不会得到别人的肯定。可能你会抱怨说,你做事情比别人努力,也更实在,也是最可靠的,就算没有功劳也应该有苦劳,但是没有人会听你的抱怨。

在讲究实际的今天,别人要的不是苦劳,人家更看重的是功劳,像这样的抱怨,无非就是一个蛮干者的牢骚话,是不会有人去听的。

上面故事中的前三个司机的确是技术高超,他们都能够很接近悬崖,而不至于让车子掉下去,但是富翁想要的却是远离悬崖的最后一个司机。

示例7　失而复得的钱包

有一天,张先生在下夜班回家的时候,独自一个人走一个强盗常出没的巷道,忽然一个高个子陌生人从他的身边擦身而过,王先生吓坏了,认定对方偷了他的钱包,赶紧摸口袋,果然钱包不在了,要知道里边装着一千多元钱呢。

这个时候,张先生灵机一动想到一个办法,他把手伸到口袋里,伸出手指做出枪的样子,然后对着那个人说:"站住,快点把钱包交出来。"

大个子显然被着突然而来的架势吓住了,他停住脚步,然后看着张先生,乖乖地把口袋里的钱包掏了出来。

张先生回到家后,把失而复得的钱包交给太太,然后大肆吹说自己遇到强盗并且制服强盗的经过。

太太很惊讶地说:"你早上出门的时候,我就把你的钱包拿出来了啊。"

笑过之后思索多

为了自己的利益而去损害他人的利益,这是一种自私的做法,甚至可以说是愚蠢的。在我们的生活中,人与人之间的关系应该是友爱的、合作的、相互支持的。人与人之间更应该是相处支持,对于那些损人利己的、阻碍社会进步的行为我们要坚决制止。

示例8 聪明的报复

一对夫妻的车子在一条乡间小路上抛锚了,他们一时间找不到可以拖动他们的车子。眼看着夜幕降临了,夫妻俩非常着急,正在坐立不安的时候,两个农夫走了过来,夫妻就请求他们帮助拖车子。

"这里到村子要四公里呢!"一个农夫说:"一公里算十美元,如果你愿意出四十美元,我就帮你拖过去。"

这对夫妻被这个价格吓住了,但是两个农夫丝毫不愿意让步,没有办法他们只能同意了。

两个农夫费了九牛二虎之力将车子推到了村子里,然后拿到了四十美元的报酬,妻子很气愤:"真是的,这里简直是在抢钱。"

丈夫安慰妻子说:"别生气了,我可是一直踩着刹车让他们推的。"

笑过之后思索多

世界上总是有一些人心胸狭窄,他们一旦吃亏了,就会想方设法捞回来,即便是一些心理上的补偿,他们也感觉很满足。其实,有些场面并不是自己吃亏了,只不过是没有按照自己的想法,没有想象的那么美妙罢了,而他们就会因为这个原因而做出一些愚蠢的事情来。

报复的行为本身就是一种偏激的行为,也是不明智的。如果是因为自己的小心眼而去报复别人,就显得更加愚蠢了,由于某些情况是无法更改的,做出那些损人不利己的行为是完全没有必要的。

示例9　等待中的优势

有一天,小明的妈妈带着他去杂货店里去买一些东西。

老板看到小明很可爱,于是就打开自己的糖罐,然后让小明自己拿一些糖果,但是这个男孩没有任何的动作,一直站在那里。

几次的邀请之后,老板见小明不动,于是自己抓了一把糖果放到了他的口袋里。

回家的路上,妈妈就很好奇地问他,为什么没有去抓糖果,而是要让老板来抓。

小明回答说:"因为我的手比较小啊,老板抓的肯定比我抓的多多了,所以我一直在等着他来抓。"

笑过之后思索多

现实生活中往往有些人将自己的贪婪隐藏起来,他们的欲望在外边一点都不显露,而是在内心深处记挂着自己的目标,他们可以表现得很从容。

一些聪明的人都是这样做的,这种行为当然不能说是错的,他们总是采用以退为进的方式来等待自己所要的结果到来。就像故事中的小男孩,他知道如果老板是真心诚意给他糖果,那他就可以等,因为老板的大手抓的可要比自己拿的多多了。在这里他展现的就是一种非常智慧,看完这个笑话,不由不感叹:"后生可畏啊!"

示例10　开书店的准岳父

一天中午,小王急急忙忙地跑去一家书店,一进店就问老板说:"哪些书会让年轻人看起来更有学问一些?"

看到老板一脸不解的样子,于是小王又说:"我知识有限,但是今天晚上要和我女朋友的父母见面,听说那个老家伙,哦,也就是我女朋友的父亲很喜欢有学问的人,所以我想买几本书看看。"

老板这才明白小王的意思，于是给了他一本《三国演义》，然后说："你就看这本书吧，这个上面全是学问。"

小王付好钱后，就离开了。

当天晚上，小王如约赴会，和自己女朋友的父母一起用餐，谁知道小王刚一入座就开始低着头祈祷，而且这个祷告进行了十分钟，女朋友低着头说："认识你这么长时间了，还不知道你是一个虔诚的基督教徒。"

小王说："认识你这么长时间了，你也没有告诉我，你老爹是个开书店的。"

笑过之后思索多

我们会以为自己即将要面对的事情，只要能够在事先做好准备工作，那么就会没有担忧了，但是现实的状况往往就这么有趣，你觉得和你没有关系的人，到后来却栽到了那个人的手里。

所以做任何事情的时候，不要以为这件事情的当事人不会知道，就像上面故事中的小王，越不想让自己的准岳父知道自己没学问，结果第一个亲口告诉的人就是自己的准岳父。就像林肯总统曾经说过的："你可以在任何时刻欺骗某些人，也可以在某些时刻欺骗任何人，但你不能在任何时刻欺骗任何人。"

示例 11　你也要为狗着想

有一天，丈夫在外边弄脏了自己的白色衬衫，于是只好借了朋友的一件黑色衬衫回家了。

谁知道到了自己家门口的时候，自己家的狗狂叫不止，居然认不出他了。丈夫非常生气，于是想用一支木棒打狗，这个时候妻子正好出来拦阻了他。

"好了，就不要打他了。"

"我们家的这只狗真可恶，居然连我都不认识了。"丈夫非常生气地说。

"亲爱的，你也应该为它想想，如果有一天它出去，然后变成一只黑狗回来了，你能认出来吗？"

笑过之后思索多

如果自己发生了变化,就不要责怪别人对自己另眼相看,首先要从自己的身上找毛病,不然的话就会像故事中的丈夫一样,自己的衣服发生了变化,却在责怪狗不认识他了,最后却遭到了妻子的嘲笑和讥讽。

示例 12　教给儿子的成功秘诀

父亲:"孩子,一个人的成功需要智慧和诚实。"

儿子:"智慧我明白,但是什么是诚实呢?"

父亲:"诚实就是信守诺言。"

儿子:"那您还是再解释一些智慧吧。"

父亲:"智慧就是不要轻易许诺。"

笑过之后思索多

诚实,任何时候在人的眼里都是一种美德的表现;而智慧则是每个人都希望得到的人生资本。所以,如果有人可以同时拥有诚实和智慧,那么实在是一件让人羡慕的事情。

但是,社会的复杂性,必然会让智慧和诚实在一个人的身上发生一定的冲突,因为总会有些事情是让这两者相悖的。这种问题总是让人很困惑,就像生活中的一些荒谬的事情,既然无法破解它,那么我们就需要从中跳出来,甩开这个怪圈子,让自己置身局外,这样可以更好地认识事物,从而处理事物。

就像上面那段父子之间的对话,父亲教给儿子的秘诀,看起来有点荒谬,但其实是把握住了人生的处事策略和最精髓的部分,既然人无法完全信守诺言,那么就少许下一些诺言,免得让自己落入两难的境地,这种做人方法和处世哲学可以让我们在生活中更加稳固。

示例 13　老绅士的听力障碍

有一位老绅士的耳朵有障碍已经很多年了,后来在医生的建议下佩戴了当时最好的助听器,这种助听器不仅在外观上很隐蔽,而且可以百分之百帮助听力。

大概一个月后,这位老绅士来见医生,医生非常高兴地问道:"先生现在的听力这么棒,家人肯定会很高兴吧?"

老绅士回答说:"我并没有把这件事情告诉我的家人,这一个月来,我只是坐在他们的身边听他们讲话,然后将遗嘱修改了三次。"

笑过之后思索多

处在没有声音的世界里的人无疑是悲哀的,就算是自己的家人也许都会有意无意中打这个人的算盘,而这种虚假一旦被打破,带来的将会是痛苦的结局。

就像上面故事中的老绅士,他的遭遇说不清楚是幸运还是不幸运,当让戴上世界上最好的助听器的时候,也听到了家人对他的遗产的盘算,这种生活中的残酷让他受不了了,他修改了三次遗嘱,也是对家人行为的一种反抗,虽然是一个笑话,但是其中却带着悲凉的气味。

示例 14　剩下来的布料

妻子对丈夫说:"亲爱的,我买了一些丝质的料子,准备给你做一条领带。"

丈夫看着布料说:"真是太好了,不过为什么要买这么大的呢?"

"因为剩下的布料我可以给我做一条连衣裙。"

笑过之后思索多

通常一些自己认为不错的事情,到了最后却成了让自己不爽的事情,所以我们在看待事物的时候不要盯着它的表面,一定要看到它的本质,看到深层次里到底有着怎样的真相。

这一点其实就是人性最大的盲点,一些善于算计别人的人,总是会利用这种盲点,然后设计出一套陷阱来。

就像故事中的妻子,就是借助着给丈夫做领带的旗号,然后大肆铺张买了给自己做连衣裙的布料,说的是给丈夫做领带,其实谁都可以看出来主要还是给自己做连衣裙。

当然这些只不过是夫妻之间在生活中的趣事,如果是在社会中,那么利用给别人做领带从而让别人失去了一块做连衣裙的布料,对方肯定就高兴不起来了。

所以我们在处理事情的时候,做出选择的时候,一定要通过几个角度去认真审视,不要轻易被眼前的利益所蒙蔽,要不然最后吃亏的还是自己。

示例 15　克格勃成员和踩脚的关系

在俄罗斯某城市的一辆拥挤的公交车上,一个男子拍了一下另一个男子的肩膀,然后低声说:"你是克格勃成员吗?"

"我不是。"

"那么你的家庭成员中有克格勃成员吗?"

"没有。"

"那么你的邻居中有克格勃成员吗?"

"好像也没有。"

"那么你认识的人或者熟人里有没有克格勃成员?"

"据我所知应该是没有。"

"好了,既然这样,那请不要睬我的脚。"

读完这个故事之后,我们在大笑的同时,还在想那个人也是太过于拘谨了,当然在我们的意识里,完全可以推开对方,并且要求对方道歉。但是我们要是在那个城市的话,他的这种谨慎的幽默就是可以理解的了。

实际上,在我们的生活中,学会谨慎做人很重要,任何事情都一些禁忌,并不是多余和错误的。

示例 16　天天有鱼的赵家

赵家的媳妇经常到隔壁的王家去,她说:"今天我们家烧了一条鱼,却发现没有姜和蒜,所以想向你们家借一点。"

她经常这样做,王家人也不愿意了,而且她也没有天天烧鱼,只是在占王家的便宜。

有一天王家的媳妇也去了,她说:"我们家今天要烧一条大鱼,姜和蒜都是有的,打算向你们家借一条大鱼,好在你们家天天有鱼。"

笑过之后思索多

在现实生活中讲究做老实人,说老实话。但是一味的宽容和老实,就会纵容别人的行为,反倒会让别人有更加不适当的行为和语言。面对别人无礼的攻击和嘲笑的时候,就要学会用适当的方式去回击,从而保全自己的利益和尊严,当然反击的方法有很多,幽默的方式就是一种。

示例 17 沙子里面的米饭

在一家餐厅里,有一位顾客正在用自己的筷子将米饭中的沙子一粒一粒拣出来,摆放在桌子上。

服务员看到后有点不好意思了,于是说:"里边沙子不少啊。"

顾客笑笑说:"没关系,还是有一点米饭的。"

笑过之后思索多

在和其他人的交往中,如果遇到了对方的错误,我们经常会控制不住自己的情绪从而对对方大加指责,结果是让双方不欢而散,如果我们在指责他人的同时加上一些幽默,这样就会收到不错的效果。在生活中,请放下严肃的态度,用幽默的方式暗示给对方,这样既可以将自己的信息传递给对方,同时也可以保全对方的面子和尊严。

就像上面笑话中的顾客,他并没有说出米饭的质量和卫生程度,而是很幽默地说"沙子中还是有一些米饭",从而化解了服务员的尴尬,通过幽默的方式表达了自己的不满,说得又很委婉,不至于伤害到服务员的面子。

幽默可以通过和颜悦色的方式指出别人的观点,让人们在笑声中认识到自己的缺点,在笑声中解决问题和改正了错误,这样岂不是更好?

第十八章
一个笑话解决一个难题

　　幽默的笑话在达到娱乐效果的同时,在现实生活中,还有着不一般的实用价值。有时候一个看起来很小的幽默故事可以改变生活中尴尬的场面,甚至可以解决生活中很棘手的问题和麻烦。只要学会了灵活应用,幽默的笑话就会成为我们生活和工作中的好帮手。

示例1　司机也能做爱因斯坦

　　爱因斯坦的《相对论》问世后,很多大学都邀请他去做演讲,爱因斯坦也就奔波在演讲的路上。

　　在一次演讲的路上,爱因斯坦的司机对他说:"博士,您的《相对论》的演讲我已经听了不下三十次了,我相信我都可以上台演讲了,我绝对可以讲得和你一样好。"爱因斯坦笑着说:"好啊,反正现在我们去的这所大学没有人认识我,我就给你一个机会,你试试看。过会儿我装扮成司机,你呢,则就是爱因斯坦了。"

　　没有想到,司机的演讲得到了全场观众如雷声般的掌声,这个时候,有一位教授提出了一个问题,而对方提出的这个问题,是司机从来没有听过的,司机陷入了僵局。

　　司机满头大汗地思索,怎么也想不出这个问题的答案,这个时候他看到了爱因斯坦,于是灵机一动说:"这个问题比较简单,就让我的司机来回答这个问题吧。"

　　爱因斯坦看到这个场面,也赶紧上台给那位"教授"做出了解答,给司机解了围。

笑过之后思索多

其实这个故事到这里并没有完,后面还有这样一个结尾:

通过这件事情之后,司机对爱因斯坦的学识和才华更加佩服,他对爱因斯坦老实地说:"我只能当您的司机了,您才是伟大的科学家。"

看来,这位非常聪明的司机,可以短暂地代替爱因斯坦做一次演讲,但是他终究不是爱因斯坦,他毕竟无法彻底代替爱因斯坦。其实这个幽默故事也告诉我们,是金子终究会发光,而那些石头,虽然可以短暂蒙混过关,但终究经不住时间的考验,在金子面前它永远都是石头,只有在石头的世界里,一块优秀的石头才有可能得到赏识。

其实,做人也是这个道理,就像爱因斯坦和他的司机,让科学家做司机,而让司机代替科学家去演讲,虽然只是一个玩笑,但是毕竟不是很好的做法,他们只有在自己的工作范围和研究范围内有所成就,一旦超越了界限,他们就会尝到一些苦的滋味。

示例2 吃饭和卖房子的关系

有一个人去朋友家祝贺主人生日快乐,在用餐期间,他碗里的饭吃完了,而此时主人正和其他的客人聊得热闹,并没有注意到他的碗已经空了,在他们那里主人帮客人添饭是一种礼貌的行为,客人也不好意思太主动开口,于是便灵机一动说道:"我有一个朋友准备卖房子了。"

在座的人有几个对此很感兴趣,于是都问道:"房子在什么位置,整体怎么样?"

这个人回答说:"房子非常不错,最细的檩子也大概有我的饭碗这样粗细。"他说着举起自己的碗比划了一下。

大家也都随着他的手势去看他的碗了,主人看到空了的碗,马上拿过去给他添饭,然后说:"后来呢,他的房子卖出去了吗?"

这个人很幽默地说:"后来这个人有饭吃了,不至于卖房子了。"

笑过之后思索多

按照曲折或者暗示的说法,在人际交往中是非常有效的一种方法。

一般来说,委婉曲折的、间接暗示的做法都可以让对方在简单的语句中得到一种顿悟,这种"拐弯抹角"的说法更加的有韵味。

在上面那个"卖房子"的幽默故事中,那个客人就充分地表达出了自己的意见,但是他所借用的办法既没有伤害到对方的面子,也没有让整个晚宴陷入尴尬之中,没有伤害和气、没有伤害到面子,这实在是一种非常绝妙的办法。

示例3 卖花姑娘诀窍多

在一个火车站里有一个卖花的姑娘,她的生意向来不错。

因为每次她看到一对像是已经结婚的男女的时候,会对男的说:"请你买一束鲜花给您的女朋友吧。"

而当她看到一对情侣的时候,她就会说:"请您给您的太太买一束鲜花吧。"她很好地把握了人们心理上的需求点。

笑过之后思索多

说话要有虚有实,这一点在人际交往中照样实用。所谓的虚,就是要懂得说一些感激话、问候话和关心话,还有一些好听的话,可能有些人认为和对方的关系很好了,就没有必要说什么客套话了,其实这种观点有一定的局限性,即便是关系再好,那些客套话同样有自己的实用价值;而所谓的实,就是指发自内心深处的、真诚的、充满关切的话语,如果你的言语中永远没有真心话,那么最终会让人唾弃的。我们在和别人交往的时候,需要把握好实和虚的度,只有这样我们才能够像故事中的小女孩一样得到成功。

示例4 要吃恐龙肉的顾客

安东尼请自己的朋友在一家饭馆里吃饭,他们都在谈论这饭店的特色经营方法。

安东尼对他的朋友说:"这里的服务真的很不错,对顾客可以说是有求必应,就算你要的是阳光,他也会答应你,然后假装去拿,过一会又会告诉你,阳光已经卖完了。"

朋友们听了之后有点不相信他的话,于是,安东尼召唤来一个服务员说:"请给我上两份恐龙肉。"

服务员面带微笑地说:"不知道您喜欢怎样的恐龙肉呢?"

"煮的烂一点的。"

服务员做了记录之后就走了,过了一会儿,他回来说:"先生,实在不好意思。"

"难道是已经卖完了吗?"安东尼装成很失望的神情说。

"不瞒您说,先生,恐龙肉还是有一点的,但是不太新鲜,我实在是不忍心卖给您。"

笑过之后思索多

英国著名作家、戏剧家萧伯纳曾经说:"我开玩笑的方法,就是'编造真实'。'编造真实'乃是世界最有情趣的玩笑。"

的确,编造出来的情况带有更大的吸引力,而且得到了很好的幽默效果,在我们的生活中,往往能够对事情起到更好的作用。我们的生活中需要一些善意的谎言,以此来调节气氛,应对难题,这些善意的谎言有着他们无与伦比的作用。

就像上面故事中的服务员,人们不得不佩服他是一个善于说谎的高手,他写满真诚的脸上,非常认真地抖出了自己所设置好的包袱,让别人明明知道是假的,但还是听得津津有味,还将其作为了一种享受,也不忍心戳穿他们。

当然,如果你说假话的能力还不够,于情于景都不合适,反而会弄巧成拙,不但让听的人感觉到受了愚弄,还会给对方留下不良的印象。

示例5 一个小时的路程

美国五星上将卡特利特·马歇尔年轻的时候曾经参加了一个在他驻地的酒会,他当时请求一位小姐,让对方答应他送她回家。

这位小姐的家就在附近,但是马歇尔开车一个小时之后才将她送回家。

"看起来你来这里时间不是很长,"这位小姐说,"显然你不熟悉这里的道路。"

"你不能这样认为，如果我对这个地方不够熟悉的话，怎么能够开了一个小时车，而从来都没有路过过你们家门前。"马歇尔幽默地说，后来这位小姐嫁给了马歇尔将军。

笑过之后思索多

人际关系是个很奇妙的东西，一句话、一个眼神、一个动作往往可以促使别人的心理上产生波澜。如果能够巧妙地借以发挥，展示出自己丰富的情感和愿望，那么就会得到很不错的收获。就像故事中的马歇尔将军一样，他对那位小姐的揶揄善加利用，从而很巧妙地表达出了自己的心愿，最后终于俘获了她的芳心，为自己娶到了一位漂亮的太太。

示例6 老太太的聪明之处

乔思琪在电梯中一直在注视一个非常漂亮的长发女郎，他的目不转睛立即引来了太太的不开心。

突然间，那个女郎转身给了乔思琪一个巴掌，然后说："我要给你一个教训，让你知道以后不要偷捏女孩子。"

走出电梯后，老乔思琪很委屈地对太太说："我并没有捏她啊。"

太太说："我知道不是你捏的，因为是我捏的。"

笑过之后思索多

在一些场合中，身边亲近的人或许对你有了意见，总是想教训你一下，但是你又感觉自己并没有做错什么事情，这时候你肯定感觉很委屈。这种情况下你先不要着急喊冤，更不要对此生气。明智的做法是先仔细想一下自己的言语和行为，看有没有什么不当的地方，实在想不明白的时候，再去找人问原因。

人们的日常生活是由很多小事组成的，谁都无法保证自己不犯错误，再加上一些自身的因素、外部环境等等原因，所以做出一些错误的事情是难免的，甚至有时候自己做了，而自己却没有意识到，但是你的行为和语言早已招惹到了身边的其他人的不满。

所以,在这种情况下,在受到别人的教训的时候,应该先检查一下原因,急着喊冤或许会带来更大的害处。

示例7 非同一般的减肥妙方

有一个肥胖的先生去看医生,他希望自己能够得到有效的办法控制重量,医生说:"你的肥胖是不是因为什么疾病引起的?让我先给你做一个检查吧。"

体检之后,医生非常沉重地告诉病人说:"我发现你的肥胖并不是很重要的事情,关键是你得了癌症,估计您的生命就只有三个月了。"

这个肥胖的先生听后之后非常悲痛,既然如此,自然就没有减肥的必要了,就非常悲哀地回家,每天都很忧虑的过了三个月,但是三个月之后他并没有死,于是他非常生气地跑去问医生。

医生却很淡定地对他说:"你之前找我的最主要目的是什么?"

"是为了减肥啊。"

"那你现在的体重是不是已经下来了呢?"

笑过之后思索多

这个医生给病人的减肥方法很特殊,他跳出了我们一般的思维模式,因为他懂得变通,所以他的病人达到了减肥的目的。

我们每个人在做事情的时候,也应该有这方面的意识。

当你有了自己的目标之后,然后就要对自己的目标进行审视和检查,或者确定一下自己所要达到的目标到底是什么。如果你决定了要做改变,就必须要接受改变之后的样子,在解决问题的过程中,或者在达到目的的过程中,必须要面对所遇到的困难和问题。

在你理想化的目标提出之后,你需要研究一下你的目标需要怎样的时间、财力、人力才能够达到;而你的选择和你的方式、途径是不是最合适的是否经得住时间考验的?确定了之后,在做的过程中,当事情遇到困难的时候,要懂得用变通的方法去解决,要进行有效的新的尝试。许多人都有着远大的志向,也有着很强的毅力,但就是因为不懂得改变,而最终没有得到成功。当面对目标的时候,请坚持下去,不要犹豫,但是在坚持的过程中请适当地革新你的做事方法,这样的变通会让你的成功来得更快。

示例8　和对方说话找到自己的妻子

有一对夫妻去商店里买冰箱,临走的时候,妻子对丈夫警告说:"进了商店之后,碰到漂亮的女人不许多看一眼。"

丈夫听从了妻子的命令,到了商店之后,他一路低头走到了家用电器的柜台前,他这种走法不要紧,却把妻子丢了,他在商店里到处都找不到,正在着急的时候,发现了柜台后面一个长相出众的女售货员,于是走向了她,售货员非常热情地招待他,问他买什么。

"我并不算买什么,我只是想过来和你说说话。"

"说话?"售货员被他搞得很莫名其妙:"说什么呢?"

果然不到十分钟,这位先生的太太就出现了,原来丈夫知道妻子最怕他和漂亮女人说话,如果出现了这种状况,她肯定会自己找来的。

笑过之后思索多

把一片树叶藏起来的最好办法就是将它放在森里里,因为森林里相同的树叶实在是太多了,一旦放进去,就很难分辨出来;而与此相反的是,一个人如果想要引起某个人的注意,就必须把自己的精力放在那个人的兴趣点上。

通过科学实验证明,一个人对自己感兴趣的事情有着非常强的注意力和感觉能力,所以要想得到某个人的注意,就必须让自己的行为和语言和对方的兴趣点结合,只有这样做,对方的目光就会对你有特殊的关照。

上面故事中的丈夫就很好地利用了这一点,他深知自己的妻子时刻在提防着自己的不老实,所以就故意这样做,从而引出她来。

示例9　从心跳中感受到的信息

有一个男子已经双目失明,有一次他和太太一起去买衣服,但他总是能对太太的选择发表意见,他俩坐在一起,听服务员介绍一些衣服的款式和颜色,他也能够说出哪一套最好,而他每次所选的正是他太太喜欢的。

"你到底是在什么地方学来的本事?"店老板对此很惊奇,"你居然每次都能选对。"

"其实很简单,"他说,"每次她喜欢的衣服出现的时候,我就能感觉到她加快了的心跳。"

笑过之后思索多

这个小故事中的丈夫,虽然已经双目失明,但是他的心却像一面明镜一样,他虽然身体上有缺陷,但是在妻子买衣服这件事情上他并不是局外人,他并没有躲避开,而是成为了妻子这个明眼人的高级参谋。

其中的秘诀就在于,当他明白了自己的缺点之后,然后充分利用周边环境所发生的一切,然后扬长避短,调动一切自己能够感觉到的资源,用自己的方式去判断妻子的心理变化,从而做出正确的判断。

其实,他的这套本领并不是很难,往往那些耳朵或者眼睛有些缺陷的人,他们对周边事物的把握会更加敏锐,如果人们都能够像他们一样善于把握细节,能够敏锐感知身边发生的情况,那么都会变成明察秋毫的人。

由此可见,一个人的作为并不一定取决于他健全的器官,而更关键的是在他的心智的开发上,一个粗枝大叶、马马虎虎的人做事情是不会高人一筹的,只有能够抓住细节的人,才能够获得更大的成功。

示例 10　脸上的伤痕是猫抓出来的

有一对夫妻因为一件小事吵了起来,吵到最后还打了一架,但是过了不久,两人就又和好如初了。

妻子对之前发生的事情感觉到很内疚,于是对丈夫说:"真是对不起,把你的脸都抓破了,这么多伤痕,如果你在路上或者公司里被别人问起该怎么办啊?"

丈夫则很淡定地说:"没有关系啊,我抱着一只猫就是了。"

笑过之后思索多

一个人从小到大就算没有经历过太大的风雨折磨,没有饱尝过酸甜苦辣,但在成长的路上,起码被岁月抓伤过,在他的身上或者心里肯定留下了不可挥去的伤口或者阴影,其实这是一个人的成长见证,没有什么大惊小怪的。

在日常生活中,总有一些人喜欢展示自己的"伤痕"给别人看,他们的这种做法实际上是在暴露自己的无能和脆弱,他们的这些做法甚至会引起别人的反感,没有任何的好处。

所以,那些聪明的人总是会将自己的伤口压在心底,并且尝试着忘记这一切,把眼光放在未来的生活中,就算是这些伤痕出现在自己的脸上,他们也会想办法去掩饰这一切,甚至是"伪装"。

就像上面故事中的丈夫,被妻子抓伤了脸,不能够马上使伤口平复,但是又不得不出门,于是他为了避免别人询问,索性手中抱着一只猫,通过这种比较滑稽的举动掩饰了自己的伤痕。

生活中的这种小插曲通过仔细的琢磨,我们从中可以悟出一些生活和做人做事的道理,用一些看似是小聪明的点子,完全可以让自己摆脱尴尬的境地。

示例 11　口吃推销员的竞争优势

有一个推销员厌倦了每天出去推销《新华字典》,于是他决定雇佣几个人帮助他推销。

招聘的广告刚招贴出去,就来了三个应聘的人,第一个面试的人说:"我愿意为你去推销《新华字典》。""好的,你可以被我录取,现在你拿着这些书出去推销吧。"第一个人得到了很多的《新华字典》。

第二个面试的人也是这样,他同意得到了录取,并且领到了很多的《新华字典》。

第三个面试的人有点结巴,他说:"我、非、非常愿、愿意为你去、去推、推销《新、新华字、字典》。"

"不行。"雇主对他说,"以你现在的情况可能很难推销出去,所以我不打算录用你。"

面试者请求道:"可、可是、我、我、我、我很、我很希望、得到、这、这份工作。"因为没有了其他的应聘者,雇主还是答应了这个面试者,他说:"好吧,那我给你一个机会,我希望你能够做得很好,我相信你,去吧。"就这样第三个面试者也得到了很多的《新华字典》,之后,他出了门。

一天结束了,到了晚上,他们开始汇报工作,第一个面试者卖出去了十一本《新华字典》,第二个面试者卖出去了十本,第三个结巴的面试者却卖出去了二十九本。

雇主对此很开心,他说:"真是太好了,你一定有什么非常的办法,要不然你不会做得这么好,你现在把你的推销技巧讲给大家吧?"

第三个面试者说:"我、我什么也、也没、没有做,我只是、只是敲开一、一、一、一家门,然、然后给、给他、他们读《新、新华字、字典》上的几、几、几个字和字、字的解、解释,然、然后就很礼、礼貌地问他、他们,你们是、是、是愿意买、买、买呢?还、还是希、希望我继、继续读、读、读给你、你们听?"

笑过之后思索多

其实,事情的成功与否,我们的硬性条件并不一定是唯一的条件,一些事情,往往用非正常的手段去做,或许效果会更好,而按照正常的办法,只可能得到和所有人一样的结果,并不会取得更大的成就。

当然,前提是这些非常规的方法的应用是建立在依据事物本质的基础上的,是按照一定的基本规律的,只不过因为正常情况已经被人们看惯了,所有非常规的方法反而效果更好。

就像上面这个推销《新华字典》的故事,口吃的推销员的效果反而最好,他的成绩居然超过了两个正常推销人员的总和,这实在是让人感觉到惊奇,但是我们听完那个口吃者的推销窍门之后,才恍然大悟。在大笑之余,才明白了他的精明之处,他借助自身的生理缺点,让劣势变成了优势,他的断断续续的话让客户们有点受不了了,索性买一本算了。

示例 12　找不到的眼镜

张子剑在宿舍里翻东西,弄得是满头大汗。

赵强被他的这种行为搞得无法认真看书了,于是就问他说:"你到底是在找什么?"

"眼镜。"张子剑很着急地说:"我的眼镜找不到了,我现在哪儿都去不了。"

"不在桌子上吗?"赵强的眼睛盯着自己的书说。

"早就找过了,没有的。"

"那么床上呢?"赵强继续说道。

"也没有!"

赵强不耐烦地扔下书,起身准备帮张子剑找眼镜,抬头看了一眼张子剑就笑了:"你在找什么东西?"

"眼镜!"张子剑着急地说。

"既然这样,那你摸摸你的鼻子试试。"

张子剑停了停,这才发现自己找了半天的眼镜,其实就在自己的鼻梁上架着。

笑过之后思索多

其实人们在处理事情的时候,经常会忽略了眼前的情况,而从其他地方找答案和原因,直到找了很久,一无所获的时候,才会发现,原来真正的问题就出在自己的身上,做事情的时候多一份冷静,就会少一份麻烦,这样的话,自己的路也会顺畅很多。

在而今这个追求外在成功的时代,精神的自省显得尤为重要,我们要不断反省自己,这样才能够让我们的生活更加顺畅。

"一日而三省吾身"这句话就是在告诉我们要自省,是每一个成就事业的人必须学习和做到的。

示例 13 鱼告诉我的答案

有一个人早起去早市上买鱼,他随手从一个鱼摊上抓起了一条鱼,然后嗅了嗅它的鼻子,卖鱼的小贩担心他嗅出了鱼的不够新鲜,于是就装做很生气地说:"先生,你不买没有关系,你闻什么啊?"

这个人回答道:"我不是在闻啊,我是在和鱼说话。"

小贩很惊奇地问他道:"那你和鱼在说什么?"

"我是在问鱼,海里边最近有什么新闻。"

"那鱼是怎么回答的呢?"

"鱼对我说,他也不知道海里边最近的新闻,因为他出海已经很久了。"

笑过之后思索多

在我们的日常生活中总会看到菜市场上买菜的人,会对菜挑挑拣拣,买肉的时候要精肉,买菜的时候要将有点烂的菜叶揪掉,总是要挑选最新鲜、最好的,然后他们的这种行为未必会让卖家愿意。

在上面这个故事中那个买鱼的顾客,就很委婉地指出了小贩的鱼不够新鲜,甚至对他以不新鲜的鱼来冒充新鲜鱼买的行为提出了质疑,但是他们并没有正面交锋,从而避免了一场冲突。

示例 14　简单的答案却没有得到答案

英国的一家报社举办了一个奖金很高的征答活动,他们提出的题目是:在一个没有充足了气的热气球中,承载着三个关系着人类兴亡的科学家,为了能够让热气球正常飞行,必须丢下一个人,以保护另两个人的生命。三个人分别是:环保专家,他可以通过研究拯救无数的生命;原子专家,他可以有力防止全球的原子战争,让地球免除毁灭的灾难;还有一个是粮食学家,他可以让不毛之地长出适合人们食用的植物,可以让数以亿计的人摆脱饥饿。那么到底将谁丢下去呢?

这个问题问出之后,虽说活动的奖金很高,但是没有能够答出最好的答案,最后这个巨额奖金的题目终于被一个小男孩答中,他的答案是:"把最胖的那个科学家扔下去。"

笑过之后思索多

很多时候,本来很简单的问题会被我们弄得很复杂,其实,问题的本身并不复杂,复杂的是我们看问题的眼睛,任何事情只要看明白了,理清楚了,就会很容易得到答案。

就像上面的那个幽默故事,很多人的答案都很绝妙,他们想出了各种理由来证明自己的答案的正确,但是都不是最好的、十足充分的解释,关键就在于他们受到那些科学家重要性的描写文字的干扰,从而让自己的思维变得复杂化了。其实在这个时候,最重要的问题并不是谁重要了,而是如何减轻热气球的载重量,自然,最重的那个科学家就是最应该丢下去的人了,小男孩的答案才真正意义上触碰到了这个问题的核心,而没有被他们三个人的重要性所迷惑。

生活中有很多人都在抱怨问题太多,活得也很累,其实,有时候是人们人为地将简单的事情搞复杂了,有些场合只需要换一下思维方式,从最简单的、最直接的地方入手,就会发现所有的难题都迎刃而解,这样的话,我们的生活也变得轻松了。

示例 15 失去一个亿的滋味

有一个很有钱的姑娘,在一天傍晚,她和一个英俊、诚实但是很穷的小伙子约会,他对她很温存。

"你是那么的富有。"他吻着她的脸颊说。

"是的,我的身价至少值一个亿。"女孩很坦诚地说。

"我知道,那你能嫁给我吗?"

"不可以。"

"我早就料到了是这个结果。"

"那你又何必问这个问题呢?"

"我是想体会一下,失去一个亿是怎样的滋味。"

笑过之后思索多

世界上每个人都在做自己的白日梦,穷光蛋幻想着自己有一天能够富甲一方、残疾人幻想着自己能够得到健康、孤独的光棍幻想着能够得到别人的爱情、衰老的老人希望回到年轻的时候……梦想是每个人都会做的,但是如果想要把它变成现实那就相当难了。

我们无法强求不属于我们的东西，因为这种强求最后只能让我们自己痛苦，所以我们需要做到的就是端正我们自己的态度和主宰自己的命运，也就是如何正确的看待得不到和拥有的关系，让现实和幻想不要有太过于明显的冲突和矛盾，以至于让自己变得遍体鳞伤，到最后无法收拾。

在上面故事中的那个男子，就是把无法得到的爱情，看成了失去一个亿的玩笑，从而避免了自己在幻想世界和现实生活的双重打击，他虽然处于一种花前月下的场合中，但是却没有失去理智，实在是值得我们学习的年轻人。

示例 16　将真皮大衣收藏在车库里

有一个先生曾经对他的朋友说："我的太太总是和我的想法不一样，我的手头现在有一笔钱，她想要买一件真皮的大衣，但是我却想买一部新车子，最后我只能作出了妥协，我只好说：'我们就买一件真皮大衣吧，然后把它放到空着的车库里。'"

笑过之后思索多

夫妻之间往往拥有不同的爱好和兴趣，这是很正常的一件事情，对方不喜欢的事情，另一方不能强求。当面对夫妻之间的矛盾和分歧时，我们可以通过适当的磨合方法，让双方取得一致的意见。

这位先生当然不会将他太太买的真皮大衣放进车库，表面上看两个人的愿望都没有得到实现，但其实是丈夫借助幽默的方式向妻子妥协了。他们通过这种幽默的方式解决了问题，避免了夫妻各执己见的局面出现。所以，当夫妻之间出现不同意见时，都不妨借助幽默的方式，这样的话，在笑声中所有的问题都将得到解决。

示例 17　无法容忍的第二次失误

一个人在月底领工资的时候发现少了一块钱，于是他非常生气地跑去问会计。

会计说："上个月我多给你了一块钱，你生气吗？"

这个人回答道:"偶然的一次失误我是可以理解的,但是你接连出现失误,我就无法容忍了。"

笑过之后思索多

生活中总是有一些人,他们可以堂而皇之地占别人便宜,而且每次都会在心中窃喜,他们认为这是自己的好运气到来了,是理所当然的。他们绝对不会因此而不安或者感恩生活的,在他们的价值观里,攫取就是一种道理,他们的真理就是保证自己不吃亏,是不存在正确和错误的概念区别的。

不仅仅如此,如果他们发现自己曾经占过的便宜,到了现在需要偿还的时候,他们就开始生气,甚至勃然大怒,因为已经吃到嘴里的肉吐出来是很不舒服的,也是他们无法接受的,这种大亏,怎么可能让他们这种争强好胜、喜欢占便宜的恶人吃下呢?

于是,他们就会自己编造一些看起来很合理的理由来保卫自己,和自己的胜利果实。就像上面故事中的那个少领工资的人,本来这个月的少一块和上一个月的多一块已经抵消了,但是他将这两次都认为是会计的失误,而且更不愿意接受要吐出已经吃下的肥肉的现实。

其实,在我们的人生中会有很多的账单,付出多少,势必就收获多少,这些都是平衡的,如果只是一味地索取而不知道付出,那么到最后只有一个结果,那就是自己来埋单,那些总喜欢耍滑头的人,他们都不会一帆风顺的。

示例 18　吝啬的富翁只值一个便士

诗人拜伦在泰晤士河岸散步时,看到了一个掉入水中的富翁被一个穷人冒着危险救起,但是这个吝啬的富翁只给了一个便士给穷人作为酬谢。

在岸边看到这一幕的人都感觉非常生气,他们都叫嚷着要把这个忘恩负义的家伙再次扔到水中。

这个时候,拜伦阻止他们说:"算了吧,他很清楚自己的价值。"

笑过之后思索多

这件事情是诗人拜伦生活中的一件小事,我们来看看故事中的主人公——那个吝啬的富翁,他是一个吝啬的人,但是在这个世界上,他的价值到底是多少呢?

从富翁自身的角度来看,他把吝啬作为他在这个世界的处世原则,对此他是一点都不含糊,既然自己的命已经保住了,又何必傻乎乎地再付出一笔金钱呢?至于那个救他的穷人,富翁完全不去管他怎么想,给他一便士已经很不错了,毕竟他得到了报酬。

很明显,这个富翁的自私使得他在做事时把自己作为中心,他将自己得失作为评判事物的标准,这种做法完全违背了道德,是一种不折不扣的奸诈行为,他的这种做法自然不会让自己有好果子吃。

富翁的这种做法引起了围观者的不满,都准备将他再次扔到河中,要不是诗人拜伦路过而劝住了他们的这种行为,他们或许真的会这样做,很明显,富翁的这种行为已经让他自己受到了众人的贬低和讽刺,但是他并不在乎,事实上他已经颜面尽失,他的这种损失,是金钱无法换回来的,也是不能用金钱来衡量的。

我们再来看一看这个一文不值的富翁到底做错了什么?他在乎的是自己,让自己拥有更多,从而让自己更富有,他认为得到就是自己占到了便宜,而付出的就成了自己的损失,他只是关爱自己,而看不到别人,他的人生观是自私和偏执的。他对自己的恩人甚至都摆出了一副吝啬的面孔,他的这种行为只能让自己日后的生活变得更加惨不忍睹,相信他会为自己的吝啬付出代价。

示例 19 什么样的精神病人可以出院

记者采访了精神病院的院长,问他怎样确定一个病人是否康复,是否可以出院。

院长对记者说:"这个很简单,我在浴缸中注满水,然后在旁边放一个汤勺和大的勺子,然后让他们把浴缸腾空。"

记者听后说:"明白了,如果是正常的人的话,他们会用较大的勺子。"

院长说:"不,正常人会把浴缸的塞子拔掉……"

笑过之后思索多

"劈柴不照纹,累死劈柴人。"这是我国民间的一个俗语,说的就是那些不按照正常方法做事的人,他们的傻干只能是让他们吃力不讨好,让他们的费劲没有任何的效果,这种愚蠢的做法不会有好的结果。

每个人做事都不希望自己做的是无用功,因为这种做法不仅浪费了自己的体力、精力和金钱,还很有可能被别人看成是一个十足的笨蛋。

上面的这个小故事是个很有深意的故事,连记者都选择了舀子来舀出浴缸中的水,但实际上,不管舀子还是汤勺都是迷惑性的条件,它们的作用只是用来干扰被考察对象的,看他们能不能看穿对他们的迷惑,从而找到最佳的测试效果,因为在这种场合下,即便是像记者这样的正常人也难免借助惯性意识最终走入死胡同之中。

在决定去做一件事情的时候,不仅要依靠自己的努力和拼搏,任何事物都有其存在的客观规律,所以,我们在做事之前一定要找到这件事情的窍门,这样才能够事半功倍,要不然,就会做出那种不拔木塞放水,而使劲用舀子来舀水的笑话了。

示例20 糟糕的健康状态

罗本先生生病了,医生在给他做了一个彻底的全身检查之后,表情严肃地对他说"您的健康状态糟透了,您的肝里有水,您的肾脏里边有结石,动脉里边有石灰……"

罗本先生很幽默地说:"如果您现在告诉我,我的脑袋里边有沙子,那么我明天就准备盖房子。"

笑过之后思索多

据美国芝加哥《医学生活周报》报道,美国的一些医院已经开始雇佣所谓的"幽默护士",他们的主要工作就是陪同重病患者看漫画,讲笑话,通过这种方式对患者进行心理上的治疗,因为他们发现幽默和笑声,可以帮助病人减轻病痛的折磨。

在我们的日常生活中,如果患病或者遭受到意外的伤害,幽默往往能够及时给予我们帮助,减轻我们的痛苦,同时可以缓解我们在病痛过程中的烦闷心情。

疾病对人的打击不小,但要是有一种洒脱和潇洒的生活态度,他们就可以自我疗伤,可以重获生活的希望和欢乐。

示例21 外祖母的死而复生

经理对他的女秘书说:"你能相信一个人去世之后又可以复活吗?"

"这个当然不能相信了。"

经理又说:"这个就奇怪了,前两天你还去参加你外祖母的葬礼了,而今天中午她却来看望她的孙女来了。"

笑过之后思索多

不管是一个单位的领导,还是政府部门的上级,在批评下属的时候需要注意一下讲话的方式,只有这样做了,才能够避免招来下属的敌意,这就需要领导或者上级能够掌握一定的说话技巧,通过巧妙的讲话告诉对方做的不当的地方。幽默是人们交际中的一种润滑剂,它可以让人们之间的关系更加和谐,如果将这种技巧用在了犯了错误的下属身上,那么也会收到很不错的效果。

上面故事中的经理用一种幽默的方式,既达到了批评女下属的目的,同时也避免了女秘书的敌意,也没有损害到女秘书的面子。

古人云:"人非圣贤,孰能无过?"下属在工作的过程中犯了错误是可以理解的,但是上级领导如果对他的错误不管不问,这对这个下属也不是一件好事情,由此可见,领导的批评是很重要的,而这种批评如果言辞不当,那么就会带来很多不必要的麻烦,往往会导致一些意想不到的糟糕事情发生,所以,懂得应用幽默的方式来批评下属在工作中的错误,可以让事情得到更好的解决。

示例 22　做司机的戈尔巴乔夫

　　戈尔巴乔夫有一次要参加一个重要的会议，他只能让他的司机开快一些，司机很担心他的安全，又担心违章，所以只好婉言谢绝了。戈尔巴乔夫有些着急了，命令司机和他调换一个位置，然后亲自驾着车开始飞驰，很快，这辆飞驰的汽车被交警拦了下来，他们准备扣押这辆车，但是那位警员在查询了一下，之后对警长说："警官，车上坐着一位要人，恐怕不好扣押。"

　　警官不满意地说："上面到底是谁？"

　　"不好说，警官同志，不过，戈尔巴乔夫先生是他的司机。"警员面露难色地说。

　　笑过之后思索多

　　同样的一件事情，可以换一个角度，用另一种方法去解释，或许也能够收到更好的效果。

　　上面故事中的警员的玩笑开得非常好，如果直接说是戈尔巴乔夫开的车，那警官必定感觉很难堪，如果这样说，好像是告诉警长是要扣下戈尔巴乔夫的车吗？而换了一种方式去说话，一下子松弛了两人的对话神经，从而也活跃了气氛。

示例 23　观察细心的赶车人

　　有一次，福尔摩斯在巴黎找来了一辆马车，他先是把旅行包扔进了车里，然后上了车，赶车人说道："福尔摩斯先生，您要到什么地方去呢？"

　　"你居然认识我？"福尔摩斯感到非常诧异。

　　"我从来没有见过你，先生。"

　　"那你怎么能一下子叫出我的名字来呢？"

　　"这个嘛，"赶车人说，"我在报纸上看到了您在法国南部度假的新闻，看到您是从马赛开来的一辆火车上下来的，而且您的皮肤黝黑，看起来是经过了至少一个星期以上的充足阳光照射。另外你还有一个外科医生那种敏锐的目光……"讲到这里的时候，赶车人停了停，福尔摩斯感觉很吃惊："你居然有这么细微的观察能力,真是太神奇了!你简直是和福尔摩斯不相上下了。"

"当然,不过还有一个很重要的情况。"赶车人说。

"什么情况呢?"福尔摩斯感觉到很好奇。

"在您的旅行包上写着您的名字呢。"

笑过之后思索多

车夫是一个很细心的人,他通过各个细节了解了福尔摩斯的身份。

细节是我们生活中很重要的一部分,生活中会经常遇到一些难题,而这些难题都必须去面对、去解决,而这些难题的解决未必是通过大局而入手,也许就是一个小的细节的改变,就会让难题迎刃而解。

比如说你要打开一个密室的门,首先要找到那个有用的机关,而这个机关肯定是藏在一个不被人察觉的地方,只是从整体上进行寻找很难突破,只有那些细心的能够发现细小问题的人才能够找到这个机关的位置。粗心大意、不注重小节的人是无法获得成功的,要知道细节是致命的。

在鲁班之前不知道有多少人被长着锯齿的草割过手指,但只有鲁班在被草割过之后,根据草叶的锯齿形状发明了锯子。

在牛顿之前,不知道有多少人看见苹果从树上掉下来,但是也只有牛顿看见苹果从树上掉下来之后,发现了地球引力,最终发现了万有引力。

和其他的人相比,鲁班和牛顿就是善于把握细节然后成为成功的人。

有一个年轻人在一家律师事务所里面工作了将近三年,虽然没有得到晋升,但是他在工作的这三年里,在律师事务所中学到了很多东西,而且还拿到了业余法律进修学院的毕业证书。比起其他在律师事务所里面工作的人来说,这个年轻人不论资历还是经验都远远和他们不能相比,但是这个年轻人的收获却要比他们多很多,他利用了一切细节的问题,来提高自己,不断学习,即便在这个过程中他的工资是很低的,他的地位也是很低的,相信这样的年轻人终究有一天会有出头之日,会因为他的仔细观察和谨小慎微而获得成功。

难题之所以是难题,就是因为人们都没有想着去解决它,人们都很难注意到细节中所包含着的契机,把握好了这种契机,就算是最小的突破口,终究可以改变。

第十九章
一线之间，聪明或者愚蠢

聪明人有聪明人的笑话，同样愚蠢的人也有属于他们的笑话。一般情况下那些属于愚蠢人的笑话都是自以为聪明的人办着愚蠢的事情，这种笑话在让我们大笑的同时还可以让我们反思，明白一些道理。

示例 1　被监视中的大乌龟

有两只乌龟一大一小在喝可乐，大乌龟喝完自己的以后就对小乌龟说："你去外边再帮我拿一瓶过来吧。"

小乌龟刚挪动了一下就不走了，他停下来说："你肯定会趁我出去的时候喝完我的可乐。"

"我不会这样做的，你是在帮助我，我怎么可能损害你的利益呢。"

大乌龟保证了很多次之后，小乌龟终于相信了他。

大乌龟在房子里耐心地等待着小乌龟，过去了三个小时了，小乌龟还没有回来，大乌龟就想："小乌龟应该是不会回来了，他一定躲在外边喝可乐去了，怎么可能会回来，要不然，我喝掉他的可乐吧。"

大乌龟刚要喝小乌龟的可乐，这时就听到小乌龟气冲冲地说："我早就知道，你也喝我的可乐，我已经在门外边监视你三个多小时了。"

笑过之后思索多

我们在笑过这个笑话之后再次品味，很多人做事情都是借助着自己先入为主的思想意识，然后错怪或者冤枉了别人，很多人总是喜欢在事情没有确定之前，就为其贴上自己认为的标签。

以前有一位著名的心理学家做了这样一个实验：他让两组参加实验的

人员都给一位女士打电话,他给第一组的人员说,这位女士是一个冷酷、呆板、枯燥、乏味的人;而告诉第二组的人说,对方是一个热情、活泼、开朗、有趣的人。实验结果显示,第二组的参加者和那位女士聊得都很愉快,通话的时间也都长于第一组的参加者,第一组的很多人都没有办法和这位女士顺利地交谈下去。

出现这种状况的原因很容易理解,在做事情之前的先入为主的观念已经决定了你的交往方式,无论是你的语言还是你的非语言信息都会起到影响作用。

弗洛伊德潜意识理论讲的就是这个道理,他告诉我们:人的行为和语言受着无意识的态度和观念的影响,甚至是支配,这些没有经过意识过滤的态度和观念会通过极其微妙的途径传达到对方的身上,从而使事情向自己预想的方向发展。如果这些态度和观念是消极的,是带有敌意的,就会产生不可想象的后果。

人际交往中,人们都有保持心理平衡的需求,你如何看待别人,别人就会怎样看待你;同样你怎么对待别人,别人就会怎么对待你。所以如果有人在交际的过程中显示出了对对方的消极看法,那么,这些看法会慢慢流露出来,通过自己的语言或者其他行为表现出来,对方察觉到这些信息之后,也会作出相应的反应。

人际交往中,你对别人的态度和别人对你的态度是相同的,甚至可以说是完全一致的。有位心理学家曾经说过:我们可以从别人的脸上读到自己的表情,这句话就是最好的人际交往中预期态度决定成败的总结。

示例2 喜欢喝酒的一对老年夫妻

有一对有趣的老年夫妻,他们背着自己的酒去集市上卖,因为他们二人都非常喜欢喝酒,所以相约,都不许白喝酒坛子里的酒,要喝就得付钱。

二人翻过了一座山,然后坐在地上休息,老头就忍不住想喝酒了,于是他从兜里拿出一枚硬币,于是给老太太说:"我现在拿出了钱,我是可以喝酒的啊。"

"当然,只要你给钱就可以喝酒。"老太太说着。

老头子把硬币放到了准备用来装酒钱的袋子里,然后舀了两瓢酒喝了下去。

旁边的老太太看着有点眼馋,于是也从兜里拿出一枚硬币,也要喝酒,于是她把钱也放到了那个袋子里边,然后喝了两瓢酒。

没想到,老太太刚把小瓢放下,老头又拿出了一枚硬币又喝了两瓢。

就这样两人还没有走到集市上,就把坛子里的酒全部喝完了。

笑过之后思索多

笑过之后,我们再品味这个故事里的道理,每个人都做着赚钱的美梦,但是很少有人能够实现这个梦想,更多的人其实都只不过是把自己右口袋里的钱挪到了左边的口袋里而已,但是因为他们的钱一直在流动,所以他们感觉非常踏实,他们也从来不去思考,这些钱的来源和去处。这样即便过上很多年,他们的口袋里的钱没有真正意义上的增加。

这样的做法,在精神上可以带给人们极大的满足感和自我安慰,可是这种带有点自欺欺人感觉的情况其实还是在欺骗着自己。

就像上面这对有意思的老年夫妻,表面上看他们好像把酒全部都卖出去了,而且他们还喝到了酒,可以说是两全其美的一件事情,但实际上是他们喝了自己的酒,而钱却一点都没有增加。

示例3 魔鬼都没有办法满足你的愿望

一个长相丑陋的女人独自一人在海滩上散步,这个时候她看到了一个瓶子,她打开后,出现了一个魔鬼,魔鬼对她说:"你把我放了出来,给了我自由,你向我提出的任何要求,我都可以满足你。"

于是,这个女人想了想说:"我想变成一个漂亮的女人,有伊丽莎白·泰勒一般的头发、有碧姬·芭铎一般的眼睛、还有像索菲亚·罗兰一样的身材。"

魔鬼看了她一眼以后说:"亲爱的,你还是把我装回瓶子吧。"

笑过之后思索多

我们再来品味一些这个笑话里蕴涵的道理,人一生把握机会很重要,很多人一旦抓到机会,就希望可以从此一步登天。但是,只要仔细想一下就知道了,如果你拼命榨取机会,那么机会很有可能离你而去。举一个简单一点儿的例子,如果你遇到的机会是一个篮子,大约五公斤的承重能力,而你却打算在里边装入将近二十公斤的东西,你想把它当做一个筐来使用,这样自然会得到不好的效果。

过分的要求不仅让自己的希望最终落空,也会让好不容易得到的机会,从自己的指缝间溜走。就像上面笑话里面的那个丑女人,她一口气想变成特别漂亮的人,这下子连魔鬼都不能满足她的要求了,她丧失了一次让她摆脱丑陋的机会。

所以无论是面对良好的机会还是生命中的贵人,一定要适可而止,不要让自己的愿望成为别人的负担,那么最终失望的还会是自己。

示例4 没有玩好的数字游戏

一家服装公司的老板因为积压了几百套的夏季男装而感觉到郁闷。

这个时候,有个代理人建议他把存货寄到外省去。老板认为外省的人们现在也不需要夏季的衣服。

代理人说:"不一定,我们把包装做得精美一些,然后我们把十件作为一包,但告诉顾客我们只装八件,而且按八条计算价格,这样他们就认为他们占了便宜,肯定会愿意买我们的货的。"

老板也认为这是一个不错的注意,于是按照代理人的想法做了。

过了大概有一周,老板找到代理人非常生气地说:"你看,我被你骗了,他们不但没有留下我的货,而且只退回来了八件衣服。"

笑过之后思索多

我们来品味这个笑话,人们的想法只是藏在自己的大脑里,任何人都是无法预料的,但是生活中总是有些人自以为是,认为可以预料别人的想法,甚至认为别人会按照自己的想法去做事。

这种理所当然的人就是因为自我肯定意识膨胀的一种表现,他们的目的是为了表现自己的聪明才智,表现他们与众不同的地方,从而满足自己的虚荣心。

但是并不是所有人都买他们的账,如果他们的把戏被别人看穿,就会让自己遭殃。

在上面故事中的代理人就是个自以为聪明的人,他以为外省的人都会受骗,所以出了这么一个馊主意,但没有想到的是,最终只能让他们自己吃亏。

一厢情愿的想法充满着冒险性,这种想法在我们的现实生活中往往会遭到冷遇,所以,尽量不要尝试这种想法和做法。

示例5 聪明反被聪明误

杰卡斯和卢西奥是两个美国人,他们两人相约旅行的时候在堪培拉住了几天。他们所住旅馆的老板娘是个风韵犹存的寡妇,他们两个人和她都很熟悉,等到他们离开澳大利亚的时候,三个人在酒吧里度过了一个愉快的夜晚,然后就收拾东西去了。但是收拾完东西后,杰卡斯在半夜溜进了老板娘的房间……

第二天早上两个人要离开了,老板娘把杰卡斯叫到自己身边说:"我只是知道你们两个的名字,但是却和人对不上。"说完,她给杰卡斯递上了笔和本子。

杰卡斯反应很快,于是他在老板娘的本子上写上了卢西奥的名字和家庭地址。

一次旅行中的这个小插曲杰卡斯很快进忘记了,大概半年之后,有一天晚上卢西奥给他打来电话,对方非常激动地说:"杰卡斯你还记得堪培拉的那个老板娘吗?我们曾经在那里住过,那边的律师给我打来电话,说老板娘死了,临死的时候把她的所有遗产都留给了我,我现在都有点糊涂了,我只是和她聊得比较来而已,只是和她一起喝过酒而已。"

笑过之后思索多

看完这个故事我们再来想一下,生活中总是会有一些聪明的、懂得如何办事的人,他们做任何事请总是轻车熟路,可是他们终究却是一事无成,但是他们的聪明才智在他们的不断算计下开始下降,最终只能是让自己悔恨。

这种人的确是很聪明的,但是他们的聪明总是用在没有意义的算计上,反而是浪费了自己的时间。他们总是生活在别人的廉价的赞扬和羡慕中,往往失去了真正可以做大事的机会。

就像上面故事里的杰卡斯就是这样一个聪明、善于投机取巧,但是没有勇气也缺少男子汉气概的人,他只会耍小聪明,却缺少敢作敢当的勇气,自己占了便宜还想让自己的朋友背黑锅,结果却让他失去了一笔不菲的财富。

示例 6　骗不来的金币

有个人想把一个孩子的金币骗到手。

于是这个人走到孩子的面前,然后拿出几个铜币说:"我们来交换吧。"

孩子答应了他的要求,但是孩子也提出了一个要求:"你必须装毛驴叫。"

这个人见四周没有人,为了能够把金币弄到手,于是就学了几声驴叫。

这个孩子说道:"连毛驴都能分清楚金币和铜币的价值,难道我分不清楚吗?"

笑过之后思索多

自以为是的人总是有一个缺点,就是会让自己的聪明过度膨胀,但实际上他的聪明才智在降低,他们在利益的驱使下很有可能做出和自己的聪明才智不符的行为来。

这种情况在局外人眼里,简直就是一出笑话,剧中的主人公让人忍俊不禁,他丑态百出,滑稽好笑。

上面故事里的那个人原以为很容易就可以骗来小孩子的金币,但是没有想到被小孩子以自己的方式耍戏了一番,他过分高估了自己的智商,也过低估计了孩子的智商,结果最后以学驴叫来骗金币,但还是失败了。

虽然不是所有的自以为是的人都像这个人一样人品低下,但是他们这种心态和行为,终究有一天会让自己遭遇尴尬和难堪。

示例 7　换不来金子的大葱

有这样一位商人,他带着两大袋的大蒜来到阿拉伯做生意。那里的人在他来之前没有见过大蒜,自然也想不到世界上还有这样味道好闻的东西,于是他们用他们当地最为热情的方式招待了这位商人,在他的走的时候还送给了他两大袋金子。

有另一个商人听说了这件事情之后,也带着两大袋的大葱来到了之前那个商人去过的地方,同样,那里的人也没有见过大葱,甚至还觉得大葱的味道超过了大蒜,于是他们用更热情的方式款待了这位商人,这个时候他们认为用金子已经无法代表他们对商人感谢的心情,于是在商人走的时候送给了他两大袋大蒜。

笑过之后思索多

我们在做事情之前总是会盘算很久,做一些准备,因为人们坚信如果在做事情之前多做些准备,那么结果就可以预料。人们都相信努力终究会换来成功。

但是,在生活中总是会有很多变化,这就是"计划不如变化快",世界上没有十拿九稳的事情。

在上面故事里的第二位商人,他原本以为他在阿拉伯人那里可以换来比第一个人多很多的金币,但是却换来了一些大蒜,这种结果真的是让人欲哭无泪。

示例8 不断挖战壕的新兵

"我的儿子在部队,前两天却因为干活太过于卖力气,反而被关了几天的禁闭。"

"怎么会有这样的事情?"

"有一天,领导让他去挖战壕,他干得很努力,直到他把战壕挖得很深,他原以为会得到领导的奖赏,但是领导却认为他是一个贪生怕死的人。"

笑过之后思索多

做任何的事情都需要符合要求,有最基本的准则,就像我们写文章一样,如果你写偏了题,即便是你写得文采飞扬,那你同样会被别人认为是劣等的文章。同样,如果在生活中努力的方向出现了偏差,即便你很努力,那换来的却是相反的结果。

所以,在我们接受到一项工作的时候,首先要确定吩咐者的意图是什么,然后想明白自己该去怎么做,以及应该做到什么程度,一定事先要有个准确定位,要不然,你的工作到最后就会变得费力不讨好。

就像上面故事中所描述的新兵,就是因为自己不了解吩咐者的意图,自认为挖得越深越好,但却遭到了领导的训斥和禁闭,因为战壕是战场上用来掩护自己,然后发起进攻的,但是他挖得太深,就无法观察和还击敌人,最后也无法发起进攻,这其实就是贪生怕死的表现啊。

示例9　不知就里的相亲者

有一位长相甜美的小姐去相亲,看见对方是一个长相一般的小伙子,于是就变得趾高气扬起来:"请问你有别克车吗?"

"抱歉,我没有别克车。"对方这样说。

"那你有三室两厅的房子吗?"小姐又这样说。

"对不起,我也没有。"

"那你还跑来和我相亲。"那位漂亮的小姐说完这句话,然后转身离开了相亲的现场。

那位先生很郁闷,他心里想:"真是奇怪,我有别墅,她却要我有三室两厅的房子;我有一辆宝马,他却让我换成别克。"

笑过之后思索多

在我们的生活中,以貌取人是很常见的一种行为,一眼看过去如果对方没有达到我们的标准,就变得趾高气扬,挑三拣四来了,显示出自己可怜的优越感。

但是很多时候事情并不是和他们想的一样。不是每个人都把自己的所有全部展现出来,表面上看起来很一般的人,其实很可能有很强的能力或者有很显赫的身世。所以,在任何时候都不要只看到别人的外表就轻率地下结论,更不要认为自己有什么傲视别人的资本,这样会显得非常不明智。

就像上面故事中的那位小姐一样,她的态度把她的无知和轻率暴露无遗,但是她的这种做法只能让她丧失了一个优秀的青年。

看人的时候是这样,其实做事情的时候也是这样,做事情不要只看到表面就匆匆忙忙去做,这样的话,你的眼光会有局限性,出现错误在所难免。

示例 10　懂得翻眼皮的猩猩

有一天,一个人去动物园看猩猩,他给猩猩做鬼脸,猩猩也跟着做鬼脸;他向猩猩作揖,猩猩也模仿他;他又向猩猩翻眼皮,没有想到这次猩猩却打了他一个巴掌。

这个人非常生气,他去找饲养员理论。饲养员告诉他,在猩猩的语言里,翻眼皮是骂对方傻瓜的意思,这个人这才知道原因。

第二天,这个人又去动物园,他想报复猩猩。他刚开始做鬼脸、作揖,猩猩都跟着做了,这个时候他拿根棒子打了一下自己的脑袋,然后把棒子交给猩猩。

不料这次猩猩也没有模仿他,而是向他翻了翻眼皮。

笑过之后思索多

我们的生活中不乏那些自以为聪明的人,他们总是将捉弄他人作为自己的爱好,但是别人不是傻瓜,最终被捉弄的还是自己,只有尊重了别人,别人也才会尊重你。这其实是人品的问题,如果一个人人品有问题,那么他们就不会吸引别人,自然也没有人喜欢和他交往。

要想吸引别人,就不要只想着捉弄别人,要学会尊重,拥有良好道德的人才是大家都喜欢的人。

示例 11　贪婪的女导游

为了感谢自己的导游小姐,游客张琪在旅游结束的时候,给他的导游说:"你带我旅游了爱尔兰的风光,我很感激你,我想送你一件礼物。"

这个女导游是个贪婪的人,但是又不好意思直接时候,于是她吞吞吐吐地说:"我比较喜欢打扮,那就送给我一些脖子、耳朵和手指上能够用到的东西吧。"

第二天的时候,张琪就给女导游送来了礼物。是按照女导游意思的戒指、手镯和金项链吗?不是。

只是一块香皂。

笑过之后思索多

人固然是可以有欲望的,但是不能一味地放纵自己的欲望,尤其是面对利益诱惑的时候,要懂得放得开,要不然,本来轻松的生活会让自己搞得面目全非。

一个人在生活的过程中应该懂得适度,也应该懂得知足。面对生活中的各种诱惑可以做到豁然,这样自己就会永远生活在快乐中,可以永远让自己的心态保持平衡。

示例 12　撒谎成习惯的丈夫

丈夫要到离家二百公里之外的地方参加一个会议,并且打算之后和同事一起留在那里狂欢。

于是他给妻子发了一条短信。

第二天回到家的时候,妻子的脸色非常糟糕。

丈夫很奇怪,他问:"难道你没有收到我的短信吗?"

"收到了,你说你没有赶上十点钟的末班车。"妻子很生气地说:"可是,你是在九点半的时候发的短信。"

笑过之后思索多

如果你的谎言能够很容易被人识破,这算不得高明,不但不能帮助自己,反而会带来很多麻烦,因此一定不要撒谎,因为一个谎言可能需要你用一百个谎言来掩盖。

上面故事中的那位丈夫就是这样的人,虽然他把不回家的理由说得很好,但是他却没有注意到时间,让自己精心找到的借口变成了谎言。

在现实生活中,诚实很重要,是一个人做人的根本,如果一个人把撒谎当成了习惯,那么就会很容易毁掉自己的生活和工作。

示例 13 迎合丈夫的妻子

加尔克夫人在丈夫回来的时候还在打扫房子,当时她的衣服很脏,而且头发也乱糟糟的,一脸的灰尘。

加尔克说:"我累了一天了,回来居然看到你这样的尊荣。"

邻居西多夫夫人正好也在场,她听到加尔克的话之后,赶紧回家收拾洗漱了一番,然后等着丈夫回家。

西多夫回到家的时候已经很晚了,他推开门看到妻子,很生气地说:"今天晚上,你准备要出去吗?"

笑过之后思索多

有些场面会让人泄气、让人伤心甚至会让人感觉损伤了尊严,这些场面无外乎以下几种:一,自己的一番好意,到头来却没有得到别人的认可,还认为你有不良企图;二,自己苦心经营的一件事情,别的人不认为你是对的,反而认为你是多此一举;三,自己认为是精明的行为,在别人眼中是多此一举。

这些结局,人们都不希望发生在自己的身上。

就像上面故事中的西多夫和加尔克的夫人,她们的做法虽然不同,但是她们的想法是一样的,那就是想要让自己的丈夫开心,但是前面讲到的几种情况几乎无一例外发生在他们身上。

我们做的任何事情一方面要考虑到不要让自己的信誉受到损害,一方面也要考虑迎合市场的需求,否则,即便是自己辛辛苦苦努力了,到头来也会成为别人非难自己的理由。

示例 14 聘用那个骗子

一个老板跑到公安局报案,他说:"有一个骗子冒充是我的推销人员,然后在镇子上骗取了将近 10 万美元,这比我所有的推销员赚到的还要多。你们一定要找到他。"

"请放心,我们会抓住他,我们会让他呆在监狱里。"

老板有些着急了:"不,你们要把他关起来呀?我是想要聘用他。"

笑过之后思索多

笑话中的老板是一个非常精明的人,他看到了这个骗子身上的品质,所以决定大胆聘用这个骗子,虽然看起来有些冒险,但是他这种不拘一格降人才的做法,值得其他的老板的借鉴。

领导做任用人员的时候要有胆量,要有一种求贤若渴的状态,只有这样,才能够把一些有能力的人招聘到自己的手下,如果不能任用这些人,那么,他就是一个不懂得用人的领导。

事实上,工作中的大多数领导都没有不拘一格降人才的魄力,他们的做法使得一些真正的人才无法显现出来,无法发挥其才能,也是间接地让公司受到了很大的损失。

要想避免失败,避免成为让公司效率降低,那就需要改变自己的观念,应该努力、大胆地启用人才。

示例 15　这回动了真格的

CIA 对三名应征者进行了审核,三位应征者来到了主考官的面前。

第一位进来后,主考官问道:"你对你的太太充满爱意吗?""是的,我爱我的太太。"

"你爱你的国家吗?"主考官又问他说。

"是的,我爱我的国家。"

"那么哪一个是你的最爱呢?"

"当然是国家,这个毫无问题。"

"好的,那我现在把你的太太带到隔壁,然后你过去开枪杀死她。"

这个男子来到了隔壁的房间里,过了五分钟还是一片沉寂,随后这名男子一身臭汗地出来了,然后放弃了应征离开了现场。

第二位应征者面临了相同的问题,这名男子也是没有办法去结束自己妻子的生命,于是他也不得不放弃了。

第三名的问题和回答也都是一样的。主考官还是把枪给了他,让他去杀死自己的妻子,这个家伙走到那个房子里,时间不久就响起了六声枪声,紧接着压碎东西的声音又响了好几分钟,随后这名男子带着松松垮垮的领带回到了面试现场,主考官迫不及待地问他发生了什么事情。他说:"你们给我的都是空包弹,于是我只好勒死了她。"

笑过之后思索多

笑话中,考官并没有打算让应征者去杀人,只不过是想测试一下他们的忠诚度和应变能力,前面的两个应征者的忠诚度都不够,而最后一个应征者却缺乏应变能力,居然真的杀死了自己的妻子,他真的是愚蠢到家了。

我们的生活中其实也有很多这样的情况,很多情况下,对方并不会告诉你他的真实想法,他们往往是话里有话,如果你不能理解他的语言,或许就会犯致命的错误,如果你动动脑子能够了解到对方的真实想法,我们才能够有针对性地做出相应的举动。

社会生活中,有些时候的确碍于各方面的面子和情势,人们往往不能够说出自己的真实意图。可能他嘴上说很好,但是心里却认为不值一提;如果他说还可以,或许在自己的心里早已打了满分;他要是认为不满意,也许并非真的不满意,只不过是想获得更多的好处。

所以说,如果你想知道对方的心里话,只有通过动脑子想办法,然后获得真实的信息。

示例 16　从没有买过彩票的"中奖者"

有这样一个落魄不得志的中年人,隔三岔五地就要到教堂里祈祷,他的祷告词几乎也是一样的。

第一次他来到教堂的时候,跪下来,然后低声念着:"上帝啊,看着我这么多年敬畏您的份儿上,就让我中一次彩票吧。"

又过了几天,他又一次来到教堂,说的内容也是一样,周而复始,不断地祈求。

后来,他又像以前一样做祈祷:"我的上帝啊,您为什么不听我的祷告呢?就让我中一次彩票吧,只要一次就可以了,那将解决我的所有问题。"

就在这个时候,圣坛上发出了声音:"我一直在听你的祷告,但起码你自己要买一次彩票吧。"

笑过之后思索多

世界上的确有很多这样的事情,虽然有些人都怀着成就事业的愿望,但是自己迟迟不动,好运气自然也不会来了。

为了能够实现自己的梦想,首先一定要有既定的目标,然后按照自己的目标走下去,彻底地行动起来,只有这样,你才能够得到上天的垂青,你才有可能获得成功。

任何事情都是一样的,要想达到目标,道路不会平坦,中间或许有阻路的猛虎,或许有荆棘险滩,不管你怎么做,你都要面对这些困难,你要做的就是认定自己的目标,然后努力做下去,这样即便你不会获得成功,那你也在每天都在离成功近一些。

不管你的梦想是大是小,不管你的梦想具体是什么,如果你不付出努力,如果你只是将其停留在美好的愿望中,那么终究会成为泡影。就像上面故事中的人,他想要中奖,可是自始至终都没有买过彩票,没有做过努力,又怎么可能成功呢?

示例 17 妻子的"不放心"

"小燕,你的脸色很不好,是不是生病了?"

"没有的,只不过是因为我的丈夫在住院,我守护他,有点累而已。"

"难道医院里没有护士吗?"

"正是因为有护士,所以我要日夜守着他。"

笑过之后思索多

无论是自己的物质财产还是情感,这个世界上让人放不下的东西很多,稍不留神,自己的正当利益就遭到了别人的侵犯,所以在防着别人的同时,有时候还需要自己亲自出马。笑话中的小燕就是这样,因为不放心自己的丈夫在外边拈花惹草,所以选择了亲自陪护。

当然,防备做得再好,并不意味着万事大吉,在这个过程中还需要讲究方法,故事中的小燕就是因为丈夫的原因搞得自己脸色很难看,所以一定要找个万全的好办法,要不然也会防不胜防。

如果"不放心"成为了自己心头的一块心病,那么生活就会增添很多烦恼,美国的石油大王洛克菲勒之前就是因为担心财产问题而让自己变得很衰老,最终在医生和心理专家的建议下,慢慢改变了对生活和金钱的看法,最后成为了一个无忧无虑的老人。

如果在我们的生活或者工作中遇到了"不放心"的问题,那么努力想出一个好办法来解决,或者放宽自己的心胸,不要让事情影响到自己。

示例 18 让丈夫忍无可忍的妻子

有这样一对夫妻他们经常吵架,尤其是妻子,每天都会想出一些事情来吵,有一次她在丈夫的外套上发现了一些长头发,于是她就和丈夫吵了起来,她认为丈夫在外边和别人鬼混。

丈夫知道她在找茬,于是他没有说任何话,而是每次回家之前都会把衣服扫干净,结果妻子一连好几天都没有在衣服上找到文章可以做,于是在一天晚上丈夫回来的时候,她大声哭闹。

丈夫说:"你又怎么了?"

妻子说:"你这个无赖,你跟以前的那个女人不来往了,现在却和一个秃头的女人搞在一起。"

笑过之后思索多

有的人总喜欢找到借口和别人吵架,甚至有时候会不择手段,这种行为一两次别人会容忍他的行为,但如果此人因为这个原因而更加无理取闹,很有可能让别人远离你。

相信世界上胸怀再宽广的人都会因为别人的无理取闹而无法容忍下去。

上面故事中的妻子就是一个无理取闹的人,丈夫其实有些可怜,他显然已经没有办法容忍妻子这样做下去,他们的婚姻很可能走向悬崖。

示例 19 化妆后还是很难看

在一辆火车的车厢里,有一位妇女正在精心地打扮着自己,对面有一个小女孩眼睛睁得很大地看着她。

小女孩问她:"女士,你为什么要这样做?"

"哦,你是怎样认为的呢?"

"不知道。"

"这个是为了漂亮。"

"但是我并没有看到漂亮啊。"

笑过之后思索多

在生活中,总会有些令我们心不甘的事情,遇到了这种情况,人们就会想些办法用来补救,他们只是借此来拥有一些侥幸的希望,并且获得一些心理上的安慰。

可是这种没有任何希望的事情,做出来也是白白地浪费时间,实际上是并不值得的。

人一生的时间和精力都是有限的,而对于那些真正需要我们努力的事情,是很多的。只有把握住这些重要的、能够对我们的人生起着重要作用的事情我们才值得花时间去做。

所以,在我们的生活中没有必要为了一些没有希望的事情而浪费时间,我们要不断提醒自己,对于那些没有必要花时间的事情上,就应该快刀斩乱麻,早些结束。要不然付出了很大的努力,却不会收到很好的效果,就像上面故事中化妆的女士一样,她想试图用化妆的方式挽回青春,但终究是失败了。

示例20 着急做爸爸的人

在医院的产房外坐着一堆准备做爸爸的人。

一位护士从产房里出来对着其中一个说:"恭喜你,你太太为你生了一个小姐。"

而另外一个男子突然跳起来喊道:"岂有此理,我比他先到的,却还没有轮到我。"

笑过之后思索多

我们现在所生活的这个看似没有秩序,实际上秩序森严的社会里,人们对于次序的关注是很重的。机关单位里是按照辈分的、喝酒吃饭也是有着尊卑次序的、排队买票是讲究先来后到的……不知不觉，间顺序的意识贯穿于人们的意识中，慢慢地形成了一种习惯。

在故事中那个性急的男人，在没有办法排队的情况下也要遵照先来后到的原则，一旦别人走在了他的前面，插了他的队，他就会立马暴跳如雷。

虽然这种日常生活中的秩序没有多大的关系，但是却可以给我们一种启示：在很多情况下，机遇或者好运不会按照次序给予人们，当得到上天的垂青的时候我们应该感觉到幸运，也许在我们的身后会有很多人正在羡慕者我们，甚至对我们的好运耿耿于怀。

可以假想一下，如果这种好运气落到了你身边的其他人身上，你又会怎么想呢？

示例 21　每次都能有收获

有一对中年夫妇在汽车站边上开了一家酒店，每天总是要工作到深夜12点多了，等到最后一个客人离开后，他们才能够打烊回家。

有一次，已经到半夜两点多了，有一个客人还伏在桌子上，显然他已经睡着了。

老板娘有点不耐烦了，对老板说："你已经出去六次了，为什么还不把他叫醒。"

"不，不能让他走，"老板很得意地说："你看，每次我去叫他的时候，他都以为我是来结账的，所以就会给我十元钱，然后又接着睡觉，现在都已经给了我六十块钱了，现在离天亮还早呢。"

笑过之后思索多

我们或许见过或者听说过这样的事情，本来挺好的一个人，不知不觉间就成了令人难以想象的模样，整个人与之前都有着完全不同的表现，做出害人，甚至是害己的事情。

其实，这种事情是很正常的行为，一些事实也能够证明，人性是坚强的，但同时人性也是脆弱的，就像历史上很多经历过战争岁月炮火洗礼的人们，在战争结束之后的糖衣炮弹面前失去了抵抗力，这种人的整个人生就可以证明人性可以脆弱，也可以坚强。人们在遇到能够让自己心志涣散的东西的时候，就会变得失去抵抗力，就会滑向不能自拔的深渊，如果自己的这种变化被别人加以利用，这就成为了一个敲诈的行为。

就像上面故事中的老板，本来他是一个好人，而且能够为身边的人们去服务，但就是因为在金钱面前失去了抵抗力，钞票巨大的诱惑力让他借助客人的醉酒开始贪婪地敛财，做出这种行为，完全把道德观念放在了一边。

所以贪婪是个可怕的东西，它有它的强大诱惑力，那些头脑不够清醒的人很容易被其诱惑，在它的面前，很多人的意识就开始瓦解。在工作和生活的过程中人们一定要不断提高自己的思想意识，让自己远离诱惑，不要有一天在镜子里面看见的自己是一个贪婪的、令人唾弃的卑鄙之徒。

示例 22　引经据典的读书人

从前有这样一个读书人，他特别喜欢引经据典，他自己认为这样做不违古训。

有一天他们家里失火了，他的嫂子跑来对他说："你大哥在前院看别人下棋，赶紧把他喊回来。"

读书人到了前院果然看到了大哥，但是他想到："圣人说过，欲速则不达，我索性慢慢来。"等他慢吞吞走到大哥面前，一见大哥正好在和别人下棋，他就站在大哥旁边看下棋。

一局结束之后，他才说道："家里着火了，嫂子让我叫你。"

大哥听后很生气说道："你怎么不早说，还在这里看我下了半天棋。"

于是读书人指着棋盘说："没有看到上面写着'观棋不语真君子'吗？"

他哥哥看见这个状况举起拳头就想揍他，但还是把手缩了回去，他反而把脸凑上来说："你还是打我吧，棋盘上不是写着'出手无悔真丈夫'吗？"

笑过之后思索多

书本可以让人提高知识，一个人懂得一些经典故事这个也没有错，但是书本上的知识只是理论知识,我们还需要通过实践来提高自己的认识。

一个只懂得借助书本说事的人,其实和一个文盲没有什么区别,他们同样都会一事无成。

所以说掌握书本中的知识并不能让我们取得成功,我们还需要不断通过实践提高自己的认识,最终让自己成为生活的强者。

示例23　梦中的百万富翁

小兵总幻想着自己有一天能够无缘无故发一笔横财,于是他每天念念叨叨的。

有一天,他终于得到了一笔意外之财,成为了一个百万富翁。

就在这个时候,他的亲朋好友都来为他祝贺,其实很多人都是来借钱的,小兵一生气,忍不住发起了脾气,这个时候他睁开了眼睛,原来是做了一个梦。

他坐起来说:"早知道是梦的话,就应该把钱借给他们了。"

笑过之后思索多

有些人总喜欢给自己打算盘,规划着自己的人生,他们认为他们想怎么着就怎么着,认为任何事情都是很顺利的,规划到最后就会沾沾自喜,认为事情真的这样成功了。

但是这种算盘毕竟是一场梦。

像上面故事中的小兵,幻想着自己能够发大财,发大财后,却又不希望自己的亲朋好友和自己一起分享,甚至大发脾气,虽然这些是梦中的事情,但是我们可以看到,这种事情即便发生在现实生活中,那个小兵也是不会和亲朋好友一起分享的。

示例24　吝啬邻居之间的比试

有这样两个邻居,一个叫张青,一个叫柳俊。

有一天张青让佣人去柳俊家借一把斧头,佣人来到柳俊家说:"我的主人想向您借一把斧头。"

柳俊听后说道："真不巧，斧头昨天刚被别人借去了，还没有还回来。"

佣人回来以后如实说给了张青，张青很生气大骂道："世界上竟然有这么吝啬的人，借一把斧头都不借。既然这样，那只好用我自己的了。"

说完他转身拿出了自己的斧头。

笑过之后思索多

笑话中的张青在埋怨别人吝啬，但是他自己却吝啬得出奇。

吝啬在人际交往中是大忌，人际交往讲求互利互惠，一旦有人只想着自己，不懂得帮助别人，那么他的人际关系必然失败。

当然，吝啬的表现不仅仅只是在财务方面，有时候也表现在感情方面，那种只知道让别人照顾，而从来不关心别人，不懂得去照顾别人的人，就是在感情上吝啬的人。没有人愿意和这种人交往，在一两次的交往之后，就会和他断绝来往。

当然吝啬的思想并不是与生俱来的，它的产生也有一定的原因。生活的过程中需要衣、食、住、行，这些都需要财务和感情，所以当人们无法满足自己，或者刚刚满足自己的生活基本需求的时候，就变得吝啬，当然并不是所有人都是这样，这还需要视情况不同而定。

示例 25　打针遇到的尴尬

老张去医院打针的时候，发现人很多。

老张很着急地来到打针室门口准备询问，这个时候却听到里边的人说："今天是你们的最后一天实习，现在我们来做个考核。"

老张听到这里吓了一大跳，他想，实习医生的技术肯定不好。

老张出去晃了一圈，回来发现医院里人基本没有人了，就走进打针室说要打针。

这个时候护士长说道："刚才没有及格的护士出来补考。"

笑过之后思索多

当我们在生活或者工作中遇到自己无法解决的问题的时候,就习惯把这一切推给时间,让时间去处理,我们会认为只要时间一到,任何棘手的问题都能够得到解决。

其实并不是这样,因为并不是所有的问题都可以由时间来解决,很多事情还需要自己去处理,侥幸的心理只能让自己换来一时的苟安,后面甚至会陷入更大的被动中。

就像上面故事中老张,原本以为时间可以帮助他,但是孰能料到时间将他推给了最危险的实习医生。

示例 26 看放鞭炮的问题

一个女记者就城市中放鞭炮的事情采访一位老奶奶。

女记者问道:"对于城市中随便放鞭炮的问题你怎么看?"

老奶奶说:"我怎么看?还不是卧在窗户上看。"

笑过之后思索多

在笑话中显然对于女记者的问题,老奶奶没有正面回答,当然这并不是老奶奶的错,根本原因还是她选错了采访对象,城市随便放鞭炮的问题已经超过了老太太的思考范围,她是不会想到更深层次的原因的,对于她的采访是不会有什么实质性的观点的。

我们的生活中要吸取这样的经验,说话的时候一定要看准对象,根据自己的说话内容去选择对象,只有这样才能够得到很好的沟通。

示例 27 躲在大树后边的相亲者

一个害羞的小伙子就要和一个漂亮的姑娘约会了。

可是,半个小时以后,他就回来了。

母亲问:"你们俩谈得怎么样?"

"很顺利。"

"那你认为对方漂亮吗?"

"当然漂亮,我躲在大树后边看得很清楚,不过如果不是我躲在大树后边的话,或许她也会认为我很帅。"

笑过之后思索多

有位诗人说,害羞是一种美德,但是这种情况在诗歌里才有效,在生活中,每个人都需要去面对,否则,真正的生活总会游离在我们之外,永远无法享受。

就像上面故事中的小伙子,本来一次很好的机会,就这样白白被自己浪费了,而且他那么害羞,估计很长一段时间里不会有女朋友了。他只有克服这种毛病,才能够真正拥有爱情。

示例28 小气的一家人

詹姆斯一家人正准备吃晚饭,这个时候女主人突然说:"詹姆斯,你的朋友要来我们家了,我敢肯定他们都没有吃晚饭。"

"快点,我们每个人都拿一根牙签在客厅里坐着,剔牙。"詹姆斯说着。

笑过之后思索多

故事中的两位显然是不重视友情的人,他们发现了没有吃饭的朋友来拜访他们,就会选择非常规的对策,从而避开请别人吃晚饭的问题。他们这种虚伪的做法很让人不解和不齿,甚至有些鄙夷。

其实在我们的生活中,这种人很多,只不过是我们不知道内情而错误地以为他们都是不错的人。就像詹姆斯的朋友们,他们进到这家后,发现每个人都在剔牙,肯定会以为他们已经吃过了饭,他们如果真的没有吃饭,显然要再想办法了。

其实人虚伪一些是可以理解的,但是奸诈到像詹姆斯夫妻这样,就很难让人理解了,而且那种一家人饿着肚子,坐在客厅里装出一副酒足饭饱的样子,肯定会很搞笑。